CW00516582

Anne-Laure Bondoux

L'aube
sera grandiose

Gallimard Jeunesse

Née en 1971, Anne-Laure Bondoux est l'autrice de *Et je danse, aussi* et *Oh, happy day*, co-écrits avec Jean-Claude Mourlevat, ainsi que de romans pour la jeunesse, dont *Les larmes de l'assassin* et *Tant que nous sommes vivants*. Ses livres sont traduits dans une vingtaine de langues et ont été récompensés par de nombreux prix en France et à l'étranger. *L'aube sera grandiose* a notamment reçu le prix Vendredi 2017.

Pour Nino,
sans qui Orion n'aurait pas fait de vélo,
et sans qui la vie serait moins drôle.

Chapitre 1

Vendredi
22:00

Cette histoire commence là, juste après l'embranchement entre Saint-Sauveur et Beaumont, sur la départementale qui traverse le plateau. Nous sommes fin juin, à la tombée de la nuit. La voiture ralentit, quitte la route principale, bifurque vers un chemin forestier mal entretenu, puis s'enfonce pleins phares sous le tunnel des branches pour descendre en direction du lac.

C'est une vieille voiture de marque allemande, le genre de tank démodé qui pollue l'atmosphère depuis la fin du XXᵉ siècle et qui fait honte à la fille assise à l'arrière.

La fille, c'est Nine, seize ans la semaine prochaine, cinq cents kilomètres de silence au compteur. À travers la vitre, elle observe la nuit et la laideur inquiétante de ce paysage de broussailles, regrettant de ne pas avoir eu le culot de sauter en marche avant la bretelle du périph. Car à l'heure qu'il est, si sa mère ne l'avait pas *kidnappée*, elle serait chez elle, à Paris, en train de se préparer pour la fête du lycée.

Bien entendu, elle a hurlé : « Tu peux pas me faire ça, maman ! C'est pas juste ! Toute la classe y sera, tout le lycée, tout le monde ! » S'en est suivie une longue liste de prénoms – Margot, Béné, Izel, Arthur, Samy, Kim, Manuela – censée convaincre sa mère de faire demi-tour. Mais les plaintes et les cris n'ont servi à rien. Le temps de le dire, la voiture fonçait déjà sur l'autoroute : adieu Paris, adieu la fête.

Au moment où elles franchissaient le premier péage, Nine a escaladé son siège pour se réfugier sur la banquette, à l'arrière, le plus loin possible de sa mère, et elle a pris son téléphone. Elle avait la rage. Titania était dingue. Et complètement égoïste, comme d'habitude. Elle ne lui avait même pas dit où elle l'emmenait ! Ni jusqu'à quand !

Est-ce qu'on peut porter plainte contre sa propre mère pour enlèvement ?

Nine ne s'était pas séché les cheveux à la sortie de la piscine et des gouttes chlorées tombaient sur l'écran du téléphone en même temps que ses larmes.

Puis, kilomètre après kilomètre, ses cheveux ont séché.

Ses yeux aussi.

Maintenant, elle n'a plus de batterie.

Elle regarde dehors.

Elle a faim.

À la place du conducteur, une main sur le volant, l'autre vissée au bouton de l'autoradio, Titania Karelman tente d'épargner les amortisseurs de l'Opel Kadett en slalomant entre les nids-de-poule du chemin forestier, tandis que les branches basses griffent la carrosserie. Elle réalise qu'elle n'a rien emporté pour déblayer ce satané sentier. Ni pelle ni sécateur. Il ne lui reste qu'à croiser les doigts pour qu'aucun obstacle ne l'empêche de descendre jusqu'au lac.

L'après-midi même, alors qu'elle jetait deux sacs de voyage dans le coffre avant d'aller cueillir sa fille à la sortie du bassin d'entraînement, elle s'est demandé si elle ne commettait pas une erreur. Durant ses cinquante années d'existence, des erreurs, elle en a fait un paquet. La seule qu'elle ne regrette jamais, c'est Nine. Et à présent qu'elle touche au but, Titania se dit qu'elle a bien fait de l'embarquer jusqu'ici sans lui demander son avis.

Bien sûr, Nine a hurlé à cause de la fête du lycée qu'elle va rater. Tant pis. L'heure n'est pas à la fête. L'heure est à la vérité. Et la vérité les attend au bout de ce chemin tout juste praticable.

Titania tripote le bouton de l'autoradio. Au moment où la voix d'un type annonce la météo, les ondes se brouillent, puis meurent dans un crachouillis. À cet endroit du monde, même au XXIᵉ siècle, aucun réseau n'est assez puissant pour briser le silence et la nuit des arbres. Rien n'a changé, en somme, depuis l'époque (il y a une éternité) où Titania est arrivée sur ce plateau avec sa propre mère.

— J'ai faim, grogne Nine.

Titania sourit, soulagée de l'entendre après des heures d'un silence buté.

— Qu'est-ce qu'on va manger ? insiste Nine.
T'as rien prévu, évidemment.

À travers le pare-brise couvert d'insectes écra-
sés, Titania devine le néant du lac et les reflets
lunaires qui se diffractent à sa surface, pareils à des
îles. Elle devine le ponton glissant qui court sur le
pourtour et la muraille des troncs qui enserre le
paysage. Pas un seul fast-food sur cette planète.

Fidèle à son serment, elle n'a jamais parlé de
la cabane à sa fille, ni à personne d'autre. Tout
juste si elle s'autorise un petit jeu : depuis une
quinzaine d'années, dans chaque roman qu'elle
écrit, elle s'amuse à placer le mot « cabane » dans
la bouche d'un de ses personnages. La dernière
fois, c'était dans *Opus sanglant* (page 302), au
moment où le lieutenant Spiegel, fatigué par une
longue traque, dit : « Je donnerais tout, je donnerais même ma collection d'accordéons, pour
quelques jours tout seul dans une cabane au fond
des bois. »

— Moi aussi, j'ai faim, avoue Titania. Et tu sais
ce qui me ferait plaisir ?

Elle lève les yeux vers le rétroviseur central.

La question est codée, Nine connaît le code, et
sa réponse signifiera (ou non) la fin des hostilités.

— Alors ? Tu sais ce qui me ferait plaisir ? répète
prudemment Titania.

Nine remue sur la banquette et finit par lâcher
un soupir :

— Un potage au tapioca ?

L'atmosphère se détend d'un coup. Un courant
d'air tiède semble traverser l'habitacle de l'Opel.

— C'est ça, répond Titania. Un potage au tapioca. Avec une tart…

— Avec une tartine thon-tomate et des croquants poivrés, complète Nine à la façon d'une comptine qu'on récite.

C'est le premier sourire qu'elles échangent depuis qu'elles ont viré en trombe, cinq heures plus tôt, au milieu du boulevard Brune. « Ouf », pense Titania alors qu'elle aborde le dernier lacet du chemin forestier.

Un peu plus loin, elle freine dans la terre molle et les pneus de la voiture viennent buter contre une bordure.

— On est arrivées, bichette.

Nine plisse les yeux pour voir où. Elle ne voit que la nuit.

— Je ne sais pas si Octo a pensé au potage au tapioca et aux croquants poivrés, mais je te promets qu'on va manger quelque chose.

— Arrivées où ? demande Nine. Et qui est Octo ?

Titania effectue une dernière manœuvre pour ranger son tank. Elle recule, braque, contrebraque, et le pinceau des phares balaie la nuit avant d'éclairer une façade en planches où s'écaillent plusieurs couches de vernis.

— Arrivées là, dit-elle.

À l'angle, elle aperçoit la potence fixée par Rose-Aimée pour y suspendre la cloche. Un bail que la cloche n'y est plus.

— Je ne suis pas venue depuis longtemps. J'espère qu'il y a du bois sec pour le feu.

Elle coupe le moteur, troublée de ne trouver

aucune autre voiture sur le terre-plein. Peut-être Octo s'est-il garé à l'écart, sous les saules ?

— Je comprends rien. On est chez qui, ici ? On va quand même pas dormir là ? s'inquiète Nine.

Titania débloque les portières. Lorsqu'elle ouvre la sienne, un flot humide et chargé de vase lui emplit les narines. À cette altitude, quelle que soit la saison, les nuits sont toujours froides.

— Qui est Octo, maman ?

Titania Karelman déplie ses longues jambes et sort de la voiture. Elle n'a jamais parlé d'Octo à sa fille. Elle n'a jamais parlé d'Octo à personne.

Cela fait dix-huit ans, sept mois et dix-neuf jours qu'elle n'a pas vu son frère.

Chapitre 2

Vendredi
22:30

La première fois que Titania est entrée dans la cabane, c'était au XXᵉ siècle, et elle avait à peu près le même âge que Nine aujourd'hui. Elle se souvient encore de Rose-Aimée, debout devant la porte, agitant le trousseau de clés sous les yeux de ses enfants.

— C'est chez nous, ici. Ce sera notre refuge. En dehors de nous quatre, personne ne doit savoir que cet endroit existe, pigé ?

Ils avaient tous prêté serment sous le contrôle de Rose-Aimée, puis elle leur avait montré la cachette, dans une boîte en fer glissée sous une latte de la terrasse qu'il suffisait de faire pivoter. Consigne impérative : celui qui part doit remettre les clés dans la boîte.

— Elles y sont, constate Titania en ouvrant le couvercle tordu.

Quelques papillons de nuit s'affolent dans la lumière de son téléphone. Elle referme la boîte avant de replacer la latte d'un coup de talon.

Derrière elle, Nine claque des dents, bras croisés

sur son sweat-shirt, les yeux tournés vers le mystère du lac et ses clapotis. Depuis qu'elle est sortie de l'Opel, la jeune fille a renoncé à ses questions en même temps qu'à sa colère. De toute évidence, la fête du lycée a déjà commencé. Et de toute évidence, elle se terminera sans elle. Quant aux réponses, elles ne viendront pas avant que sa mère le décide. Dans cette histoire comme dans d'autres, c'est elle qui dicte les règles, c'est elle qui donne le tempo. Ce n'est pas pour rien que les journaux la surnomment «la Fée du suspense».

— Allez viens, dit Titania. On va attraper la mort.

Dans le sillage de sa mère, Nine traîne son sac de voyage jusqu'à la porte de la cabane.

À l'intérieur, il fait moins froid qu'on aurait pu le craindre. En revanche, il y a une odeur de moisi qui vous saute au nez, mélangée à celles du désin-fectant et de quelque chose d'autre – romarin ou thym, difficile de savoir. Vaguement écœurée, Nine retient sa respiration pendant que sa mère cherche le tableau électrique à la lueur de son téléphone.

Le commutateur produit un clic, et soudain, pareil à un éclairage de théâtre, la lumière tombe du plafonnier, dévoilant la table installée au centre de la pièce. Comme par magie, le couvert y est dressé : trois assiettes creuses, trois verres à mou-tarde, un pot à eau en Pyrex, et une cocotte en fonte de couleur orange qui trône sur un dessous-de-plat assorti. Nine contemple la scène sans com-prendre.

— Ça me rappelle les dînettes qu'on faisait

quand tu étais petite, sourit Titania. Tu te souviens ? On se mettait en pyjama, toutes les deux
sur le canapé, et on picorait dans nos assiettes en
regardant un film.

Nine, pour qui la scène évoquerait plutôt Boucle
d'Or, se contente de hausser les épaules, tandis
que Titania s'approche de la table et soulève le
couvercle de la cocotte.

— Lapin chasseur, annonce-t-elle. Encore tiède,
mais on va le réchauffer, ce sera meilleur.

Du menton, elle désigne un recoin de la pièce
resté dans la pénombre.

— Tu allumes la plaque, bichette ?

Alors que Nine se décide enfin à lâcher la poignée de son sac de voyage, Titania remarque un
papier glissé sous l'une des assiettes. Sans doute
un mot laissé par Octo.

Dans le coin, Nine trouve une cuisinière électrique, un appareil robuste, encore plus vieux que
l'Opel Kadett. *Encore plus moche*, songe-t-elle.
À droite, un évier profond dans lequel quelqu'un
a déposé une bassine d'eau (sale) et, au-dessus,
une série de poêlons qui prennent la poussière,
suspendus à des clous.

— Qui nous a fait à manger ? demande-t-elle en
tournant un des boutons de la cuisinière. Octo ?

Titania n'entend pas. Appuyée au dossier d'une
chaise, elle est en train de lire la lettre qu'elle a
dépliée.

Vue de l'intérieur, la cabane semble plus grande
qu'il n'y paraissait de l'extérieur. À part la grosse
table, il y a des fauteuils (quatre) disposés autour

d'un poêle à bois. Il y a aussi des vêtements entassés sur une patère fixée au mur du fond, des chapeaux en paille ou de pluie, des vestes sans âge qu'on ne porte nulle part ailleurs qu'à la campagne. Sur un autre mur, un calendrier perpétuel et quelques photos en couleurs penchent dans leurs cadres. Enfin, sous la volée de marches d'un escalier qui mène à l'étage, un bazar de cannes à pêche, de caisses remplies d'outils et la silhouette d'un vélo d'homme dont les pneus sont complètement à plat.

Le regard de Nine revient à présent vers la fenêtre qui bâille sur le lac. À Paris, aucune nuit n'est aussi noire. Aucune nuit ne provoque ce vertige, cette sensation d'être écrasé, perdu. Elle cherche son téléphone. Pourvu que sa mère ait pensé à prendre son chargeur !

— Tu as pensé à pr…

— Finalement, ils ne seront là que demain matin, annonce Titania en repliant la lettre pour la glisser dans la poche de son pantalon.

Nine remballe sa question et se retient de demander qui est ce « ils » au pluriel. De toute façon, sa mère n'écoute jamais rien.

— Je sais que tu tenais beaucoup à cette fête, enchaîne Titania.

Tout en parlant, elle s'empare de la cocotte en fonte pour la porter jusqu'à la cuisinière.

— Je comprends que tu sois furax.

Nine hausse les épaules. Une heure plus tôt, c'est certain, elle aurait étranglé sa mère. Maintenant, c'est comme si elle avait basculé dans une autre dimension et elle s'en fiche un peu. Quelque chose la dépasse. Quelque chose dépasse même son désir de faire la fête et elle voudrait savoir quoi.

— Tu as un amoureux au lycée ? continue Titania pour être aimable. Un garçon qui te plaît ?

— J'ai l'impression qu'on n'est pas vraiment venues jusque-là pour parler de moi, dit Nine en pensant malgré tout à Marcus.

— C'est exact, reconnaît la Fée du suspense.

Titania Karelman se tourne vers sa fille. Elle la trouve grande et belle. Non, pas belle : magnifique. Magnifique et émouvante.

— Il va falloir que je te raconte une histoire, dit-elle.

— Ce ne sera pas la première, lui fait remarquer Nine.

— C'est une histoire assez longue, l'avertit Titania.

— Maintenant qu'on est là, je suppose qu'on a tout notre temps ?

Titania hoche la tête, se demandant toutefois si la nuit suffira. Alors qu'elle ne fume plus depuis longtemps, elle a soudain envie d'une cigarette.

— Jette un œil dans le placard du bas, derrière toi, demande-t-elle à Nine. C'est là qu'Octo planque ses trésors, d'habitude.

Nine se retourne, se penche, tâtonne. Le placard est profond. Elle finit par mettre la main sur quelque chose. Pas de cigarettes, mais une bouteille de vin. La dernière, dirait-on.

— *Château Talbot 2011*, déchiffre-t-elle sur l'étiquette. C'est un trésor ?

— Possible, sourit sa mère.

Tandis qu'elle fouille les tiroirs à la recherche

du tire-bouchon et que l'odeur du lapin aux champignons réchauffe la pièce, Titania Karelman tire le fil de sa mémoire jusqu'à une autre nuit. Une nuit blanche, vieille de trente ans. Le moment où sa vie a basculé.

Elle n'a jamais pu écrire là-dessus et elle se demande comment s'y prendre pour raconter ça. Par où commencer? Doit-elle remonter à l'époque de sa propre naissance? Au squat? Ou plus loin encore, quand Rose-Aimée a rencontré celui dont le nom s'étalait dans le journal, hier matin? Certaines histoires, comme les vieilles maisons, ont des entrées dérobées difficiles à trouver.

Ah, voilà le tire-bouchon.

— «La Fée du suspense», tu parles! dit-elle en débouchant la bouteille. C'est nul comme surnom.

— Pas du tout, réplique Nine. À ta place, je serais même fière.

Titania remplit son verre et la lumière du plafonnier dessine une lune tremblante à la surface du bordeaux. Pendant longtemps, les polars qu'elle publiait sont restés confidentiels. Quelques milliers de lecteurs, une ou deux traductions, rien de flamboyant. Jusqu'à l'an dernier et la parution d'*Opus sanglant*. Pourquoi celui-ci s'est-il soudainement si bien vendu? Elle ne se l'explique toujours pas.

— Tu as raison, dit-elle. Il est très bien, ce surnom.

Elle entend encore Rose-Aimée, s'adressant à elle trente ans plus tôt, lors de cette incroyable nuit où tout a changé: «*À partir de maintenant, tu ne peux plus garder ton véritable nom. Trouve un pseudo. Invente-toi une nouvelle identité.*» En hommage à la

pièce de Shakespeare qu'elle étudiait cette année-là
à l'université, elle avait adopté le prénom de la
reine des fées, Titania, sans se douter que des
années plus tard, les journalistes en profiteraient
pour filer la métaphore.

— D'ailleurs, maintenant que tu es connue et
que tu vas gagner de l'argent, tu pourrais peut-être
changer de voiture, lui suggère Nine. Un tas de
ferraille aussi pourri, franchement, c'est pas digne
d'une fée !

— Ah oui ? Et quel genre de carrosse conduisent
les fées, d'après toi ?

— Des citrouilles ! sourit Nine. Bon d'accord,
mais alors tu pourrais au moins m'acheter un nouveau téléphone, parce que celui-là... il est un peu...

— Un peu quoi ? l'interrompt sèchement sa
mère. Il est tout neuf. Je te rappelle que je te l'ai
offert à Noël ! On a déjà eu cette discussion mille
fois, Nine, ça suffit. Allez, assieds-toi.

C'est vrai. Mille fois déjà, Nine a tenté d'expliquer
à sa mère combien il est important à ses yeux d'avoir
les mêmes trucs que les autres (dans sa classe, personne ne possède un téléphone de cette marque
chinoise !), mais la Fée du suspense refuse de comprendre. Tout de suite, il faut qu'elle s'énerve, qu'elle
emploie des grands mots comme «consumérisme»,
«comportement grégaire», blablabla.

— C'est bon, laisse tomber, soupire la jeune fille
en s'asseyant.

Titania récupère la cocotte fumante, la pose sur
le dessous-de-plat au milieu de la table et remplit
leurs assiettes.

— Octo avait prévu de dîner avec nous, mais il a changé d'avis. Finalement, il est parti chercher Orion et Rose-Aimée à l'aéroport.

Nine plante sa fourchette dans le premier morceau de viande, tellement cuit que l'os se détache tout seul. Elle prend le temps d'énumérer mentalement cette liste de prénoms inconnus : Octo, Orion, Rose-Aimée.

— Les personnages principaux de ton histoire, je suppose ?

— Exact, bichette. Sauf que cette fois, ce n'est pas moi qui les ai inventés.

Titania boit une gorgée de vin, puis une deuxième. L'assiette fume sous son nez. Ses yeux glissent vers la fenêtre.

— J'aime pas trop quand il fait si noir, avoue Nine en suivant son regard.

— Ici, c'est toujours comme ça. On dirait que le jour ne va jamais revenir, dit Titania. Mais tu verras, l'aube sera grandiose.

Elle pose son verre.

— L'histoire que je vais te raconter, ce n'est pas moi qui l'ai inventée non plus, puisqu'elle est vraie. Elle commence dans mon enfance.

— Ah oui ? Au paléolithique, tu veux dire ? s'amuse Nine.

— C'est ça. Avant l'époque des ordinateurs, avant les smartphones, les mp3 et Internet. Tu peux imaginer ?

— Heu… pas vraiment. Au fait, est-ce que tu as pensé à prendre mon chargeur ?

— Je regarderai, bichette. J'ai fait les sacs un

peu vite, je ne sais plus. Mais autant que tu le saches : il n'y a pas de réseau, ici. C'est bon ? Tu survivras ? Je peux continuer ?

La bouche pleine, Nine encaisse le choc – pas de fête, pas de réseau, donc pas d'amis à qui parler – pendant que Titania se concentre sur un point invisible au-dessus de la fenêtre.

— La première fois que j'ai mis les pieds sur ce plateau perdu, j'avais quatre ans. Presque cinq, en fait. À cette époque, ma mère conduisait une sorte de fourgonnette, une Panhard des années 50. Ça ne te dit rien, bien entendu. En tout cas c'était un engin encore plus vieux que notre vieille bagnole.

— Encore plus moche ?

— Représente-toi un ovni bleu ciel avec deux hublots à l'arrière, ronds comme des yeux de poisson !

Nine picore quelques champignons et sourit. Une voiture avec des yeux de poisson ? D'accord. Voilà le genre de carrosse que peuvent conduire les fées.

— Ce soir-là, poursuit Titania, quand ma mère s'est garée devant la pompe de la station-service, la jauge était dans le rouge.

La Fée du suspense ferme les yeux. Elle laisse la scène se déployer dans sa mémoire avant d'ajouter :

— Et le ciel aussi était rouge.

Chapitre 3

Juillet 1970

J'avais collé mon front contre un des hublots de la Panhard, à l'arrière, et je ne disais plus rien depuis des heures. Je guettais les prémices de la nuit. J'avais peur qu'on tombe en panne, peur de dormir encore sur le bord de la route. J'avais peur des forêts que nous venions de traverser, et je n'aimais pas non plus ces bosses pelées que j'apercevais sur les hauteurs. J'avais l'impression de rouler sur le dos d'un bison mort.

— Alors ? a fait ma mère en coupant le contact. Qui avait raison ?

J'ai décollé mon front de la vitre. J'ai vu les deux pompes à essence, et plus loin, la boutique Fina avec sa drôle de vitrine arrondie.

— Toi, ai-je reconnu, soulagée.

— Il va falloir que tu me fasses confiance, Consolata. Sinon, on ne va pas y arriver.

Je me suis tournée vers elle. Du haut de mes quatre ans presque cinq, je voyais déjà combien ma mère était belle, jeune et seule. Trop belle, trop jeune et trop seule pour s'occuper d'autant d'enfants.

— Tu as faim ?

— Ça va, ai-je menti.

Nous n'avions rien dans l'estomac depuis les œufs à la coque qu'on avait mangés à Saint-Bonnet. Des heures qu'ils étaient digérés. Par chance, les bébés dormaient.

— Moi aussi, ça va, a dit ma mère. Mais j'ai quand même envie d'une petite gourmandise. Une soupe au tapioca, par exemple. Avec une tartine thon-tomate et des croquants poivrés.

J'ai senti ma bouche se remplir de salive. Rose-Aimée avait un don pour choisir les mots. Elle connaissait leur pouvoir, leurs saveurs. Elle jouait avec.

— Tiens, regarde ! Tu crois qu'il nous offrirait une gourmandise, ce monsieur-là ?

Elle a ouvert la portière de la fourgonnette, et elle a déplié ses jambes de flamant rose.

Depuis le fond de la Panhard, j'ai vu le type, debout devant la porte de la station-service, aussi immobile qu'un photomaton. Il regardait ma mère. Il portait une salopette de travail, un jerrican en plastique à la main gauche, et il avait une auréole au-dessus de la tête. Mais ça, c'était à cause de la lumière du crépuscule, de ce soleil rouge qui inondait tout et qui incendiait la vitrine de la boutique derrière lui.

J'ai enjambé les sièges, et je suis sortie à mon tour de la fourgonnette. Je ne voulais pas que ça recommence, comme au squat, et que le type s'imagine des choses au sujet de ma mère. Je supposais que ma présence pouvait la protéger du désir des hommes.

— J'allais fermer, a dit le type.

— On est à sec, a répondu ma mère. Je crois que vous êtes notre ange gardien.

Le pompiste s'est déplacé vers elle. Ses yeux clignaient dans la lumière du couchant.

— De nous deux, je ne sais pas qui est l'ange, a-t-il dit en posant son jerrican par terre.

J'ai compris qu'il ne m'avait pas vue, alors j'ai couru me coller contre les jambes de ma mère. Pour dire où était mon territoire.

— Ah…, a fait le pompiste en me regardant pour la première fois. Mais le voilà, l'ange !

— Elle s'appelle Consolata, a expliqué ma mère. C'est un prénom italien.

— Vous êtes italiennes ? s'est étonné le pompiste, à cause de nos cheveux si blonds.

— Non, mais j'ai la passion des langues ! a dit ma mère en riant trop fort.

Le pompiste a ri trop fort avec elle tandis que je fronçais les sourcils.

Depuis huit jours entiers que nous étions partis du squat sans un sou en poche, nous avions rencontré plusieurs anges gardiens : le vieux monsieur de la ferme aux cochons qui nous avait fait cuire des saucisses, l'épicière chez qui j'avais dormi dans un vrai lit et bu de la limonade, la gentille dame de Saint-Bonnet et ses œufs à la coque… Mais là, quand bien même nous n'avions plus une goutte d'essence, je n'étais pas contente. Sans doute parce qu'il plaisait à ma mère, je détestais ce type et sa station essence.

— Où est-ce que vous allez, comme ça ? a-t-il demandé en décrochant le pistolet de la pompe.

— À gauche à droite, a fait ma mère en jouant avec une mèche de ses cheveux. Je cherche du travail.

J'ai tressailli.

— Mais tu as dit qu'on allait chercher m…

— Il faut bien qu'on mange ! a répliqué ma mère en me fusillant du regard. Et pour ça, je dois trouver un travail, figure-toi.

Elle a levé les yeux au ciel, agacée. J'ai eu envie de la mordre.

— Quel genre de boulot ? a repris le pompiste pendant que l'essence se déversait par à-coups dans le réservoir de la fourgonnette.

— Je suis douée pour pas mal de choses, a menti ma mère.

— Ah oui ! Comme le maniement des langues ! s'est esclaffé le pompiste.

— Vous connaissez quelqu'un qui pourrait avoir besoin de moi ? a demandé ma mère avec une gravité soudaine.

Lentement, le type a rangé le pistolet dans son logement, sur la tempe de l'appareil. Et sans lâcher ma mère du regard, il a essuyé ses mains sur le plastron de sa salopette.

— Il commence à être tard, a-t-il dit. Même à cette saison, les nuits sont froides, sur le plateau. J'habite à Saint-Sauveur, c'est à quelques kilomètres. Vous avez un endroit où dormir ?

En plus de tout le reste, ma mère avait un sourire magnifique. Au moment où le soleil tombait derrière la ligne de l'horizon, elle l'a offert au pompiste.

C'est comme ça que le lendemain, au bout d'un terrain en pente, ma mère a mis deux cales sous les pneus, à l'avant de la Panhard. Elle a ouvert les portes, et quand j'ai vu qu'elle sortait toutes nos affaires du véhicule, j'ai voulu l'en empêcher.

— Arrête, Consolata.

J'ai continué.

— Arrête ! a crié ma mère en lâchant un sac dans l'herbe humide.

— Mais tu avais promis d'aller chercher m…

Elle a posé un doigt autoritaire sur ma bouche.

— Nous irons plus tard, Conso. Sauf si tu me le répètes encore une fois : là, on n'ira plus du tout, c'est compris ?

Furieuse, je lui ai tourné le dos et je suis partie en courant.

Ma mère n'a pas cherché à me rattraper. Au milieu de nulle part, où peut bien aller une petite de quatre ans presque cinq ?

Je me suis arrêtée une centaine de mètres plus loin, au bord de la route, et j'ai regardé mes pieds. Je me souviens encore : je portais des sandalettes blanches abîmées au bout, avec une fleur brodée sur le côté. Je sentais que je n'avais aucun pouvoir.

J'ai fini par me retourner vers la maison. Le pompiste était assis sur le bord d'une fenêtre, à moitié nu, une jambe dans le vide. Tranquille, il fumait. Derrière lui, les toitures rousses de Saint-Sauveur ressemblaient à un jeu de cubes renversé au pied de l'église. Au-dessus, le ciel du matin était transparent.

Je les avais entendus discuter à mon réveil, ma

mère et lui, à travers la cloison de la chambre.
«Il y a de l'embauche à la fabrique de catalogues,
disait le pompiste. Je connais quelqu'un là-bas. Je
lui parlerai de toi.» Et ma mère qui gloussait. Et
leurs respirations étouffées sous les draps. Rose-
Aimée n'en faisait qu'à sa tête, comme d'habitude.
Elle oubliait ses promesses, et je comptais pour du
beurre, sans parler des bébés.

Une colère sauvage m'a soulevé l'estomac.

— Je veux pas rester ici! Je veux pas rester ici!
ai-je hurlé en frappant le talus qui bordait la route.

Les talons de mes sandalettes écrasaient des
blocs de glaise, faisant fuir les fourmis et sortir les
vers de terre.

— Je veux pas! Je veux pas! Je veux pas!

Ça n'a servi à rien, bien sûr, mais j'ai fait ça
pendant longtemps.

Puis midi a sonné à l'église de Saint-Sauveur,
je suis revenue vers la maison et j'ai traîné mes
sandalettes pleines de terre jusqu'à la cuisine.

— Tu as faim? m'a demandé le pompiste.

À cette époque, j'avais toujours faim.

Il avait enroulé un paréo tahitien autour de ses
hanches. Il remuait quelque chose dans un caquelon, et ça sentait bon. Il a dit:

— Patates au lard à ma façon. Oignons caramé-
lisés et omelette aux herbes.

Vaincue, j'ai tiré une chaise et je me suis assise.
Mes jambes ne touchaient pas le sol. Au-dessus de
ma tête, à l'étage, j'entendais pleurer mes frères
tandis que ma mère chantait sous la douche.

— Je m'appelle Jean-Ba, a dit le pompiste.

Il a frotté quelques brins de thym entre ses mains jointes. Une pluie odorante est tombée dans le caquelon.

— J'ai dit à Rose-Aimée de t'inscrire à l'école. L'instituteur, c'est M. Sylvestre. Tu es déjà allée à l'école ?

J'ai secoué la tête. Au squat, par principe, personne n'allait à l'école. Livrés à eux-mêmes, les enfants couraient partout, cul nu, sans souci de rien. Ils regardaient les adultes jouer de la guitare, fumer beaucoup et s'endormir à n'importe quelle heure dans un désordre de jambes, de bras et de cheveux. Mais ici, aux confins du plateau et du pays des lacs, la plupart des conventions étaient encore respectées. Les enfants n'avaient pas les fesses à l'air, allaient à l'école, apprenaient des comptines, les règles de conjugaison et l'histoire de France.

— Con-so-la-ta..., a fait Jean-Ba en détachant les syllabes de mon prénom. Ça veut dire quelque chose en italien ?

Je l'ai observé entre mes paupières bouffies de larmes. Dans un hoquet, j'ai répondu :

— Ben oui. Ça veut dire « consolée ».

— Amusant, a souri le pompiste.

Puis il m'a fait un clin d'œil, et il s'est mis à danser, *wapidou wapida*, en bougeant ses hanches comme une vahiné, jusqu'à ce que j'arrête de faire la tête.

Cinq minutes plus tard, les yeux secs, je dévorais ma part d'omelette et de patates au lard, et ma mère sortait de la douche pour s'occuper de mes frères.

Trois jours après, je faisais mon entrée à l'école de Saint-Sauveur, dans la classe de M. Sylvestre.

Le lundi suivant, ma mère trouvait une place, comme manutentionnaire, à la fameuse fabrique de catalogues.

Je ne le savais pas encore, mais les plus importantes années de ma vie venaient de commencer.

Chapitre 4

Vendredi
23:00

Le lapin chasseur refroidit dans l'assiette. Derrière la baie vitrée, la nuit n'a pas bougé. Nine non plus.

— Eh bien? Tu ne manges rien, constate Titania.

— Si si, dit Nine avec l'air de quelqu'un qu'on réveille en sursaut.

Machinalement, elle pique dans un morceau tiède. Sans doute la dernière chose qu'elle pourra avaler avant un siècle.

— Tout à l'heure, tu as dit que...

La jeune fille s'interrompt, le temps de rassembler ses idées, se raclant la gorge pour défaire le nœud qui l'étrangle.

— Tu as bien dit qu'Octo est parti à l'aéroport... pour aller chercher Orion et Rose-Aimée?

— C'est ce qu'il m'a écrit.

— Alors, ça veut dire qu'ils seront vraiment ici demain? Tous les trois? Dans cette cabane?

— Si tout va bien, oui.

— Mais... (Nine cligne des yeux et regarde le plafond comme si on pouvait voir le ciel à travers.) Tu m'as toujours dit que ta mère était morte.

— Je sais. Et d'une certaine façon, elle l'était.

Nine prend le temps de répéter cette phrase absurde dans sa tête : d'une *certaine façon*, elle *était* morte.

— Et donc, Octo…, continue Nine, c'est ton petit frère ?

— Un de mes frères, oui. Orion et lui sont jumeaux.

— Je vois, murmure Nine.

Elle aspire un peu d'air. Pas trop, de peur que la tête lui tourne. Chaque mot qu'elle prononce ensuite, chaque syllabe, est articulé avec exagération, comme si elle s'adressait à une vieille dame un peu sourde.

— Alors primo, contrairement à ce que tu as toujours prétendu, tu n'es pas fille unique ?

— Non.

— Deuzio, tu n'es pas orpheline ?

— Non.

— Et tertio, tu ne t'appelles pas Titania ?

— Pas vraiment. Disons que c'est un nom d'emprunt. Un pseudo, si tu préfères.

— Donc, conclut Nine, tout ce que tu m'as raconté sur ta vie jusqu'ici était faux. Tout était bidon ? C'est ça ?

— J'étais obligée de te mentir, explique Titania. Mais il se trouve que depuis hier matin, je ne suis plus obligée. C'est pour ça que nous sommes venues ici.

Nine repousse lentement son assiette. Pour un peu, elle la balancerait contre le mur avec le reste de viande en sauce.

Elle respire plusieurs fois en essayant de chasser la boule en travers de sa gorge.

Cette année, poussée par les copains du club ou du lycée, elle a bu de l'alcool dans certaines soirées. Des trucs forts mélangés à des sodas, des shots de tequila qui lui ont brûlé l'estomac, des Jäger Bombs qui ont pulvérisé chaque cellule de sa glotte jusqu'à son cerveau. Jamais de vin.

— Je peux en avoir un peu ? demande-t-elle.

Titania observe la bouteille de château-talbot posée devant elle, puis sa fille, grande et magnifique, assise de l'autre côté de la table.

— Je peux en boire un peu avec toi ? répète Nine en tendant son verre à moutarde. J'ai besoin d'un remontant, là.

Titania éprouve un bref moment de panique et regrette de ne pas pouvoir déléguer la réponse à quelqu'un d'autre. Au père de Nine, par exemple, même si Yann n'a jamais fait preuve de beaucoup d'attention et encore moins d'autorité.

— Non, décide-t-elle.

— Mais pourquoi ? sursaute Nine, scandalisée.

— Tu me poses la question, je te donne ma réponse. La réponse est non.

— Tu me prends pour une gamine, c'est ça ?

— Il y a des façons plus intéressantes de grandir, bichette.

— Arrête de m'appeler bichette ! C'est complètement niais !

Nine se lève, si brusquement qu'elle fait tomber sa chaise.

— Tu crois quoi ? Que je vais être saoule avec un verre de vin ?

— Pourquoi ? Tu l'as déjà été ?

Nine ne réussit pas à masquer son trouble. Elle se revoit, deux mois plus tôt, chez cette fille de terminale S dont elle a oublié le nom, au milieu d'une cuisine qui sentait le chien mouillé et le fromage rance, assise devant l'enfilade de petits verres. Il y avait du bruit, de la musique, des corps accroupis dans des coins. Marcus était là, parmi les invités. À cette seule évocation, un jet acide lui inonde la gorge.

— Si je comprends bien, tu n'as pas besoin de mon autorisation pour faire n'importe quoi, grogne Titania. On en reparlera. Pour le moment, tu bois de l'eau. Et tu ramasses ta chaise.

— Non. J'en ai marre. J'ai froid et j'ai sommeil ! On dort où dans cette baraque ?

Calmement, Titania rebouche la bouteille de vin. Elle la pose par terre avant de verser de l'eau dans son propre verre.

— Tu dormiras une autre fois, Nine. Je viens à peine de commencer l'histoire. Et je te l'ai dit tout à l'heure : elle est longue. Si tu as froid, il y a des vêtements dans ton sac de voyage.

Prenant sa fourchette comme si de rien n'était, la Fée du suspense se décide à manger. Nine lui jette un regard assassin. Non seulement elle trouve sa mère égoïste mais aussi tellement… comment dit-on, déjà ? Ne trouvant pas le mot, elle explose :

— Mais c'est dingue, merde ! On dirait que tu me racontes tout ça comme si j'étais… je sais pas ! Une de tes lectrices, tiens ! Tu me jettes à la figure des noms, des dates, des souvenirs, bing, bing, bing. Mais je ne suis pas une lectrice, je te rappelle ! JE SUIS TA FILLE !

Disant cela, Nine pâlit d'un coup. Un frisson passe.

— À moins que...

— Non! sursaute Titania en lâchant sa fourchette. Bien sûr que tu es ma fille! Ma seule et unique fille, ma fille adorée! Je te le jure!

— Super, ironise Nine. Et est-ce que tu t'es demandé un instant si ta *fille adorée* avait envie d'écouter tout ça ce soir? Tu t'es demandé si j'étais prête?

Le visage de Titania s'assombrit. Bien sûr qu'elle s'est posé la question.

— Personne n'est jamais prêt à entendre la vérité. Je peux te le dire d'expérience, il n'y a pas de bon moment pour ça. Il arrive, et on n'y peut rien.

— Eh bien moi, si!

Nine plaque tout à coup ses deux mains sur ses oreilles et se met à chanter à tue-tête, *lalalala,* comme une gamine de quatre ans insupportable qui refuserait d'obéir.

Titania pince les lèvres et reste immobile sur sa chaise. La révolte de sa fille lui paraît juste, évidemment, mais comment faire?

— Je te demande pardon, dit-elle.

— *Lalalala...*

— Je te demande pardon! répète plus fort Titania.

— *Lalalala...*

— Arrête, Nine! C'est bon! Il est trop tard, de toute façon!

Nine se tait, retire ses mains de ses oreilles et baisse lentement les bras. Elle fixe sa mère droit dans les yeux. Pour la peine, elle voudrait que ce regard la brûle, la transperce, la pulvérise.

— Je te demande sincèrement pardon, répète encore Titania d'une voix moins assurée.

La Fée du suspense prend le temps d'essuyer sa bouche avec sa serviette en papier. Elle prend le temps de rouler le carré de papier, puis, de le dérouler, de le plier en deux, en quatre, en huit, avant de poursuivre :

— Depuis hier matin, je te jure que j'ai tourné la question dans tous les sens. J'aurais pu te laisser seule à Paris, c'est vrai. J'aurais pu venir ici, sans toi, et attendre encore des semaines, voire des années, avant de te raconter la vérité. Si j'ai décidé de t'emmener, c'est justement parce que je ne te considère plus comme une gamine. Au contraire, Nine ! Je pense que tu es une fille formidablement intelligente, mûre, drôle, futée, rapide. Je te respecte trop pour te laisser à l'écart de ta propre histoire un jour de plus. Tu comprends ?

— Non.

Nine lui tourne le dos et se retrouve nez à nez avec cette nuit épaisse qui colle à la baie vitrée comme une nappe de goudron. C'est bête, mais elle pense à son maillot et à sa serviette, restés en boule dans son sac de piscine. Il faudrait les suspendre pour qu'ils sèchent. Elle pense aussi qu'il faudrait prévenir le club qu'elle ne viendra sans doute pas à la compète de dimanche. Elle pense à Marcus. Elle pense à ses copines, à sa vie.

Depuis sa naissance, elle a vécu en tête à tête avec sa mère. Le duo immuable. Personne chez qui aller fêter Noël ou les anniversaires, pas de grand-mère, pas de grand-père, pas d'oncle, ni de tante, ni de cousin, ni de cousine et presque pas de père ! Seulement elle et Titania, isolées comme les dernières représentantes d'une espèce en voie d'extinction. Et voilà que maintenant…

Un mot lui obstrue la gorge. Il enfle à toute vitesse. Et soudain, les larmes l'emportent et le mot explose sur ses lèvres :

— Tu m'as trahie, maman ! Pourquoi ? Pourquoi tu m'as trahie ?

La question est plus violente qu'une gifle. Titania encaisse. Elle s'y attendait. C'est mérité.

— Je suis désolée, répète-t-elle bêtement.

Elle se lève à son tour, passe de l'autre côté de la table et s'approche de sa fille, les bras ouverts.

— Viens, dit-elle avec douceur.

Nine hésite (mais pas tant que ça) avant de se laisser tomber contre la poitrine offerte. La colère, le désarroi et l'effroi se disputent, là, à l'intérieur. Est-ce qu'on peut porter plainte pour tout cela en même temps contre sa propre mère ? Est-ce qu'on peut à la fois porter plainte et se laisser consoler par la même personne ? Car malgré tout, le visage enfoui dans son cou, Nine constate qu'aucun endroit au monde n'est plus rassurant.

— Je comprends, murmure Titania en serrant sa fille. Pleure, ma bich…

Oups.

— Ça va, c'est bon, dit Nine entre deux sanglots. Tu peux encore m'appeler bichette.

— Ah ? Tu es sûre ?

— Oui.

— Mais… tu as dit que c'était niais.

— C'est niais, mais ça va.

— D'accord bichette, soupire Titania avec soulagement.

Elle berce le corps de Nine, ce grand corps autrefois si petit qu'il tenait tout entier entre sa paume et le creux de son coude. Elle sent les cheveux de Nine qui volent contre sa joue. Elle se remémore toutes les fois, depuis seize ans bientôt, où elle s'est évertuée à consoler sa petite. Pour un genou écorché. Pour une dispute entre copines. Pour une grosse fatigue ou un trésor perdu.

— D'accord, répète-t-elle. D'accord ma bichounette.

— Eh, proteste Nine. Faut pas exagérer, quand même.

Titania se met à rire en silence.

— Bichette, minouchette, poussinette, murmure-t-elle.

Malgré elle, Nine se met à rire aussi, entre deux larmes tandis que le mot qu'elle cherchait tout à l'heure lui revient soudain : désinvolte. Sa mère est désinvolte. Mais elle n'a plus envie de s'énerver, à présent.

Elles restent ainsi, collées, pendant un moment incalculable, chacune remontant le courant violent de ses pensées, jusqu'à ce que Nine se sente assez forte pour se défaire de l'étreinte.

— Est-ce qu'ils savent que j'existe ? Ta mère et tes frères, je veux dire… Tu leur as parlé de moi ?

Titania lui fait signe que oui.

— Quand est-ce que tu les as vus? la presse
Nine. Tu leur as dit quoi sur moi? Ils savent que
je suis ici? Ils savent qu'ils vont me voir?

En guise de réponse, Titania pose ses mains bien
à plat sur les épaules de sa fille :

— Attends. Ne bouge pas. Je vais te montrer
quelque chose.

Elle traverse la pièce, va vers l'escalier et grimpe
la volée de marches qui mènent à l'étage.

Une fois seule dans la pièce du bas, Nine reprend
sa respiration, ramasse la chaise et se rassoit, sonnée, presque aussi saoule qu'après deux ou trois
verres de vin. Quand sa mère revient, elle a eu le
temps de se moucher dans une serviette en papier,
de sécher ses yeux dans la manche de son sweat-
shirt et de sortir un pantalon du sac de voyage pour
l'enfiler par-dessus son minishort.

— Voilà, dit Titania en déposant sur la table
une pile de cahiers.

Ce sont de grands cahiers d'écolier à spirale,
semblables à ceux que Nine utilise encore au lycée,
sauf qu'ils sont couverts de poussière et qu'ils ont
l'air d'avoir jauni au soleil. Titania prend le premier de la pile et l'ouvre au hasard.

— Ils contiennent notre code secret, explique-
t-elle. Le «système Orion». Tu vas comprendre.

Sur la première double page, ce que voit Nine ne
ressemble pas à un code secret. C'est une étrange
série de croquis au crayon noir. De gauche à droite,
quelqu'un s'est appliqué à dessiner du mobilier
de jardin : toutes sortes de tables, rondes, carrées,
rectangulaires, des bancs, différents modèles de

chaises longues et de parasols. Sur la page suivante, des pieds de parasols, un hamac et des fauteuils fleuris complètement ringards. Elle hausse les sourcils.

— Pourquoi tu me montres ça ?

— Tourne encore une page, l'encourage Titania. Au hasard, vas-y.

Nine feuillette le cahier et l'ouvre à nouveau, au milieu. Cette fois, ce sont des dessins de vieilles machines à coudre, d'aspirateurs et d'objets aux fonctions indéfinissables, à moins de lire la légende écrite dessous, toujours de la même main appliquée : *radiateur d'appoint instantané, ventilateur de table, brasero à butane, poêle à mazout.* Chaque descriptif est accompagné d'un prix libellé en vieux francs.

Titania caresse le papier en souriant, attendrie.

— Ce sont les cahiers d'Orion, explique-t-elle. Quand Rose-Aimée rapportait le catalogue à la maison, il était toujours le premier à se jeter dessus. Ensuite, il passait des heures à recopier ses pages préférées. Une vraie passion. Il fallait tout le temps lui acheter de nouveaux cahiers.

Nine arrondit la bouche et désigne la pile.

— Tu veux dire qu'il a rempli tout ça ?

— Tout ça !

— Drôle de manie.

— Orion a toujours été spécial, admet Titania.

Elle étale les cahiers, les ouvrant les uns après les autres : niches pour chiens, couvre-lits, pyjamas pour hommes, lampes de bureau, projecteurs de diapositives, hameçons, brouettes, perceuses, vélos de toutes sortes. Il y a même des armes à feu.

— C'est beau, non?

— C'est surtout bizarre, répond Nine. À quoi ça sert de recopier des centaines de pages?

— En fait, Orion n'a pas seulement recopié. Peu à peu, il s'est mis à inventer des pages qui n'existaient pas. Tu veux voir? Il créait des objets, des tas de trucs! Ensuite, il leur imaginait des notices.

Titania s'apprête à extraire un cahier de la pile (celui à la couverture verte), mais Nine l'arrête d'une grimace. Quel intérêt? En quoi ces cahiers poussiéreux constituent-ils une réponse à ses questions?

— Évidemment, soupire Titania, tu ne peux pas comprendre où je veux en venir. Pour que tu comprennes, il faudrait que tu saches qui est mon frère. Et pour ça, il faut que je te raconte ce qui est arrivé.

— Qu'est-ce qui est arrivé?

Titania referme les cahiers un à un. Elle expliquera à Nine le «système Orion», mais plus tard.

— Allons nous asseoir là-bas, propose-t-elle en désignant les fauteuils installés près du poêle à bois. J'ai froid, je vais faire du feu.

— Tu sais faire du feu? s'étonne Nine en se levant pour la suivre.

Titania s'accroupit près du poêle, et tire vers elle un panier rempli de bûchettes, de vieux journaux et de brindilles sèches, pendant que Nine se roule en boule dans un fauteuil un peu bancal. Ce que la Fée du suspense s'apprête à raconter, elle l'a déjà raconté. Dix, vingt fois, roman après roman, mais toujours d'une autre manière, fuyante, travestie, maquillée par la fiction. Ce soir, c'est fini. Plus de fiction, plus de maquillage.

— Ça s'est passé un samedi, dit-elle. C'était au début de l'hiver, quelques mois seulement après notre installation à Saint-Sauveur.

Chapitre 5

Décembre 1970

À l'époque, la vente par correspondance était à la mode. Ça n'allait pas aussi vite qu'Internet, évidemment, mais le système fonctionnait bien et la fabrique employait plusieurs centaines de personnes. Il y avait des graveurs, des photographes, des imprimeurs, des comptables, et tout un petit personnel sans qualification particulière grâce à qui, une fois par an, le nouveau catalogue sortait des presses de Saint-Sauveur. Imagine ça : un pavé de mille pages, en couleurs, sur papier glacé, qui atterrissait dans des millions de boîtes aux lettres à travers tout le pays. La bible du consommateur moderne ! Dans chaque famille, on se le disputait : on le cornait, on cochait les articles les plus convoités, on hésitait, et on raturait le bon de commande jusqu'au dernier moment. Quand le catalogue de l'année suivante arrivait, on mettait l'ancien sous les fesses des enfants pour qu'ils puissent manger à table avec les plus grands, et ainsi de suite.

Grâce à Jean-Ba, ma mère avait été embauchée comme manutentionnaire dans un des hangars

contigus à la fabrique. Elle remplissait des cartons, qu'elle scotchait et qu'elle expédiait ; elle
réceptionnait d'autres cartons, qu'elle éventrait et
qu'elle vidait. Au début des années 70, à condition d'avoir deux jambes et deux bras, tu trouvais
facilement ce genre de petits boulots. Sauf que
Rose-Aimée n'était pas faite pour se contenter de
peu. Même si elle n'avait pas fait d'études, elle
avait de l'ambition. Elle aimait jouer avec les mots
et fabriquer des phrases, si bien qu'à peine embauchée, elle s'était mis en tête de décrocher un des
postes les plus qualifiés de la fabrique : rédactrice
au service édition du catalogue.

Dans l'espoir de se faire remarquer, elle jouait
les employées modèles et elle disait oui à tout. Dès
qu'on lui proposait un extra, dès qu'il fallait remplacer quelqu'un dans un bureau, elle fonçait. Certaines fois, c'était tard le soir, d'autres fois, c'était
le samedi. Mais dans tous les cas, c'était pour moi
une punition.

— Je ne pourrai pas venir te chercher à l'école,
Conso, m'expliquait-elle. Tu iras avec tes frères
chez Mme Ruiz.

— Oh non, pas chez Mme Ruiz !

Mme Ruiz était la nounou des jumeaux. Elle
vivait seule dans une maison austère, coincée entre
l'école et la boulangerie de la mère Chicoix. Venue
d'Espagne avant la guerre, Mme Ruiz avait un
accent, des varices et beaucoup d'aigreurs d'estomac. Elle passait son temps à biner un carré de
potager aussi maladif qu'elle, à cirer les marches
de l'escalier interminable sur lequel sa maison

semblait empalée ou à crier après ses chats. Elle
supportait les jumeaux, mais (peut-être parce que
j'étais une fille) elle n'avait aucune patience avec
moi.

— Pas chez Mme Ruiz ! Pas chez Mme Ruiz !
Pas chez Mme Ruiz !

— Par pitié, Consolata, tu me casses les oreilles.

— Pas chez Mme Ruiz ! S'il te plaît, s'il te plaît !

Hélas, j'avais beau la supplier, ma mère ne cédait
pas et je me retrouvais devant la porte de l'Espagnole, tête basse, les larmes aux yeux. À peine
Rose-Aimée disparaissait-elle au coin de la rue
que la vieille m'envoyait une méchante claque sur
les doigts.

— Va té laver lé mains, m'ordonnait-elle. Pas
dé péti cochon chez moi, *claro* ?

Et une longue journée de réprimandes commençait.

Mais ce samedi-là, quand Rose-Aimée m'a
annoncé qu'elle avait du travail à la fabrique, je
n'ai pas eu le temps de déclencher la sirène de
détresse.

— J'ai trouvé quelqu'un pour me remplacer à
la station-service, a déclaré Jean-Ba avec un grand
sourire.

Je l'ai dévisagé, sans trop y croire.

— Ça veut dire que… ça veut dire que je ne vais
pas chez Mme Ruiz ?

— Ça veut dire que vous restez ici, au chaud,
avec moi, a répondu le pompiste. *Adios*, madame
Ruiz !

J'ai sauté à son cou.

Il faut dire que depuis ma première colère, à force d'omelettes, de pitreries et de patates au lard, Jean-Ba m'avait apprivoisée. Il était fantasque, disponible, patient, amoureux et immature ; en l'espace de quelques semaines, lui et moi étions devenus les meilleurs amis du monde.

Il m'a hissée sur son dos, et je me suis enroulée autour de lui comme une liane.

— Allez zou ! a-t-il dit à ma mère. File ! Tu vas être en retard !

Nous avons pourchassé Rose-Aimée à travers le couloir en poussant des grognements de bêtes fauves. Lorsqu'elle a ouvert la porte de la maison, un tourbillon glacé s'est engouffré à l'intérieur.

— Brrr, a fait ma mère en passant un poncho péruvien par-dessus son gros pull.

— Je savais que c'était un temps à ne pas mettre le nez dehors, a dit Jean-Ba. Regarde.

Il m'a montré le ciel par-dessus l'église, gris ardoise.

— Les premières neiges, a-t-il dit. Heureusement que j'ai rentré le bois.

Rose-Aimée nous a fait un signe de la main, et elle est partie vers la fabrique. Sitôt la porte refermée, j'ai demandé :

— Alors ? On va jouer ?

À l'époque, mes frères n'étaient encore que des bébés de huit ou neuf mois, autant dire qu'ils ne m'intéressaient pas. Ils dormaient beaucoup, ils ne savaient ni marcher ni parler, et encore moins jouer à Tarzan. Tandis que Jean-Ba, lui, savait grimper sur la table de la cuisine et sauter jusqu'aux poutres du plafond en poussant le fameux cri (*Ahi-hahihaaaa*) pendant que j'imitais Cheetah et tous les animaux de la jungle.

— OK, on va jouer ! a-t-il répondu.

Notre dispositif était simple et pas cher : il suffisait d'y croire pour transformer la maison en une jungle pareille à celle des bandes dessinées qui nous servaient de modèles. Les chaises de la salle à manger devenaient nos montagnes, le tapis du couloir notre torrent infernal, et le balai de la cuisine une torche pour entrer dans les grottes, c'est-à-dire dans l'armoire à linge, où je découvrais toujours quelques araignées bien réelles qui me faisaient pousser des piaillements apeurés. À ce jeu-là, j'étais infatigable. Mais après quelques heures passées à sauter et à crier, Jean-Ba levait le pouce :

— Pause ! réclamait-il.

Je lui opposais un « non » déterminé : je n'avais pas fini, moi, d'explorer l'Afrique et ses mystères.

— Mais Tarzan avoir très faim ! plaidait-il en se tapant sur le ventre. Lui vouloir goûter sauvage !

Je ne résistais jamais très longtemps. Jean-Ba ouvrait alors un énorme pot de Pastador, dans lequel j'avais le droit de tremper des bananes entières, quitte à y mettre les doigts, et ce, jusqu'à l'écœurement.

Mais ce samedi-là, nous n'avons pas eu le temps d'ouvrir le pot. Nous étions encore en pleine jungle (Jean-Ba torse nu, moi enroulée dans une couverture en acrylique orange qui figurait le pelage d'un lion) quand un type a toqué aux carreaux de la cuisine.

Jean-Ba a reconnu un de ses clients à travers la vitre. Il est descendu de son perchoir pour lui ouvrir et l'intrus a déboulé au milieu de la cuisine avec de la neige sous ses bottes. J'ai soudain réalisé qu'il n'y avait autour de moi ni cocotier ni crocodiles et que s'il faisait chaud, c'était uniquement grâce aux bûches qui flambaient dans la cheminée du salon.

Le type était agité, en sueur malgré le froid mordant du dehors. D'après lui, il y avait un problème là-haut, à la station-service : personne pour l'essence, personne pour encaisser, personne pour les pare-brise, personne pour les niveaux.

— Personne de personne, je te dis ! Qu'est-ce que t'as fichu ? Tout est ouvert aux quatre vents !

— Et mon remplaçant ? a fait Jean-Ba.

— Faut croire qu'il a pris la poudre d'escampette, ton bonhomme ! s'est exclamé le type en s'épongeant le front à l'aide d'un grand mouchoir. Alors comment je fais, moi, hein, avec mon camion ? Je suis sur la réserve ! Tu sais bien qu'il n'y a plus une seule pompe avant la vallée !

— Merde, a soupiré Jean-Ba.

— Tu as dit un gros mot, lui ai-je fait remarquer.

— Je sais, Conso. Mais là, je crois que c'est le seul qui convient.

Depuis que je fréquentais l'école communale et la classe de M. Sylvestre, je faisais la chasse aux grossièretés, ce qui avait le don d'énerver Rose-Aimée qui m'appelait « la mère pisse-froid ». (« Pisse est *aussi* un gros mot », lui rétorquais-je avant qu'elle menace de m'envoyer au lit sans manger.)

— Bon alors ? Comment je fais, moi ? a répété le camionneur. Avec ce temps, en plus, faudrait pas traîner !

Jean-Ba m'a regardée, puis il a paru calculer quelque chose dans sa tête à toute allure avant de lâcher :

— Désolé, Conso. Il va falloir que je t'emmène chez Mme Ruiz avec tes frères…

— Non, non ! Pas chez Mme Ruiz !

Épouvantée, j'ai commencé à courir partout – autour de la table, dans le couloir, à travers le salon – en hurlant à pleins poumons, avec ma couverture orange qui volait derrière moi comme une cape de super-héros.

— Arrête ça, Conso ! a crié Jean-Ba. Viens ici !

Il m'a couru après. Il a fini par m'attraper en arrachant ma cape, et il m'a ramenée dans la cuisine.

— Je dois absolument aller voir ce qui se passe, a-t-il dit. Pas question que je vous emmène. Avec la neige, la route est dangereuse, tu comprends ?

Je l'ai regardé au fond des yeux, avec ma petite bouche qui tremblait. Des sanglots ont creusé ma poitrine.

— Pas chez madame Ruiz, pas chez ma… da…

— Bon, bon, a soupiré Jean-Ba.

À son tour, il s'est mis à faire les cent pas dans la cuisine, pendant que le camionneur s'impatientait. Une petite flaque s'élargissait autour de ses bottes et j'entendais grincer ses dents.

— Je peux t'attendre là ! ai-je proposé. Je peux surveiller mes frères ! Ils dorment !

— Non non, impossible, a dit Jean-Ba. Il va bien falloir que…

Mais à bout de patience, le camionneur l'a interrompu :

— Y en a pas pour longtemps ! Si la gosse te dit qu'elle peut rester, laisse-la ! Je veux juste le plein, moi !

Jean-Ba a enfilé son T-shirt et un pull à grosses mailles par-dessus. Il a répété « merde », puis il est allé chercher le pot de Pastador dans le placard avant de le poser sur la table, près du panier à fruits.

— Écoute-moi bien, Consolata.

L'espoir m'a rendu le sourire. J'ai ouvert grand mes oreilles pendant que Jean-Ba me donnait un tas de consignes qu'il a conclues en désignant le cadran de l'horloge :

— Si je ne suis pas revenu quand les deux aiguilles sont alignées, tu cours chercher Mme Ruiz, c'est compris ?

— Oui !

— Tu sais où elle habite ?

— Entre l'école et la boulangerie de la mère Chicoix !

— Tu sauras courir jusque chez elle ?

— Oui !

— Bon.

Il a poussé un soupir résigné, et il a fait signe au type.

– On y va.

— Pas trop tôt, a grogné l'autre.

Et ils sont sortis par la porte-fenêtre.

Un silence bizarre est tombé sur la maison. Mes frères faisaient la sieste à l'étage, la neige amortissait les bruits du dehors, je me suis soudain sentie seule et désœuvrée. Je suis restée une éternité sans rien faire, mais quand j'ai levé les yeux vers l'horloge, les aiguilles n'avaient pas bougé.

— Grrr, ai-je rugi à haute voix.

C'était un rugissement sans conviction. Avec ce silence et la neige qui s'entassait au bord de la fenêtre, je n'arrivais plus à me prendre pour un vrai lion.

J'ai tiré un tabouret jusqu'à la table. Une fois perchée dessus, j'ai épluché la première banane pour la tremper dans le pot. C'était moins drôle qu'avec Jean-Ba, mais j'y ai quand même mis les doigts.

Je crois que c'est au milieu de la troisième banane que l'odeur m'a prise à la gorge. Une odeur puissante, dégoûtante, qui m'a aussitôt piqué les yeux jusqu'aux larmes. J'ai tout lâché, la banane, le pot de Pastador, pour me frotter le visage, mais comme j'avais les doigts collants et barbouillés, je n'ai réussi qu'à m'en mettre partout, et j'ai paniqué en imaginant ce que dirait Mme Ruiz si elle me trouvait dans cet état. Vite ! De l'eau pour rincer mes cochonneries !

Dégringolant de mon tabouret, j'ai foncé vers l'évier. Et c'est à ce moment-là que j'ai pris conscience de l'épais brouillard dans lequel la cuisine était plongée. C'était ce brouillard qui puait

et qui me piquait les yeux. Mais d'où venait-il ?
De quel étang ? De quel fleuve ? De quel Zambèze
imaginaire ?

Manquant soudain d'oxygène, je me suis précipitée vers la porte-fenêtre et l'air froid de décembre
m'a flanqué une gifle. J'ai toussé, toussé, si fort
que je me suis pliée en deux pour dégobiller mon
goûter dans la neige. Quand je me suis retournée,
j'ai vu les flammes qui commençaient à noircir le
mur du salon, et j'ai compris.

Il avait suffi d'une escarbille, peut-être ? Ou bien
mon pelage de lion, tombé trop près de la cheminée ?

Du haut de mes cinq ans, la première pensée
qui m'est venue a été celle-ci : que ferait Tarzan à
ma place ? Et une chose m'a paru certaine : jamais
Tarzan ne prendrait la fuite en abandonnant Cheetah derrière lui. Jamais !

Alors j'ai pris ma respiration, et j'ai cavalé comme
une gazelle apeurée vers l'escalier en criant :

— Orion ! Octo ! Tenez bon ! J'arrive !

La fumée n'avait pas encore envahi l'étage. Dans
la chambre, mes frères pleuraient, agrippés aux
barreaux de leur petit lit, aussi rouges que leurs
pyjamas en éponge.

— Je suis là ! ai-je dit. Je suis là !

J'ai attrapé le premier qui venait, et je l'ai extirpé
de sa cage.

— Je reviens ! ai-je crié à celui que j'étais obligée
de laisser et qui hurlait de plus belle.

Je ne sais pas comment j'ai fait pour redescendre.
Sans tomber. Avec le poids du bébé sur les bras

et la fumée qui gagnait le bas des marches. Une fois dehors, j'ai cherché un endroit sec où déposer mon fardeau. La neige tapissait l'herbe, j'étais à bout de souffle et j'avais envie de pleurer, mais mon frère braillait si fort que je me suis retenue. *Tarzan, pas pleurer.*

J'ai fini par trouver l'abri où Jean-Ba stockait ses bûches et c'est là que j'ai laissé le bébé, terrorisé au milieu des copeaux, pour aller chercher son jumeau. Malheureusement, j'avais perdu un temps précieux. La fumée était devenue si épaisse qu'elle dressait un mur entre l'extérieur et l'intérieur de la maison. J'ai essayé de franchir ce mur, une fois, deux fois. Impossible.

Alors je suis restée dehors, tétanisée devant la porte de la cuisine, hoquetant comme une perdue. Était-il trop tard ? Mon frère allait-il mourir par ma faute ? Les aiguilles de l'horloge étaient-elles alignées ? Devais-je courir chez Mme Ruiz ?

Chapitre 6

Vendredi
23:30

Nine déplie ses jambes et se redresse contre le dossier du fauteuil où elle était recroquevillée. Dans la lueur des flammes, Titania ne dit plus rien, comme hypnotisée par l'incendie miniature qui lèche la vitre du poêle à bois.

Et ensuite ? Qu'est-ce qui s'est passé ?

Titania se frotte le visage. Des souvenirs qu'elle croyait perdus lui reviennent. Des bribes, comme dans ces films sans paroles que Jean-Ba avait tournés en super-8 et qu'il projetait parfois sur le mur de la salle à manger. On y voyait Rose-Aimée, avec son grand chapeau à bords mous, surprise en monokini dans un hamac, quelques secondes d'une partie de foot avec les gamins du village, une scène d'anniversaire ou des clients hilares à la terrasse des Quatre As. Mais comment Jean-Ba avait-il pu projeter des films sur le mur de la salle à manger, puisque, précisément, ce mur avait brûlé ? Les séances avaient-elles eu lieu bien après l'incendie ? Après les travaux de rénovation qui ont suivi ? « Sans doute », songe Titania. Car dans sa mémoire, le mur est aussi blanc qu'un écran de cinéma. Et elle se demande tout à coup où peuvent être les bobines. Serait-il possible de récupérer quelque part un appareil en état de marche ? Serait-il possible alors de ressusciter les fragments muets du passé ?

— Et ensuite ? réclame Nine.

Titania n'entend pas. Nine a l'habitude. Elle sait que sa mère habite parfois sur une autre planète. Ses copines trouvent ça «normal pour un écrivain», mais franchement, ça énerve. Depuis quand l'écriture rendrait-elle sourd ? Et depuis quand écrire serait une excuse ?

— Bon, alors je suppose que personne n'est mort dans l'incendie ? soupire Nine en répondant elle-même à sa question. C'est logique, puisque tu m'as dit que tes frères seront ici demain. Mais qui vous a sauvés ? Et le jumeau qui est resté dans son lit, il a été blessé ? C'est ça ?

Titania se lève subitement de son fauteuil. Elle retourne chercher la bouteille de vin. Cette fois-ci, elle remplit deux verres, puis revient vers Nine et, sans commentaire, lui en donne un.

— Ce sont les voisins qui ont vu la fumée et qui ont alerté les secours, dit-elle. Sans leur intervention…

Au lieu de se rasseoir, Titania reste debout et s'adosse contre le mur, tandis que Nine contemple le verre de vin avec suspicion. Sa nausée de tout à l'heure ne s'est pas encore dissipée. Finalement, elle préférerait un Coca.

— Quand Jean-Ba est revenu, reprend Titania,

il a découvert la maison envahie par les pom-
piers et les chaises du salon qui baignaient dans
cinquante centimètres d'eau. On peut dire que
c'était une sale journée pour lui : son remplaçant
était parti avec la caisse de la station-service,
et ensuite, sa maison à moitié ravagée par les
flammes. Une maison que ses grands-parents lui
avaient léguée…

— On s'en fiche un peu de la maison, non ?
C'est surtout vous trois qu'il a failli perdre !

— Oui, bien sûr. Mais c'est quand même
important, une maison, tu sais.

Titania pose une main sur le mur derrière elle.

— Même une simple cabane au bord d'un lac,
c'est important.

Disant cela, elle pense à toutes les fois où elle est
venue se réfugier ici. Pour souffler, pour pleurer,
pour écrire ou prendre des forces avant la naissance de Nine. Chaque fois, à défaut des bras de
sa mère, elle a trouvé entre les murs de la cabane le
réconfort dont elle avait besoin. Une halte paisible,
hors du temps et loin de la ville. Lorsqu'elle arrive
ici, Titania devient une sorte de sentinelle. Elle
surveille l'obscurité sauvage qui encercle le lac, et
elle songe que c'est peut-être là que les écrivains
doivent être : à l'écart, posés entre deux mondes,
comme des oiseaux inquiets attendant l'aurore.

— Bon, et après ? s'impatiente Nine.

— Après ? Jean-Ba nous a cherchés bien sûr,
mais nous n'étions plus là. Une ambulance nous
avait déjà emportés, tous les trois, vers l'hôpital de
la vallée. Je me souviens d'une infirmière, pendant

le trajet, qui m'obligeait à respirer sous un masque à oxygène. Je n'arrêtais pas de pleurer.

— Et Rose-Aimée ?

— Jean-Ba a foncé aussitôt jusqu'à la fabrique pour l'avertir, et ils ont filé ensemble vers l'hôpital. Quand je les ai vus débouler, complètement angoissés, j'avais séché mes larmes. J'étais en train de jouer avec Octo. C'est marrant que je me souvienne de ça : dans le service de pédiatrie, il y avait une salle toute décorée, avec des quantités phénoménales de Lego. Je n'en avais jamais vu autant. Tu parles, ni Octo ni moi n'avions envie de partir !

— Et Orion ?

— Lui, il était en observation. Il y est resté quelques jours, à cause des lésions qu'il avait au niveau des voies respiratoires. Mais finalement, après examen, les médecins l'ont fait sortir en disant qu'il n'avait rien de grave. Nous avions eu beaucoup de chance, tous les trois. Aucun de nous n'aurait de séquelles.

— Et c'était vrai ? demande Nine.

Titania sourit. Elle secoue la tête.

— Les médecins se sont trompés.

— Pour Orion ?

— Oui, pour Orion.

— Qu'est-ce qu'il a eu ?

— Au début, rien. Disons que c'était presque indétectable. Mais peu à peu, on a remarqué des changements. Par exemple, il restait de longues minutes sans bouger, le regard dans le vague. Ou bien, il oubliait de réagir quand on l'appelait et Rose-Aimée se demandait s'il n'était pas devenu

sourd à cause du choc. Mais non, l'instant d'après,
il sursautait en entendant chanter le coq à l'autre
bout du village. Ensuite, il s'est mis à faire des
bruits bizarres. Pas du babillage de bébé, comme
Octo. C'était plutôt des cliquetis, des grincements.
Il couinait, il sifflait, même ! Au point que Rose-
Aimée l'a surnommé «ma petite bouilloire».

Titania répète le surnom et se met à rire d'un
rire qui déplaît à Nine. Titania s'en rend compte.

— Bref, dit-elle.

Elle replace une mèche de cheveux derrière son
oreille.

— Le temps a passé. Octo a appris à parler, à
manger tout seul, à tenir un feutre et à coller des
gommettes comme les autres enfants de son âge.
Orion, non. On lui montrait une fois, deux fois,
dix fois comment faire ceci, comment faire cela.
Peine perdue. Rose-Aimée disait qu'il était *dans les
nuages*. Moi, chaque fois qu'elle prononçait cette
phrase, je revoyais l'incendie et je m'imaginais
qu'une partie du cerveau de mon frère était restée
prisonnière du brouillard toxique. Personne à la
maison n'osait se l'avouer, et même Mme Ruiz,
cette peau de vache, ne disait rien. Mais quand il
est entré à l'école…

Titania vide d'un trait son verre de vin. Elle rit
encore.

— Pauvre Orion. Il était tellement… adora-
blement, à côté de la plaque ! Comme tu peux
l'imaginer, ça n'a pas échappé aux autres enfants,
et de moquerie en moquerie, il nous a bien fallu
admettre qu'il ne serait jamais comme nous. Car

la vérité, ma bichette, c'est qu'Orion n'était pas seulement un doux rêveur.

Elle écarte les bras en signe d'impuissance.

— Mon petit frère était handicapé. Et moi, je savais pourquoi : il était handicapé parce que je n'avais pas réussi à le sortir à temps de la maison en flammes. Il était handicapé à cause de moi.

Nine reste bouche bée. Elle pense soudain à une fille, au lycée. Une petite carcasse ratatinée dans un fauteuil roulant qu'elle voit passer, tous les midis, à la cantine. Elle ne connaît pas son prénom. Tout le monde l'appelle « l'handicapée de première ES ». Il paraît qu'elle est la meilleure élève de sa classe, mais Nine, qui aime tant nager, courir, sauter, grimper, n'échangerait pas son pire bulletin scolaire contre cinq minutes dans la peau de cette fille.

— Handicapé comment ? demande-t-elle.

En guise de réponse, Titania désigne l'escalier.

— Va voir les photos, là-bas. Orion y est. Nous y sommes tous.

Nine, qui s'était réenroulée dans son fauteuil, jette un coup d'œil, de loin, aux cadres de guingois accrochés au mur. Elle n'a pas eu la curiosité de s'en approcher jusqu'à présent, comme s'il lui fallait attendre la permission de sa mère.

— Vous y êtes tous ? Même Jean-Ba ?

— Non, pas Jean-Ba.

Titania rit un peu :

— Pardon de le dire comme ça, mais si ma mère avait voulu exposer les photos de tous ses amants, il y en aurait jusqu'au plafond !

— Pff! Tu exagères.

— Pas tellement, bichette. C'était les années 70. Tout le monde exagérait.

Nine, qui n'a vraiment pas envie de connaître les détails sur la vie intime de sa grand-mère, se dépêche de demander :

— Et ton père? Il n'est pas sur les photos, lui non plus?

— Ttt, fait Titania, là, tu vas trop vite.

— Pourtant, c'est bien ton père que tu voulais aller chercher quand tu étais à bord de la Panhard, non? C'était ça, la promesse de Rose-Aimée?

— Laisse mon père pour l'instant. Quand son heure viendra, il prendra sa place dans l'histoire.

— D'accord, soupire Nine. C'est toi qui décides. Comme d'habitude.

Elle déroule ses jambes, se lève et s'approche de la série de portraits. Ce sont des clichés ordinaires, pris avec ces appareils automatiques bon marché et développés sur papier mat, typiques de l'époque. Les couleurs sont un peu passées. Malgré cela, Rose-Aimée crève l'écran : majestueuse, blonde. Et si jeune qu'elle pourrait être la sœur de Nine.

— La femme que tu verras demain aura quarante ans de plus, l'avertit Titania.

— Elle aura les cheveux blancs, tu veux dire?

— Pas forcément. Mais des rides, sans doute. Et peut-être qu'elle marchera à petits pas, avec une canne !

— J'ai du mal à le croire.

— Moi aussi.

Nine perçoit l'émotion dans la voix de sa mère et réalise quelque chose.

— Depuis combien de temps tu ne l'as pas vue ?

— Rose-Aimée ?

— Oui.

Titania pousse un soupir et l'air passe en tremblant dans sa gorge. Répondre à cette question précipiterait tant d'autres questions qu'elle préfère éluder.

Alors ? Tu as trouvé Orion ?

Nine avance son visage plus près des photos. Elle les examine une par une dans l'éclairage trop cru du plafonnier. Elle y reconnaît sa mère, aussi blonde que Rose-Aimée, mais plus renfrognée. Un peu garçonne, les yeux clairs, la Consolata d'autrefois ressemble à la Titania d'aujourd'hui. Tantôt Rose-Aimée la tient par une épaule, tantôt par une main, sans qu'on arrive à savoir si elle cherche à la retenir ou à l'éloigner d'elle. Quant aux jumeaux, sur chaque cliché, ils posent côte à côte. Ils portent des vêtements différents (sauf sur la photo où frères et sœur sont en tenue de foot), mais ce qui frappe Nine, c'est la beauté de leurs traits. Seule une cicatrice au milieu du sourcil distingue l'un des deux. À part ce détail, ils sont strictement identiques. Impossible de savoir lequel est Orion.

— Observe-les bien, l'encourage Titania. Tu verras une différence.

Nine recule un peu et pose ses mains sur la rampe de l'escalier. Que voit-elle à présent ? Quatre visages exposés à la même lumière, quatre

sourires plus ou moins forcés, quatre corps vigou-
reux, quatre... non, trois regards francs et nets, qui
semblent défier l'objectif avec la même détermination. Le quatrième regard, lui, ne défie rien du
tout. Le quatrième regard est absent, flou, comme
voilé par un nuage.

— Là, c'est Orion, déclare Nine en pointant un
doigt vers celui qui porte la petite cicatrice.

Sans bouger du mur où elle est restée adossée,
Titania hoche la tête.

— Après l'incendie, quelque chose s'est éteint
dans ses yeux, dit-elle. Personne n'a su expliquer
pourquoi. Il est passé de l'autre côté.

— De l'autre côté de quoi?

— Je ne sais pas, bichette. De l'autre côté du
miroir, comme dans *Alice au pays des merveilles*?

— Hmm, fait Nine. Je commence à comprendre
pourquoi il y a toujours des accidents tragiques et
un personnage d'inspecteur à moitié autiste dans
tes romans.

Stupéfaite, Titania décolle son dos du mur et
s'avance vers sa fille.

— Orvel Spiegel n'est pas autiste! se défend-
elle. Je t'accorde qu'il est obsessionnel, renfermé,
asocial, mais pas...

— N'empêche que c'est évident, l'interrompt
Nine en montrant encore la photo. Le modèle de
ton personnage, c'est ton frère! D'ailleurs le prénom
Orvel commence exactement comme Orion, non?

Troublée, Titania choisit l'esquive:

— Je croyais que tu ne lisais pas mes livres?
dit-elle.

C'est vrai, Nine s'est toujours méfiée des romans de sa mère. Elle a toujours eu peur d'y découvrir des choses qu'elle n'avait pas envie de savoir.

— La différence, c'est qu'Orvel n'a pas de frère jumeau, dit-elle en guise de réponse.

— C'est vrai.

— Tu lui as juste inventé une grande sœur, dit encore Nine.

— Oui.

— Pourquoi tu ne lui as pas donné de jumeau ?

La Fée du suspense ouvre la bouche et reste un moment comme ça, sans qu'aucun mot franchisse ses lèvres. En fait, il y a deux manières de répondre à cette question : la version courte (« mes romans n'ont rien à voir avec ma vie »), qui serait un mensonge, ou la version longue, qui s'approcherait davantage de la vérité.

— Il va falloir que je te parle d'Octo, dit-elle. Et de tout le reste, aussi. Tu es de nouveau prête à m'écouter ?

Nine fixe les photos. Maintenant qu'elle a vu leurs visages, les personnages de l'histoire semblent à la fois plus proches et plus mystérieux. Ils ont gagné en épaisseur. Elle a envie de savoir ce qu'ils cachent.

— Je t'écoute.

Chapitre 7

Automne 1974

Un matin, Rose-Aimée a flanqué toutes nos affaires dans la Panhard. Elle a retiré les cales sous les pneus, et notre voiture-poisson a quitté le terrain plein de bosses devant la maison de Jean-Ba pour s'installer dans la cour plate et ratissée de la plus belle demeure de Saint-Sauveur.

Du haut de ses quatre ans et demi, Octo a tout de suite reconnu la grille en fer, l'allée de peupliers et le curieux clocheton qui coiffait le pigeonnier, sur une aile de la bâtisse.

— Pas de piqûre ! Pas de piqûre ! a-t-il crié en donnant des coups de pied dans le siège avant, où Rose-Aimée m'avait installée, faute de place à l'arrière.

— Eh ! ai-je protesté. Je suis pas ton punching-ball !

— Clic clic clic, a cliqueté Orion, comme chaque fois qu'il y avait de l'électricité dans l'air.

— Pas de piqûûûre ! a repris Octo en hurlant de plus belle. Je suis pas malade ! Je suis pas...

— Stop, Octo ! a fait Rose-Aimée. Personne n'aura de piqûre aujourd'hui, je te le promets !

Cette maison, je l'avais reconnue aussi : c'était celle du docteur Bordes. Mais moi, à neuf ans, j'avais pigé que nous ne venions pas, comme d'autres fois, pour une consultation.

D'ailleurs, le docteur Bordes nous attendait sur le perron, sans blouse ni stéthoscope. À la place, il portait une veste kaki garnie de poches à soufflets, ainsi que des bottes qui montaient au-dessus de ses genoux. Près de lui, un cocker roux était assis sur sa queue, immobile comme dans les pages du catalogue à la rubrique « chasse et pêche ».

— Bonjour, les enfants ! a-t-il claironné en faisant tournoyer la laisse du chien au-dessus de sa tête.

Aucun de nous trois n'a répondu.

Quand Rose-Aimée a tiré le frein à main, j'ai croisé les bras sur ma poitrine en disant :

— Je descendrai pas.

— Moi non plus, a aussitôt renchéri Octo.

Du coin de l'œil, je l'ai vu imiter mon geste, et j'ai ressenti une immense affection pour mon petit frère.

— Tu fais comme tu veux, ai-je dit à Rose-Aimée. Moi, j'y vais pas.

— Moi non plus, a fait Octo. Je suis solidaire avec Consolata.

Pour un môme de son âge, Octo avait du vocabulaire. Il faut dire que je l'obligeais souvent à jouer à la maîtresse et qu'il était mon seul élève.

– Nous, on n'est pas des traîtres, ai-je ajouté.

– Pas des traîtres, a répété Octo.

Orion, bien sûr, n'était pas dans le coup. Rose-Aimée lui avait fourré un catalogue dans les mains pour qu'il se tienne tranquille et il grésillait en examinant la page des luminaires. Il aurait pu pleuvoir des grenouilles, la Terre aurait pu se fendre en deux, Orion aurait continué de tourner les pages de son catalogue.

Rose-Aimée nous a regardés, elle a poussé un soupir, et elle a ouvert sa portière tandis que l'autre imbécile, avec sa veste à poches et ses grandes bottes, se précipitait vers nous.

— Soyez les bienvenus chez moi ! Lulu vous a fait des crêpes !

— Des crêpes ? a répété Rose-Aimée. Quel dommage ! Octobre et Consolata n'aiment pas ça !

Elle a ouvert la portière du côté d'Orion.

— Mais mon petit chat, lui, il adore les crêpes ! N'est-ce pas, Orion ?

Elle a pris notre frère dans ses bras, et elle s'est éloignée avec le docteur, en roulant des hanches et en faisant crisser les graviers de la cour sous les talons de ses sabots.

Octo et moi sommes restés dans la Panhard, plus silencieux que deux poissons dans un bocal.

Depuis des semaines, nous le savions : Rose-Aimée allait quitter Jean-Ba, et par conséquent, nous allions devoir le quitter aussi. Cela s'était fait sans un cri, sans un coup, sans même une assiette brisée. Ce qui s'était brisé (m'avait expliqué Jean-Ba) était beaucoup plus fragile qu'une assiette.

— C'est la confiance, tu comprends?

La mort dans l'âme, j'avais demandé :

— À cause de l'incendie?

Bien entendu, c'était à cause de l'incendie.

Bon an mal an, le couple avait résisté quelques années. Mais, si bon cuisinier soit-il, mon ami le pompiste n'avait pas su trouver la recette miracle pour réparer les dégâts causés ce jour-là.

— Puisque vous restez à Saint-Sauveur, on continuera de se voir, m'avait-il dit. Je te paierai des parties de flipper au bar des Quatre As. Rose-Aimée m'a promis de te laisser venir.

Voyant que j'allais pleurer, il avait essayé de me faire rire :

— On ira embêter la mère Chicoix dans sa boulangerie! On appuiera sur sa fichue sonnette, et le premier qui se fera engueuler aura un gage, d'accord?

Il m'avait arraché un sourire. Tous les gamins de Saint-Sauveur s'amusaient avec la sonnette que la boulangère avait installée sur son comptoir. Le jeu consistait à appuyer dessus pour lui faire croire qu'un client l'attendait, l'obligeant alors à extraire ses cent kilos du fauteuil où elle piquait du nez, à l'abri de son arrière-boutique. Et bien sûr, il fallait s'éclipser au dernier moment, sans se faire voir, juste pour le plaisir de l'entendre souffler et jurer dans le vide.

— Évidemment, on continuera de jouer au foot, avait ajouté Jean-Ba. Peut-être pas tous les dimanches, mais...

J'avais serré les dents avant de le serrer dans mes bras.

— Con-so-la-ta, avait articulé Jean-Ba. Ça veut dire « consolée », tu te souviens ?

Nous avions pleuré, et je m'étais juré de ne plus jamais-jamais-jamais aimer un amoureux de ma mère. Sauf mon père, évidemment, le jour où Rose-Aimée se déciderait enfin à partir à sa recherche, ce qui n'était pas gagné.

— Tu crois que c'est vrai, cette histoire de crêpes ? m'a demandé Octo au bout d'un long moment.

— Non, évidemment. C'est un piège.

— C'est qui, Lulu ?

— La cuisinière du docteur Bordes, ai-je répondu. Il ne sait même pas faire cuire une omelette au lard, ce crétin.

— Comment tu le sais ?

— Réfléchis. S'il savait casser les œufs, il n'aurait pas de cuisinière.

— Le problème, a dit Octo, c'est que j'ai drôlement faim, là.

Je me suis retournée, je me suis mise à genoux sur le siège, et je lui ai lancé mon regard de vipère.

— Si tu descends de cette voiture, tu es un traître. Je te parlerai plus. Plus jamais.

— Je suis pas un traître ! s'est défendu Octo.

— Dans ce cas, tu restes là. Avec moi.

— Et Orion ?

— Tu sais bien qu'Orion n'a rien à voir avec tout ça.

Un silence de trente tonnes s'est abattu sur nous.

Par les hublots arrière, nous apercevions les marches et le perron de la maison surmonté d'une marquise en fer un peu rouillé, puis les peupliers de l'allée qui commençaient à perdre leurs feuilles, et plus loin, une immense pelouse où étaient entassés de gros rondins de bois. Le cocker creusait un trou entre deux buissons ; on voyait juste sa queue ridicule.

— J'aime pas cet endroit, ai-je grogné.

— Moi non plus, a approuvé Octo.

Comme d'habitude, Rose-Aimée n'avait pas pris la peine de nous prévenir que le jour J était arrivé. Le matin même, d'un coup d'un seul, elle nous avait ordonné de vider nos chambres, de faire nos valises et d'entasser nos jouets dans des cartons : à nous d'en conclure qu'on déménageait. Destination ? Mystère et boule de gomme.

Orion avait pris ses catalogues, Octo son mange-disque et son circuit de petites voitures, moi mon ballon de foot et ma collection de *Club des Cinq*.

— On va habiter là ? m'a demandé Octo.

— Sûrement pas, ai-je dit.

— On va habiter où, alors ?

J'ai pensé à une conversation que j'avais entendue dans la cour de l'école entre deux filles de ma classe qui parlaient de leurs grands frères.

— On n'a pas le choix, ai-je répondu. On va devenir des objecteurs de conscience. Tu sais ce que ça veut dire ?

— Non, a modestement admis mon frère.

— Ça veut dire qu'on va partir. On fera de l'auto-stop, et on ira se réfugier dans un endroit secret. Personne ne pourra nous trouver. On sera plus jamais obligés de faire des trucs qu'on ne veut pas faire.

Octo a digéré ces informations en se tortillant
sur son siège. Je voyais bien que la situation le
rendait nerveux.

— Tu as envie de faire pipi ?

— Sûrement pas, a-t-il dit.

D'une main, il a ouvert le carton posé sur le
dessus de la pile à côté de lui et il a tiré sur le premier truc venu. C'était son mouton en peluche. Il
a souri et il s'est mis à sucer son pouce en serrant
la bestiole, tandis que je poursuivais à haute voix
mes rêves de fugueuse.

— Maman nous cherchera partout, et elle comprendra qu'on ne veut pas habiter chez le docteur
Bordes. Elle sera folle d'inquiétude, mais on s'en
fichera comme de notre première chaussette, pas
vrai ?

— Oui, a fait Octo en suçant son pouce de plus
belle.

— On restera objecteurs de conscience jusqu'à
ce qu'elle décide de revenir chez Jean-Ba.

— Tu crois ?

— Ou alors, jusqu'à ce qu'elle tienne enfin sa
promesse d'aller chercher mon père.

— Et mon père, aussi ? a demandé Octo.

— Oui, le vôtre aussi.

Il s'est détendu.

— D'accord, a-t-il dit.

Il a laissé un temps avant de demander :

— Est-ce qu'on peut manger des crêpes avant ?

Il avait beau se montrer particulièrement mûr
pour son âge, Octo n'avait aucune conscience politique. Le temps de me pencher pour l'attraper par

la manche, il avait réussi à ouvrir sa portière et à
sauter dehors.

— Espèce de traître ! ai-je crié en le voyant courir comme une flèche vers le perron.

Il s'est arrêté net et s'est retourné vers moi, sourcils froncés.

— Je suis trop petit pour faire ça, Conso, a-t-il
déclaré avec le plus grand sérieux. Toi, t'as qu'à
le faire ! Je dirai rien à personne, juré !

Solennel, Octo a levé la main avec laquelle il
tenait son mouton, et il a craché dans les graviers
du docteur Bordes. Puis, sans honte, il m'a tourné
le dos pour gravir les marches du perron et il a
poussé la porte de sa nouvelle maison.

Je suis restée à bord de la Panhard, au milieu
des cartons, des valises, et d'un océan de questions tristes. Depuis ma naissance, Rose-Aimée me
trimballait comme une valise, de-ci de-là, sans se
soucier de mon avis. Je comptais pour du beurre,
Octo aussi. Seul Orion semblait avoir du poids.
Depuis qu'il avait failli mourir dans les flammes,
il était devenu son *chaton*, sa *petite bouilloire*, son
chouchéri.

— Une égoïste, un traître et un chouchou, ai-je
grommelé en faisant le piètre bilan des membres
de ma famille. Et maintenant, un stupide toubib
avec ses bottes et son clébard. Pff.

Comme chaque fois que je me sentais seule et
perdue, je pensais à mon père. Ne sachant rien de
lui, je pouvais tout inventer. Je ne m'en privais pas.

J'ai poussé deux ou trois cartons, et j'ai ouvert
le suivant à la recherche de mon album d'images

Panini que j'ai trouvé coincé entre deux pulls en mohair qu'une collègue de ma mère m'avait tricotés. J'ai tourné les pages avant de m'arrêter sur celle de l'AS Saint-Étienne, mon équipe préférée, et parmi les photos du trombinoscope, sur celle du joueur qui me fascinait le plus.

La révélation datait de l'année dernière, d'un soir de mai où Jean-Ba m'avait emmenée boire une menthe à l'eau et faire un flipper au bar des Quatre As. Ce soir-là, sur l'écran du téléviseur couleur installé au fond de la salle se déroulait la retransmission d'un match contre Marseille. Je mâchouillais ma paille en regardant l'écran d'un œil distrait, quand Saint-Étienne avait marqué. La seconde d'après, le zoom sur le visage du buteur me décochait une flèche en pleine poitrine. Il était assez blond, il avait les yeux assez clairs, et le regard suffisamment mélancolique pour que je puisse m'y reconnaître. C'était lui. C'était limpide. J'étais restée clouée sur ma chaise jusqu'au coup de sifflet final, délaissant ma menthe à l'eau, les yeux rivés à la petite silhouette qui courait sur le terrain, dans un sens et dans l'autre, cheveux au vent.

À partir de là, j'avais tanné Jean-Ba pour assister à un maximum de matchs. Ainsi, j'avais pu voir jouer Saint-Étienne contre Sochaux, contre Troyes, contre le PSG, le RC Lens et le FC Metz. Et chaque fois, j'étais restée bouche bée, sans bouger, les cuisses collées au skaï de la banquette.

— Qu'est-ce qu'elle a, la gamine ? se demandaient les clients du bistrot, qui n'avaient jamais

vu une fille se passionner autant pour la coupe de
France.

— Elle est amoureuse ? rigolait le patron.

Seul Jean-Ba, qui n'était pas un imbécile, avait
deviné la raison de mon admiration pour le beau
footballeur. Avec tact, il avait tenté de m'expliquer,
une fois ou deux, que mon hypothèse ne tenait pas
debout, que le champion était trop jeune, que ma
mère ne l'avait jamais rencontré, qu'ils ne vivaient
pas dans le même milieu, mais moi, je n'en démor-
dais pas : Dominique Bathenay était mon père. Et
quand ça n'allait pas fort, comme ce jour-là, je
pouvais passer de longues minutes à lui parler,
l'album Panini ouvert sur les genoux, par vignette
interposée.

— Non mais tu as vu la tête de ce toubib ?
Qu'est-ce qui lui prend, à Rose-Aimée ? Elle est
toquée, ou quoi ? Qu'est-ce qu'elle lui trouve ? Sa
moustache, on dirait la queue de son chien. Il est
moche et vieux, voilà ! Et à tous les coups, il est nul
en foot. Je parie que je peux lui mettre dix pénaux
de suite sans me fatiguer, tiens !

Car bien entendu, depuis que ma filiation avec
Dominique Bathenay ne faisait plus de doute,
j'avais supplié Rose-Aimée de m'acheter un ballon.

Jusqu'à présent, je m'entraînais sur le terrain
en pente et plein de bosses devant la maison de
Jean-Ba : dribbles, shoot, jeu de jambes, feintes,
j'y passais des heures. Et pour les séances de tirs
au but, j'arrachais Octo à ses petites voitures et à
ses 45-tours.

— Viens, j'ai besoin d'un goal !

Les deux pulls en mohair, roulés en boule et jetés dans l'herbe à la bonne distance, figuraient les poteaux.

— Mets-toi là, bien au milieu.

— Comme ça ?

— Oui, mais pas immobile ! Souple ! Allez, bouge sur tes jambes ! Écarte les bras !

— Comme ça ?

— Vas-y, plonge !

Je shootais et mes boulets de canon passaient systématiquement un mètre au-dessus de la tête de mon frère. Je criais :

— Lucarne !

Octo faisait la grimace.

— Les cages sont trop grandes ! me reprochait-il, des auréoles boueuses sur les genoux.

J'acceptais qu'il rapproche les pulls, et je continuais à le canarder jusqu'à ce qu'il s'en aille bouder dans sa chambre.

Un jour, en désespoir de cause, j'avais essayé de placer Orion dans les cages. Je n'avais même pas armé mon premier tir qu'il s'était accroupi pour cueillir les pâquerettes entre les bosses, et sa carrière de goal s'était arrêtée là.

Pour mon grand bonheur, le dimanche, Jean-Ba m'accompagnait au terrain municipal, à l'autre bout du village. Nous y trouvions toujours une douzaine d'autres gamins, avec des pères en survêtement de laine, prêts à en découdre. J'étais la seule fille, mais au fil des parties, j'avais réussi à asseoir mon autorité et c'est moi qui distribuais les postes.

— Toi, tu joueras ailier. Toi, tu seras avant-centre.

— Et toi ? me demandaient mes équipiers.

— Moi, disais-je sur un ton docte, je joue toujours milieu centre.

Mes cheveux avaient poussé, mes seins pas encore, si bien que durant ces matchs endiablés, je pouvais vraiment me prendre pour le champion, imitant à la perfection la moindre de ses attitudes. À la fin, le front trempé de sueur, les garçons venaient me serrer la main avec respect.

À l'issue d'une partie où j'avais mis trois buts, un petit teigneux venu du patelin d'à côté m'avait lancé :

— On dirait pas que tu es une vraie fille ! T'es un garçon manqué ou quoi ?

— Tu diras ça à mon père ! avais-je répliqué, les poings sur les hanches.

— C'est qui, ton père ? C'est lui ? avait-il demandé, goguenard, en désignant Jean-Ba courbé en deux sur ses poumons douloureux, qui tentait de retrouver son souffle.

— Pff, mais non ! Lui, c'est juste le mec de ma mère. Mon père, c'est Bathenay.

— Dominique Bathenay ? avait murmuré le gamin, estomaqué.

— Tu vois pas que je suis son portrait craché ?

Ma conviction était si puissante que mon interlocuteur en était resté baba. Dès le lendemain, la rumeur de mon identité s'était répandue sur le plateau, de Saint-Sauveur à Beaumont, en passant par La Croix-Blanche. J'en souriais encore, des mois plus tard.

— Alors je sais ce qu'il me reste à faire, ai-je décidé à haute voix, toute seule dans la Panhard. Je vais fuguer jusqu'à Saint-Étienne !

Ce rêve m'a réconfortée. Je me suis imaginée au stade Geoffroy-Guichard un soir de coupe, me faufilant jusqu'aux vestiaires, discrète comme une souris, et tombant nez à nez avec Dominique. Son regard. Mon regard. La reconnaissance instinctive, immédiate, mutuelle. Son émotion. « Ma fille ! Je savais qu'un jour, tu viendrais me retrouver ! » Embrassades, rires, larmes, musique, gloire et confettis.

— Psst ! Conso !

J'ai sursauté. La tête de mon frangin est apparue dans le hublot et mon rêve s'est brisé quand il a ouvert le hayon.

— Quoi ? ai-je grogné.

— Je t'en ai apporté ! a souri Octo en brandissant deux crêpes.

Il avait les yeux pétillants et du chocolat autour de la bouche.

— Goûte ! Elles sont bonnes !

J'ai refermé l'album Panini.

J'ai regardé Octo, ses petites pognes toutes rondes et couvertes de sucre, son air inquiet, sa bouille désarmante.

— Tu peux pas partir le ventre vide, a-t-il dit, et ça m'a bouleversée.

J'ai accepté son offrande, comprenant soudain que je n'aurais pas le courage de m'enfuir, ni à Saint-Étienne ni ailleurs. J'ai su que j'allais entrer dans la maison du docteur Bordes, parce que ma place était ici, près de ma mère et de mes frères. Et j'ai prié pour que Rose-Aimée se lasse le plus vite possible des bottes du docteur et de sa moustache !

Chapitre 8

Vendredi
00:00

— Et alors? intervient Nine d'une voix moqueuse.
Elle a mis combien de temps avant de le plaquer,
ce docteur idiot?

— Ttt, fait Titania. Pas de question intempes-
tive! Quand je raconte, je n'aime pas qu'on me
brusque, tu le sais bien.

Nine pousse un soupir et lève les yeux au ciel.

— On en est à 1974, maman. À ce rythme-là,
la nuit ne sera jamais assez longue!

Titania fronce les sourcils et va chercher le sac à
main qu'elle a posé près de la porte d'entrée. Elle
y pêche son téléphone.

— Tu as encore de la batterie? l'envie Nine.

— Assez pour voir l'heure.

— Alors?

— Eh bien, ça va, il n'est pas si tard. Donc, je
reprends.

— Non, attends, j'ai besoin d'aller aux toilettes.
C'est où?

Titania pointe un doigt vers le haut de l'escalier.

— Salle de bains, porte d'en face. La lumière est sur ta gauche.

Nine marque une brève hésitation avant de gravir les quelques marches qui la séparent de l'étage. Elle repense à certains détails du récit.

— J'ignorais que tu savais jouer au foot, sourit-elle en se tournant vers sa mère. Et je n'avais pas compris qu'Octo signifiait Octobre.

— Rose-Aimée a toujours eu un faible pour les prénoms bizarres et les diminutifs.

— Comme toi! sourit Nine.

— Pas faux. D'ailleurs, dépêche-toi ou je t'appelle par ton prénom entier! la menace Titania.

— Ah non, surtout pas!

Arrivée sur le palier, Nine trouve l'interrupteur et découvre à quoi ressemble le reste de la cabane : une soupente plus étroite que le rez-de-chaussée, avec quatre portes en bois brut qui distribuent la salle de bains et, sans doute, les chambres. Elle pousse celle du milieu.

Une fois dans la petite pièce, elle réalise qu'elle avait besoin d'être seule un instant, histoire de reprendre ses esprits. Elle fait couler l'eau sur l'émail du lavabo, se lave lentement les mains et ose enfin lever les yeux vers le miroir accroché devant elle. Son reflet, elle le connaît par cœur. Mais ici, dans ce décor, il a une allure étrange, comme si sa ressemblance criante avec Rose-Aimée – cette *grand-mère* dont elle ne voit pour l'instant que l'éclatante jeunesse – la dépossédait un peu d'elle-même.

Elle ne parvient pas à croire que d'ici quelques

heures, la véritable Rose-Aimée entrera en chair et en os dans cette cabane, et dans sa vie.

Alors qu'elle contemple son visage, la voix de Titania retentit soudain dans la cage d'escalier :

— J'ai retrouvé le chargeur de ton téléphone !

Nine s'ébroue et reprend pied aussitôt dans la réalité.

— Super ! crie-t-elle à travers la porte. J'arrive !

Elle se dépêche de faire pipi, se lave de nouveau les mains, jette encore un coup d'œil au miroir, arrange une mèche, souffle comme une actrice avant d'entrer en scène, et quitte fissa la salle de bains pour dégringoler vers le rez-de-chaussée.

— Tiens, fait Titania en agitant le cordon.

Nine se précipite vers son sac de voyage, en retire l'objet inanimé, et le ressuscite aussitôt d'une décharge de 220 volts. Même s'il n'y a pas de réseau dans l'immédiat, elle en trouvera sûrement demain. Quitte à remonter tout le chemin jusqu'à la route goudronnée, quitte à marcher dix kilomètres jusqu'au prochain patelin !

— Ça va mieux ? s'enquiert Titania avec un brin d'ironie.

— Oui, reconnaît Nine sans déceler la moquerie dans la voix de sa mère. Franchement, je ne sais pas comment vous faisiez, à ton époque, pour vivre sans ça.

Titania étouffe un rire. Elle sort son propre smartphone de sa poche et tapote sur l'écran, ouvrant une ou deux applis au hasard tout en cherchant une réponse sincère à cette question. Comment faisait-elle, à seize ans, pour vivre sans rien dans la main, avec pour seul moyen de communication un gros appareil à cadran, arrimé par son fil au mur du salon ?

— Je crois que, dans l'ensemble, nous étions habitués à nous ennuyer, dit-elle en se rappelant la langueur de certains dimanches.

Nine grimace, authentiquement peinée pour sa mère.

— C'était comme ça, tu sais ! la console presque Titania. D'une certaine façon, le monde était plus lent et plus vide qu'aujourd'hui. Chaque chose que nous faisions prenait du temps, réclamait des efforts, mais personne ne s'en plaignait puisque c'était normal. Les photos, par exemple. Il fallait apporter la pellicule chez un photographe pour qu'elle soit développée dans un labo. Parfois, il s'écoulait plusieurs mois entre la prise de vue et le tirage, si bien qu'en découvrant le résultat, on ne se souvenait même plus qui était sur le cliché ! Rien n'était instantané, à part le chocolat en granulés et le café en poudre ! Si tu étais fan de musique, pour écouter ton morceau préféré, tu devais attendre qu'il passe à la radio. Ou bien, tu devais aller acheter le disque vinyle dans un magasin spécialisé. Et si par malheur, tu n'avais pas de magasin de disques près de chez toi, tu devais le commander sur le catalogue, ce qui supposait d'attendre encore plus longtemps… En dernier recours, tu faisais comme Octo : des enregistrements sauvages sur des cassettes.

— La galère, quoi.

— Tu sais à quoi ça ressemble, une cassette, au moins ? rigole Titania.

Nine hausse les épaules, l'air de dire « évidemment », et Titania sourit en se rappelant le premier magnétophone d'Octo, un cube noir et mastoc qu'il avait reçu lors d'une occasion particulière, pour remplacer le mange-disque en plastique orange qui finissait par rayer tous ses 45-tours.

— C'était pour ses sept ans, peut-être ? Je ne sais plus, mais je me souviens encore de la marque : un Radiola ! dit Titania. C'est Vadim qui le lui avait offert.

— Vadim ? Qui est-ce ?

— Ah oui, pardon. Vadim, c'est le docteur Bordes. En vérité, il s'appelait Vladimir – sa mère était russe ou serbe, je ne sais plus – mais tout le monde l'appelait Vadim. Tu aurais vu la tête d'Octo, quand il a défait le papier cadeau !

Titania sourit encore sous l'effet des souvenirs qui se bousculent : la fierté de son frère, ses séances d'enregistrement rudimentaires sur Europe numéro 1, le silence religieux qu'il imposait à toute la maison pour éviter les bruits parasites... et la voix du speaker qui, à son grand désespoir, parasitait quand même les premières mesures de chaque morceau.

— Ça donnait des play-lists vraiment bricolées ! dit-elle en riant. Rose-Aimée a conservé tout ça. Si on a le temps, je t'emmènerai fouiller là-haut, tu verras.

— Alors si je comprends bien, vous êtes quand même restés chez le docteur Bordes ?

— Oui, dit Titania. Nous sommes restés.

Elle prend le temps de calculer et ajoute :

— Pendant un peu plus de cinq ans. Et tu sais, quand j'y pense, c'est chez lui que j'ai passé les années les plus paisibles de mon enfance.

— Ah bon ? Mais tu l'aimais bien, finalement ?

Assise dans son fauteuil, Titania balance la tête.

— Je te l'ai présenté de façon injuste. J'étais tellement furieuse contre Rose-Aimée, ce jour-là ! Mais la vérité, c'est que Vadim était un brave type. À quarante ans, il était tombé amoureux de ma mère autant que de nous trois. Et surtout, il adorait nous faire plaisir.

— Mouais. Dis plutôt qu'il était riche et que ça t'arrangeait !

— Non, c'est plus subtil que ça, bichette.

Avec une moue narquoise, Nine demande :

— Ah bon ? Et qu'est-ce qu'il t'a offert pour conquérir ton cœur ? On peut le savoir ?

Chapitre 9

1974-1975

Saint-Sauveur était une petite ville. Et comme dans toutes les petites villes, tout le monde savait tout sur tout le monde. Vladimir Bordes était donc au courant que je me prenais pour la fille du champion de football Dominique Bathenay. Il avait entendu parler de mes exploits dominicaux sur le terrain municipal, et avant même que Rose-Aimée débarque chez lui avec armes et bagages, il avait fait livrer les mystérieux rondins de bois que j'avais aperçus, entassés sur l'immense pelouse, le matin de notre arrivée.

Les jours suivants, par la fenêtre de la chambre où je m'étais résignée à poser mes affaires, au premier étage de la maison, j'avais assisté, perplexe, à la mise en œuvre de la construction. Trois ouvriers s'affairaient sur la pelouse. Ils creusaient des trous, dressaient les pièces de bois, les emboîtaient, et j'ai d'abord cru que le docteur avait commandé un manège pour y mettre des chevaux. C'était bien son genre, pensais-je : chasseur, pêcheur, éleveur de chevaux, porteur de bottes et amateur de gadoue, ça collait.

Or, lorsque la pelouse a été entourée de bar-
rières bien alignées, j'ai vu les ouvriers déballer
des tubulures métalliques qui ressemblaient à s'y
méprendre à la structure d'une cage de football.

Je suis restée le nez à la fenêtre, sans y croire,
jusqu'au moment où cela n'a plus fait l'ombre d'un
doute : en guise de bienvenue, Vadim avait transformé cette partie du jardin en une copie modèle
réduit de Geoffroy-Guichard. Il l'avait fait pour
moi. Pour me faire plaisir.

La porte de ma chambre s'est ouverte à la volée
et j'ai vu Octo foncer vers moi.

— T'as vu ? Dehors ? T'as vu ?

Il m'a rejointe à la fenêtre, essoufflé. Nous
avons regardé en silence le rectangle de pelouse
sur lequel les trois ouvriers étaient en train d'achever le miracle : à l'aide d'un rouleau spécial, ils
dessinaient dans l'herbe, à la peinture blanche, les
lignes de la surface de réparation.

— Vadim t'attend dans la cuisine, a fini par
lâcher Octo. Il faut que tu descendes !

— C'est lui qui t'envoie ?

— Oui. Il t'attend. Tu vas être contente, viens !

Il a pris ma main et m'a traînée vers la porte de
la chambre.

— Allez ! Viens !

Nous avons descendu l'escalier, traversé le hall,
le grand salon silencieux, et Octo m'a littéralement
poussée dans la cuisine.

Rose-Aimée et Orion étaient assis dos à la
fenêtre, et Vadim se tenait au bout de la longue
table sur laquelle Lulu étalait d'ordinaire les

vieux journaux qui servaient à recueillir les éplu-
chures. Sauf que là, la cuisinière attendait, les
mains dans les poches de son tablier, qu'on lui
libère la place. Car sur la table, au lieu des choses
comestibles habituelles, trônaient trois sachets en
papier cristal. Mon cœur s'est arrêté de battre.
Dans chaque sachet, il y avait un maillot de couleur verte, avec un liseré bleu-blanc-rouge cousu
au col et aux manches, et marqué des fameuses
lettres blanches, emblèmes de l'équipe de Saint-
Étienne.

— Le facteur vient de les livrer, a souri Vadim.
Il y en a un pour toi, un pour Octo et un pour
Orion.

Je n'en croyais pas mes yeux.

— On dirait les vrais, ai-je murmuré.

— Fabriqués là-bas, m'a confirmé Vadim. Vas-
y, ouvre. Il y a aussi le short et les chaussettes,
bien entendu.

J'ai fini par défaire mon sachet, en prenant soin
de ne rien abîmer. Un maillot, un short blanc et la
paire de grandes chaussettes vertes réglementaires :
tout était parfait, je n'en revenais pas.

— Et pour moi…, a annoncé Vadim en se levant
de sa chaise.

Sous mes yeux incrédules, il a déroulé le maillot jaune à manches longues d'Ivan Curkovic, le
gardien de but.

— J'ai aussi les gants. Tu as la réputation d'envoyer des boulets de canon, et j'ai besoin de tous
mes doigts ! a-t-il ajouté avec malice en sortant un
ballon en cuir de sous la table.

Octo s'est mis à sauter comme une puce en criant :

— Allez ! On va jouer ! Allez ! On va jouer !

— Bien sûr ! s'est exclamé Vadim en passant le maillot de Curkovic par-dessus son pull en acrylique.

Rose-Aimée a aidé Orion à s'équiper, et nous sommes sortis tous les cinq de la maison, olympiens, sous les vivats de la foule imaginaire qui avait acheté des places dans mon cerveau.

C'était un après-midi de novembre, il faisait déjà sombre sous la couche uniforme des nuages, mais il ne faisait pas encore trop froid. Pilule, le cocker roux, tournait autour de nos jambes en aboyant. Alors que nous remontions l'allée, Vadim a désigné, au loin, les ouvriers qui remballaient leur matériel.

— Tu crois qu'ils voudraient jouer avec nous, ces gaillards ?

Et c'est ainsi qu'a eu lieu le premier match de foot de la saison, sur notre terrain privé : à six, plus le gardien, sans compter le cocker qui s'incrustait sur le terrain. Sachant qu'Orion préférait regarder passer les nuages, et qu'Octo, malgré les entraînements répétés que je lui avais fait subir, n'était pas très doué, j'ai dû me battre toute seule contre l'équipe des ouvriers.

— Allez Conso ! criait notre unique supportrice. Allez ma fille ! Rentre-leur dedans ! Te laisse pas faire ! À bas les phallocrates !

Le seul sport que Rose-Aimée avait jamais pratiqué se déroulait en général dans l'intimité de sa chambre à coucher. Elle ne connaissait rien au reste, mais elle jouait son rôle de mère avec une partialité totale, et comme beaucoup de jeunes femmes de l'époque, elle avait le féminisme agressif.

— Vas-y! T'es la meilleure! Dégage-les, ces machos! Prends le pouvoir! Brise tes chaînes! Tords-leur les c... Buuuut!

Score final: 4-2, en faveur de Saint-Étienne. Et même si je soupçonne Vadim d'avoir payé les ouvriers pour qu'ils loupent leurs tirs, ou de s'être arrangé pour laisser passer les miens, ce jour-là, je le sais: j'ai vraiment joué comme Bathenay.

Par la suite, nous avons pris l'habitude d'organiser d'autres rencontres, toutes aussi improbables que la première. Durant la semaine, Vadim recrutait des volontaires parmi ses patients («Ça vous fera le plus grand bien, Michèle!» «Allez, Gilbert, je vous inscris comme avant-centre, ce sera mon ordonnance!») et le week-end, les malades se retrouvaient, en tant que joueurs bien portants, sur la pelouse de leur docteur. Au début, ils étaient peu nombreux, mais le bouche-à-oreille aidant, nous avons bientôt pu compléter les équipes, jusqu'à remplir le banc des remplaçants. Il y avait des petits, des grands, des vieux, des enrhumés et des fiévreux, des dames qui voulaient perdre du poids, des dépressifs qui avaient besoin de se changer les idées, la fille du boucher avec son chromosome supplémentaire, le fils d'un gendarme qui avait une jambe plus courte que l'autre, des employés de la fabrique, des enfants de ma classe, le conducteur de l'autocar scolaire et,

certaines fois, M. le maire en personne. Au milieu
de ce rassemblement hétéroclite, Vadim paradait
dans son maillot de goal, le cocker Pilule sur ses
talons, heureux comme un pape.

— Le sport, c'est la santé! clamait-il. Plus vous
bougerez, moins vous tousserez!

Il enfilait sa paire de gants, se plaçait dans les
cages et sifflait le début de la rencontre. Plongeons,
sauts en extension, claquettes, Vadim était un gardien farouche, et finalement, j'ai dû reconnaître
qu'il n'était pas si nul.

Un dimanche, un jeune homme à la silhouette
familière a franchi la grille en fer et traversé l'allée
de peupliers avant de s'approcher du terrain. Il
portait un survêtement bleu et une serviette éponge
autour du cou. Il m'a fait un clin d'œil.

— Salut, championne!

Une émotion brutale m'a serré la gorge. C'était
Jean-Ba. J'ai couru vers lui, et j'ai sauté par-dessus
la barrière avant de me jeter à son cou. Je ne l'avais
pas revu depuis si longtemps!

— Ben, tu en fais une tête! a-t-il souri en ébou-
riffant mes cheveux.

Il a cherché ma mère du regard, mais cette
fois-là, elle n'était pas parmi les spectateurs.
Jean-Ba a continué:

— J'avais envie de vous voir, toi et tes frères.
Depuis que vous vivez ici, on ne vous croise plus
au village. On vous enferme ou quoi?

Il a désigné sa poitrine, et un doigt sur son cœur,
il a ajouté:

— J'ai pris rendez-vous avec le docteur Bordes,

et je lui ai dit que j'avais mal là. Du coup, il m'a fait une ordonnance pour venir au match. Il a dit qu'il n'y avait pas de meilleur remède contre les chagrins d'amour.

À cet instant, Vadim nous a aperçus et Jean-Ba a levé la main en guise de salut.

— Il est sympa, ce type, a-t-il dit.

— Pas autant que toi ! ai-je protesté.

— Évidemment, a rigolé Jean-Ba. Avec lui, je suis sûr que tu ne joues pas à Tarzan !

J'ai secoué la tête vigoureusement. Aucune chance de me voir grimper sur le dos du docteur Bordes !

— J'ai l'impression que tu as drôlement grandi, a ajouté Jean-Ba. Si ça se trouve, je ne peux plus te porter, moi non plus !

Les larmes ont roulé sur mes joues, et Jean-Ba m'a serrée dans ses bras. Je crois qu'il avait envie de pleurer aussi, mais qu'il s'est retenu.

— Et moi ? Tu me portes ? a fait la petite voix d'Octo.

Mon frangin se tenait derrière Jean-Ba, dans son short plus tellement blanc et son maillot vert plus tellement vert.

— Ouh ! Mé késkécé qué cé péti cochon ? s'est écrié Jean-Ba en imitant l'accent de Mme Ruiz. Pas dé péti cochon sur mon dos, *claro* ?

Il a attrapé Octo par les deux bras, l'a hissé sur ses épaules, et ils ont fait le tour du terrain en courant tandis que mon frère riait aux éclats.

— Clap clap clap, applaudissait Orion en courant derrière eux.

Jean-Ba a déposé Octo dans l'herbe, puis il s'est penché, les yeux un peu rouges, vers l'autre jumeau.

— Salut, petite mésange ! a-t-il dit en prenant Orion dans ses bras. Alors ? Ça gazouille ?

En réponse, mon frère s'est mis à siffler.

— Ça boume ? a continué Jean-Ba.

— Boum boum ! a répété Orion, hilare.

— Ça gaze ? Ça turbine ?

— Teuf-teuf-teuf, brr, broum broum !

Jean-Ba a flanqué une grosse bise sur la joue d'Orion, l'a reposé par terre, et il s'est essuyé les yeux.

— Alors, docteur ! a-t-il lancé à Vadim, dans quelle équipe je joue ?

— Demandez à Consolata ! C'est elle qui décide !

— Comme d'habitude, m'a souri Jean-Ba.

Il a ouvert les bras en signe de soumission à mon autorité, et j'ai aussitôt décrété qu'il jouerait attaquant à mes côtés.

À la fin du match, victorieux et épuisé, Jean-Ba est allé serrer la main de Vadim.

— Vous aviez raison, toubib. Je me sens beaucoup mieux !

— Je sais, ces gosses sont de bons médicaments, a souri Vadim. Revenez quand vous voudrez.

J'ai deviné que Jean-Ba était triste de ne pas avoir vu Rose-Aimée. Il est venu nous dire au revoir, et lorsqu'il a franchi la grille dans l'autre sens, j'ai réellement senti la déchirure. Cette douloureuse impression que les choses changent, que le temps passe, et que l'on n'y peut rien.

Jean-Ba est revenu plusieurs fois jouer avec nous. Puis ses visites se sont espacées, elles se sont faites de plus en plus rares, et nous ne l'avons plus tellement revu. Jusqu'au jour où je l'ai croisé par hasard, devant la boulangerie de la mère Chicoix.

Ce jour-là, en quittant l'école, j'avais trouvé une pièce de un franc par terre que j'avais illico décidé de convertir en bonbons. Comme le pactole était modeste, j'avais eu envie d'en profiter toute seule. J'avais donc attendu que mes camarades de classe s'éparpillent, avant de revenir sur mes pas, en direction de la boulangerie. Mon cartable sur le dos, j'allais franchir le rideau de perles qui pendait au seuil de la boutique quand deux clients ont surgi en sens inverse. Je me suis écartée pour les laisser passer.

— Oh, a fait Jean-Ba en découvrant ma présence derrière les perles du rideau.

Il tenait une baguette sous un bras, tandis que, pendue à son autre bras, une fille rousse montée sur des espadrilles à talons compensés mâchouillait la branche de ses lunettes de soleil.

— Hé, Conso ! s'est exclamé Jean-Ba sur un ton faussement enjoué. Qu'est-ce que tu fais là ?

— Ben…, ai-je dit en regardant la rousse. Je…

J'ai exhibé ma pièce de un franc.

— Ah, a souri Jean-Ba, tu viens dépenser tes économies, c'est ça ?

J'ai bredouillé que j'avais trouvé la pièce par terre et que j'allais m'acheter des bonbons, mais je n'avais d'yeux que pour une seule chose : le ventre de la fille. J'avais le nez dessus, comment faire autrement ? Un ventre aussi rond qu'un ballon de foot !

— Les bonbons, c'est mauvais pour les dents, m'a sermonnée la rousse du haut de ses espadrilles de tricheuse.

Elle parlait avec un drôle d'accent. J'ai eu envie de lui dire que je ne l'avais pas sonnée, au lieu de quoi j'ai baissé la tête d'un air coupable.

— Cindy est dentiste ! s'est dépêché de m'expliquer Jean-Ba en riant jaune. Elle se bagarre tous les jours contre les caries, c'est pour ça !

Il a lâché le bras de la fille pour s'accroupir devant moi.

— Ne l'écoute pas, championne, m'a-t-il murmuré. Va les acheter, tes bonbecs !

Il a voulu déposer une caresse sur ma joue, mais j'ai haussé les épaules, et sans un mot de plus, j'ai écarté les perles du rideau pour entrer dans la boulangerie.

— Conso ! m'a appelée Jean-Ba.

Il m'a suivie dans la boutique.

— Conso ! Je suis désolé ! Je n'ai pas pu venir aux derniers matchs. Entre le boulot à la station, les travaux et tout ça…

Je lui tournais le dos, de sorte qu'il ne voyait que mon cartable, un gros machin rectangulaire en cuir de vachette, que Vadim avait choisi pour moi en disant que je pourrais compter dessus jusqu'à ma première année de médecine.

— Conso, je…, a encore dit Jean-Ba.

— Ça va, c'est bon. J'ai compris.

— Oui, a dit Jean-Ba. Évidemment.

Il y a eu un silence très long pendant lequel aucun de nous deux n'a bougé. La mère Chicoix, selon son habitude, s'était planquée dans son arrière-boutique pour somnoler dans son fauteuil. Les mouches volaient. Serrée dans ma main, la pièce de un franc devenait moite.

— Alors… c'est mieux comme ça, a soupiré Jean-Ba.

Sans lui accorder un regard, j'ai franchi les quelques pas qui me séparaient du comptoir et j'ai appuyé d'un coup sec sur la sonnette.

— Va-t'en, ai-je dit entre mes dents. Sinon, tu auras un gage.

J'ai fermé les yeux.

Le temps que la mère Chicoix déplace son quintal, je suis restée immobile, et quand je me suis retournée, Jean-Ba avait disparu.

— Alors ? Qu'est-ce qu'elle veut, la petite ?

Devant la boulangère, j'ai fait bonne figure. J'ai choisi mes gourmandises, puis j'ai quitté sa boutique en retenant mes larmes, mais avec l'impression qu'on m'avait mis une enclume dans mon cartable.

Arrivée au croisement avec la rue en pente, celle qu'on appelle la rue du temps perdu, je me suis arrêtée près d'une poubelle. J'ai contemplé les Carensac, les Croco, les roudoudous, les tétines en gélatine de toutes les couleurs qui gisaient au fond du sac. J'ai essuyé mes yeux, et j'ai vidé les bonbecs dans la poubelle.

Chapitre 10

Samedi
0:30

— Oh non, maman! C'est trop cruel! J'en avais l'eau à la bouche!

Nine joint ses mains dans une attitude implorante :

— Y aurait pas quelque chose de sucré à grignoter ?

— Ça m'étonnerait, répond Titania. Mais va voir dans les placards, là-bas, on ne sait jamais.

La fringale au ventre, Nine bondit de son fauteuil et entame l'exploration.

— Des pâtes, des pâtes, du riz, du café, du Viandox, des boîtes de thon…, énumère-t-elle, dépitée. Pff!

— Attends, dit Titania. J'ai peut-être quelque chose pour toi.

La Fée du suspense retourne fouiller son sac à main. Victorieuse, elle en sort une barre au chocolat achetée la veille dans un distributeur sur le quai du RER et qu'elle a finalement oublié de manger.

— Ouf! Tu me sauves la vie! s'exclame Nine en se jetant dessus.

Puis elle s'installe de nouveau dans le fauteuil et défait le papier avec délectation.

— *Sucre, sirop de glucose, beurre de cacao, huile de tournesol, émulsifiant, blanc d'œuf en poudre, protéine de lait hydrolysée,* lit-elle sur l'emballage.

La bouche pleine, elle demande :

— Ça existait, cette cochonnerie, à ton époque ?

— Oui, bichette, ça existait, rigole Titania.

La Fée du suspense réfléchit, les yeux plissés, et ajoute :

— On avait aussi les Banjo ! Les Yes ! Et... Topset, « la barre des costauds » !

Elle rit encore en se remémorant ces vieux slogans passés de mode qui la faisaient saliver, « les deux doigts coupe-faim », « le roi du pain d'épice » ou « l'ami du petit déjeuner »...

— Moi, ce que je préférais, c'était les Picorette ! Tu ne connais pas, évidemment. La marque a disparu depuis longtemps.

— Hmm, fait Nine. Et Jean-Ba ? Il a vraiment disparu, lui aussi ?

Titania ouvre la porte du poêle à bois, remet deux petites bûches sur les braises et joue un instant avec le tisonnier.

— Oui, il a fini par quitter Saint-Sauveur avec sa dentiste anglaise et leur petite fille. D'après ce que je sais, ils sont partis vivre à Londres.

— Comme papa ! s'étonne Nine.

— C'est vrai, tiens. Comme ton père.

— Si ça se trouve, ils se connaissent ? Ce serait marrant !

— Si ça se trouve, répète Titania, songeant que

la vie réelle est souvent plus invraisemblable que sa copie romanesque.

Nine chiffonne le papier qui enrobait la barre au chocolat et le jette dans le poêle. L'emballage s'embrase. Avant de fondre tout à fait, il colore la flamme d'une teinte étrange et verte qui fait penser à une aurore boréale.

Titania referme la porte du poêle.

Elle regarde Nine.

— Je continue ?

Chapitre 11

1975

Au début de l'été 1975, j'allais sur mes dix ans.
Tenace et talentueuse, Rose-Aimée avait enfin
obtenu sa promotion au service de rédaction du
catalogue. Elle y avait gagné en salaire, je suppose,
mais surtout en responsabilités. Elle partait tôt, elle
rentrait tard. Je crois qu'elle adorait ça.

Quand elle ne travaillait pas, elle installait un
transat entre les haies de troènes derrière la maison. Là, bien à l'abri des regards, elle se tartinait de
monoï, et bronzait à poil en lisant *La Femme dans
le monde moderne* ou *L'Honneur perdu de Katharina
Blum*.

Nous subissions toujours les effets de la crise
pétrolière. Le prix des carburants augmentait, des
spots publicitaires incitaient les Français à faire la
chasse au gaspi, et le président Giscard d'Estaing
commençait à se préoccuper du chômage.

Dans son cabinet médical de province, Vadim
soignait immuablement les urticaires, les lumbagos,
les crises de goutte et les ongles incarnés. Pourtant,
le droit à l'avortement venait d'entrer en vigueur,

Mike Brant était mort et la guerre du Vietnam s'achevait tandis que celle du Liban commençait.

Les temps changeaient.

Je changeais, moi aussi. Mes cheveux descendaient à présent sur mes épaules, mes traits s'allongeaient, je n'avais toujours pas de poitrine, mais va savoir pourquoi, je n'avais plus tellement envie de jouer au foot.

Depuis que l'école était finie, je ne savais plus comment m'occuper. Certaines de mes copines étaient parties camper en famille, d'autres faisaient les foins dans la ferme de leurs parents. Il faisait chaud, je n'avais ni ordinateur ni jeu vidéo (personne n'en avait), alors que faire ? Regarder la télé ? Oui, sans doute. Mais les programmes d'été n'étaient pas palpitants pour une fille de mon âge, et j'avais vite fait le tour des trois chaînes !

Alors je lisais, bien sûr. Ma collection de «Bibliothèque rose», mais aussi *L'Île au trésor*, *Charlie et la chocolaterie*, *Le Tour du monde en 80 jours* et les albums de Tintin… Le reste du temps, je traînais mon drôle de cafard de pièce en pièce.

La maison de Vadim était immense. Elle comptait trois niveaux, avec au moins six chambres et je ne sais plus combien de salles de bains. Au rez-de-chaussée se trouvaient le cabinet médical, avec le bureau de consultations et la salle d'attente pour les patients, puis le vestibule, le grand salon, et en enfilade, le domaine de Lulu : cuisine, arrière-cuisine et cellier. Un escalier en pierre reliait les étages. Au second, il butait sur la trappe du grenier, tandis qu'à l'autre bout il poursuivait sa descente vers la cave. C'était par là, et uniquement par là, que l'on accédait à l'endroit le plus mystérieux de la demeure : le pigeonnier.

Un matin, levée plus tôt que d'habitude, j'ai surpris Vadim remontant du sous-sol. Il était en sueur, essoufflé, le visage cramoisi. Il a sursauté en me voyant, comme si je venais de le prendre en flagrant délit de quelque chose. Il a plaqué une main sur son cœur, le temps de récupérer, puis il m'a souri.

— Eh bien, Conso, heureusement que je ne suis pas cardiaque !

Lorsque je lui ai demandé pourquoi il transpirait, il a désigné la cave :

— Ça, c'est mon secret, jeune demoiselle ! Pour le découvrir, il faut être audacieux. Parce qu'il faut descendre, traverser la cave, où il fait très très noir, et remonter de l'autre côté.

Pour finir de m'impressionner, il a appuyé deux fois sur le bouton de l'interrupteur, et rien ne s'est allumé.

— Circuit électrique HS, a-t-il précisé.

Il tenait la porte grande ouverte.

— Alors ? Tu veux aller voir ?

J'ai fixé les marches qui disparaissaient dans l'obscurité. Depuis que j'avais lu *Le Club des Cinq et le secret du vieux puits*, je me méfiais des lieux sombres et humides.

— Non, ça va… J'ai faim, je préfère aller prendre mon petit déjeuner, ai-je répondu avant de me carapater vers la cuisine.

Vadim a refermé la porte de la cave en riant,

mais bien entendu, ma curiosité était piquée. Alors
sitôt mes tartines englouties, rompant avec l'ennui
estival qui m'accablait, je suis allée chercher Octo.

Il était dans sa chambre, en pyjama, allongé
sur son pouf en polyester, un transistor collé sur
l'oreille, en train de chercher de la musique au
milieu des grésillements.

— On va faire une enquête! lui ai-je annoncé
tout de go. Toi, tu seras Mick, et moi, je serai
Claude. Comme dans le Club des Cinq!

(Sur mes recommandations, et bien qu'il n'ait
que cinq ans et demi, Octo avait déjà lu plusieurs
tomes de la série. Je l'avais même obligé à me
rendre une fiche de lecture et un exercice à trous.)

— D'ac, m'a-t-il répondu en poussant un soupir. Toute façon, on ne capte aucune fréquence
par ici.

Dépité, il a posé le transistor sur le pouf.

— Si on joue au Club des Cinq, il nous faut un
Dagobert, m'a-t-il fait remarquer.

— Tu as raison, ai-je souri.

Et d'une seule voix, nous nous sommes exclamés :

— Pilule!

Nous avons déniché le cocker dans la cuisine.
Comme souvent, il rôdait par là, prêt à barboter
un bifteck si par malheur Lulu lui tournait le dos.
Nous l'avons appâté avec quelques sucres, et le
chien nous a suivis jusqu'à la porte de la cave.

— Qu'est-ce que c'est comme enquête? s'est
informé Octo, en réalisant que les choses sérieuses
commençaient.

— «Le mystère du pigeonnier», ai-je répondu.

J'ai fait tourner la clé dans la serrure, et la porte de la cave s'est ouverte en grinçant. (Enfin, je crois qu'elle a grincé.)

Octo a jeté un œil méfiant vers le noir.

— Et si on allait d'abord chercher Orion ? a-t-il suggéré. Il pourrait jouer le rôle de François ? Ou même… celui d'Annie ?

Face au vide, j'ai trouvé son idée excellente.

— On pourrait aussi prendre une lampe de poche, a fait Octo en reculant.

— Et un Opinel ! ai-je ajouté en me rappelant qu'un couteau peut toujours servir, surtout contre une attaque de monstres.

J'ai refermé la porte à clé. Puis, laissant Pilule monter la garde, nous sommes retournés dare-dare au premier étage.

— Orion ! Orion ! a crié Octo tandis que nous grimpions l'escalier.

Quand il n'était pas dans les jupes de Rose-Aimée, notre étrange petit frère passait son temps à jouer tout seul, assis par terre. Il éparpillait des objets autour de lui (farandoles de trucs, galaxies de choses, amas de bidules) qu'il organisait avec une science bien à lui, comme s'il tentait d'ordonner le désordre de ses pensées en les projetant devant ses yeux. Ce jour-là, il avait déversé sur le sol de sa chambre les mille pièces d'une boîte de puzzle, le contenu de sa caisse de cubes, vidé sa trousse de billes et un paquet entier de coquillettes Rivoire & Carret fauché en cuisine. Trônant au milieu de ce champ de bataille, il jouait les chefs de guerre, dirigeant à grands gestes une armée de soldats

installés aux quatre coins : des Playmobil, des
Indiens en plastique que nous avions gagnés dans
une pochette-surprise, deux lapins en peluche, un
Snoopy mordillé par Pilule et ma figurine en plâtre
de Zorro que j'avais eu un mal fou à démouler.

— Orion ! Viens ! lui a lancé Octo depuis le seuil
de la chambre où nous n'osions pas entrer de peur
d'écraser quelque chose. On fait une enquête !

Son jumeau a émis quelques vrombissements,
puis un chuintement suivi d'une explosion. Vroum,
dziiuuu, bang ! Il nous a regardés et il a souri d'un
air vague, sans bouger de sa place.

— Il n'a pas envie de jouer avec nous, a traduit
Octo.

Et en toute hâte, il a conclu :

— Tant pis ! On fera l'enquête une autre fois !

— Mauviette, ai-je grogné. Tu dis ça parce
que t'es pas cap' de descendre à la cave ! T'as les
pétoches !

— N'importe quoi !

— Bien sûr que si ! T'es un trouillard ! T'as peur
du noir !

— Mais non ! s'est rebiffé Octo.

— Trouillard, trouillard, trouillard ! ai-je chan-
tonné d'une manière particulièrement agaçante.

— C'est pas vrai ! C'est pas vrai ! a hurlé Octo.

— Prouve-le ! ai-je lancé.

Vexé, mon frère a froncé les sourcils, brandi son
poing vers moi, et je l'ai vu me tourner le dos pour
dévaler l'escalier, rapide comme l'éclair.

Lorsque je suis parvenue moi-même au rez-de-
chaussée, la porte de la cave bâillait sur le vide et

Octo avait été absorbé par les entrailles ténébreuses du sous-sol. Pilule m'attendait, bêtement assis sur sa queue. Je l'ai grondé :

— Ben alors, Dago ? Tu l'as laissé partir tout seul ?

Le cocker m'a regardée d'un œil mou. Je l'ai attrapé par le collier, et j'ai dit :

— C'est malin !

J'ai poussé le chien dans le noir avant de le suivre à tâtons, le cœur battant si fort que j'en avais les oreilles bouchées.

— Octo ? ai-je appelé en arrivant au bas de l'escalier.

Pas de réponse. J'étais cramponnée au collier du cocker, et le temps que mes yeux s'habituent, j'ai cru être devenue aveugle, mais peu à peu, j'ai réussi à distinguer des choses dans la pénombre.

— Allez, Dago ! En avant !

Le cocker m'a guidée entre des rangées d'étagères, des vieux matelas, des piles de journaux, et nous avons finalement traversé la cave sans rencontrer aucun monstre.

Une lueur pâlotte tombait par la cage de l'escalier qui remontait de l'autre côté.

Quel genre de secret m'attendais-je à découvrir dans ce pigeonnier ? J'avoue que je ne sais plus, mais, nourrie de romans d'aventures, je m'étais peut-être imaginé un coffre rempli de pièces d'or ? Ou un très vieux pirate vivant là en ermite ?

Je n'avais certainement pas pensé y trouver un vrai fantôme.

— Qui c'est ? m'a demandé Octo lorsqu'il m'a vue surgir. Tu le connais ?

Mon frangin se tenait debout au milieu d'une pièce ronde dont la charpente alambiquée se perdait vingt mètres au-dessus de nos têtes. Il était campé là, dans son pyjama en jersey, et désignait trois tableaux, immenses, suspendus aux poutres de la structure, qui se balançaient doucement au-dessus de nous. Chaque toile représentait le portrait d'un garçon souriant, toujours le même.

— Non, ai-je dit en détaillant le visage sur les trois portraits. Je ne sais pas qui c'est.

Octo a baissé les yeux vers moi.

— C'est ça, le mystère du pigeonnier ?

Il avait l'air un peu déçu. J'ai haussé les épaules et j'ai examiné le reste de la pièce. Le plancher était moucheté de gouttes de peinture. On aurait dit qu'un carnaval s'était déroulé ici, longtemps auparavant, laissant des milliers de confettis se fossiliser dans les lattes. Il y avait une petite armoire, et une grande table sur laquelle étaient alignés des pots rouillés, remplis de brosses et de pinceaux secs. Plusieurs vélos de course, de tailles différentes, étaient entreposés contre une planche, certains recouverts d'une bâche.

Pilule s'est aventuré en reniflant vers la petite armoire, et tout à coup, il s'est mis à gémir. Octo et moi avons échangé un regard. Le véritable secret était peut-être là ? Caché dans l'armoire ?

Je me suis approchée. J'ai ouvert la porte.

— Alors ? Y a quoi ? m'a demandé Octo, qui restait à bonne distance, prêt à s'enfuir en courant.

— Des vêtements, ai-je répondu.

— C'est tout ?

— Oui.

J'ai observé les piles bien repassées.

— À mon avis, ce sont les vêtements du garçon, ai-je dit.

— Le garçon du tableau?

— Exact, Mick. Et s'il ne peut plus les mettre, c'est qu'il y a une bonne raison.

Octo a réfléchi avant de supposer:

— Il a grandi?

J'ai secoué la tête.

— Bien sûr que non, gros bêta: il ne peut plus les mettre parce qu'il est mort!

Surprise par la force dramatique de ma propre phrase, j'ai fait un pas en arrière pour m'éloigner de l'armoire. Le chien, lui, furetait dans les vêtements bien pliés sans cesse de gémir et d'agiter la queue.

— Arrête ça, Dago! ai-je ordonné.

De peur qu'il ne dérange le sanctuaire, je l'ai tiré vers moi.

— Tu crois que Pilule connaissait le garçon? m'a demandé Octo. C'est pour ça qu'il est triste, non?

J'ai regardé mon frère avec mes yeux de western, c'est-à-dire plissés comme si j'avais le soleil dans les yeux.

— Si tu dis juste, Mick, ça veut dire que ce garçon habitait ici. Chez le docteur Bordes.

— Sans doute, a murmuré Octo.

Nous sommes restés silencieux un long moment, têtes levées vers les tableaux géants. Le garçon nous souriait. Il semblait avoir onze, douze ans, pas plus. Peut-être se moquait-il un peu de nous et de notre enquête.

— Tu crois que c'est Vadim qui les a peints ? ai-je demandé.

Octo a haussé les épaules. Comment savoir ?

— Et les biclounes ? Ils sont à qui ?

Je me suis approchée des vélos rangés contre la planche. Il y en avait une demi-douzaine. Sous la bâche se trouvaient ceux de petite taille. Les autres semblaient beaucoup trop grands pour avoir appartenu à un enfant.

J'ai raconté à Octo ce que j'avais vu, de bonne heure ce matin-là : Vadim remontant de la cave, trempé de sueur.

— Alors quoi ? Tu crois qu'il vient faire du vélo ici ? a fait Octo d'un air sceptique.

J'ai de nouveau observé la pièce où nous nous trouvions : ronde, percée d'étroites fenêtres, immensément haute mais d'un diamètre limité. Je n'imaginais guère quiconque enfourcher un vélo pour tournicoter dans un espace si réduit.

— Non, ça ne tient pas debout.

— Alors, qu'est-ce qu'on fait ? On arrête l'enquête ? On s'en va ?

Octo commençait à se dandiner et je n'étais pas très à l'aise, moi non plus, sous le faisceau des regards que nous jetait le garçon en trois exemplaires.

J'ai tendu la main vers mon frère.

— Allez, viens, on s'en va.

— Oui ! a presque crié Octo.

Nous avons traversé la cave en sens inverse, à

toute vitesse et sans respirer, Dago-Pilule en éclai-
reur devant nous. Quand nous avons enfin émergé
de l'autre côté, nous étions livides et nos fronts
dégoulinaient d'une sueur aigre.

— Mais d'où sortez-vous, les enfants ? s'est
écriée Lulu qui passait par là.

Elle tenait un panier, sans doute pour aller récol-
ter des légumes au potager.

Elle nous a dévisagés et elle a compris.

— Oh mon Dieu, a-t-elle dit en portant une
main à sa bouche.

Elle a lâché son panier et ses yeux se sont illico
embués de larmes. Elle nous a attrapés, puis refer-
mant la porte de la cave à double tour, elle nous
a serrés contre elle.

— J'avais bien dit au docteur de ne pas laisser la
clé sur la serrure ! Oh là là, mes loulous, qu'est-ce
que vous êtes allés faire ?

Les nerfs d'Octo ont lâché.

— C'est Conso ! s'est-il mis à pleurnicher. Elle
voulait jouer au Club des Cinq !

Sans chercher à démentir, j'ai montré du doigt
la porte de la cave.

— Qui c'est ? ai-je demandé. Le garçon, là-bas.
Qui c'est ?

Lulu a poussé un très gros soupir. Elle a levé les
yeux au plafond, marmonné encore « mon Dieu,
mon Dieu », puis elle nous a ramenés en sécurité
dans son domaine. Là, elle nous a installés à la
table et a servi à chacun une grenadine avec une
paille. En bonne Bretonne, elle s'est accordé un
verre de cidre.

— Le garçon…, a-t-elle commencé, le garçon
s'appelait Jacques.

Aussitôt, sa voix s'est étranglée. Il lui a fallu un
autre verre de cidre.

— C'était un gamin adorable. Le docteur et sa
femme étaient fous de lui. Leur fils unique, vous
comprenez?

Octo et moi, le nez dans notre grenadine,
n'osions plus vraiment respirer.

— Avant même qu'il sache marcher, le docteur
lui avait mis un guidon entre les mains et roule ma
poule!, il lui avait transmis sa passion pour le vélo.
Le petit était doué. Alors chaque fois que c'était
possible, le docteur s'en allait avec son fils sur les
routes du plateau. Je peux vous dire qu'ils en ont
fait, tous les deux, des kilomètres! En grandissant,
le gosse est devenu de plus en plus fort. De plus
en plus habile et rapide. Un vrai petit champion.
Le docteur était si fier… Ensemble, ils se fixaient
des défis : les cols mythiques des étapes du Tour
de France qu'ils voulaient franchir. Ils pouvaient
en parler des heures, penchés sur les cartes.

Lulu a rempli un autre verre de cidre, et l'a vidé
d'un coup.

— Un matin – c'était il y a sept ans –, ils sont
partis tous les deux, au chant du coq. Ils avaient un
long chemin à faire. Je leur avais préparé de quoi
casser la graine, j'avais rempli plusieurs bidons avec
des vitamines, tout était bien. La femme du docteur s'était levée tôt, elle aussi, pour prendre des
photos de leur départ. Elle, c'était une artiste. Elle
peignait des tableaux, et elle faisait aussi de très

belles photos. On leur a dit au revoir, debout sur
le perron. Je me souviens, le gamin s'est retourné
une dernière fois vers sa mère. Il était si content !
C'est la dernière photo qu'elle a pu prendre de son
fils. Pauvre femme.

Lulu a essuyé ses yeux.

— Le petit Jacquot a été percuté par une voiture, à une centaine de kilomètres d'ici. Le chauf-
fard a loupé son virage, il a fauché le vélo, et il a
pris la fuite. Le docteur a tout tenté pour sauver
son fils, mais ça n'a pas marché. Jacques est mort
comme ça, sur le bord de la route. Il avait juste
onze ans.

J'ai senti un frisson descendre dans mon dos. La
cuisinière gardait les yeux braqués vers la fenêtre.
Elle revivait le drame si intensément qu'elle en
oubliait presque notre présence.

— Pauvre petit gars, a-t-elle murmuré. Tout le
monde, à Saint-Sauveur, est venu assister à son
enterrement. On n'avait jamais vécu un moment
aussi triste. Après ça, le docteur n'a plus jamais
voulu sortir à vélo. Il a même juré qu'il ne regar-
derait plus le Tour de France à la télévision. Sa
femme s'est enfermée dans l'atelier de peinture
qu'elle avait aménagé dans le pigeonnier. Je lui
apportais à manger deux fois par jour, mais elle
ne mangeait pas. Pendant deux ans, la seule chose
qu'elle est parvenue à peindre, ce sont les trois
portraits. C'était un agrandissement de la photo
qu'elle avait prise depuis le perron, le dernier
matin. Le jour où elle a fini de peindre ces toiles,
elle les a suspendues, ensuite, elle a fait sa valise,

et elle est partie. Le docteur avait compris depuis longtemps qu'il ne pourrait pas la retenir. Cela fait cinq ans, maintenant.

Octo a soufflé dans sa paille pour faire des bulles avec le reste de sa grenadine.

— Alors nous, on remplace un peu le garçon mort? a-t-il demandé.

Je lui ai envoyé un coup de coude.

— T'es pas fou? Personne ne peut remplacer un mort.

— C'est vrai qu'on ne remplace pas les morts, a soupiré Lulu en souriant à travers ses yeux humides. Mais tout de même : depuis que vous êtes là, le docteur Bordes va mieux. Moi aussi, je vais mieux... et même le chien!

— Ah! Tu vois! Tac! m'a narguée Octo en faisant riper son pouce, d'une pichenette, sous son menton.

Je lui ai envoyé un autre coup de coude. Car dans mon champ de vision, Vadim venait d'apparaître. Il se tenait, chancelant, dans l'encadrement de la porte. Il avait tout entendu.

Octo et moi sommes restés cois, prêts à nous faire appeler Arthur. Mais Vadim est simplement venu s'asseoir près de nous.

— Lulu a raison, a-t-il dit. Depuis que vous êtes ici, cette maison reprend vie. Le jardin, les chambres, cette cuisine...

Il a secoué la tête.

— J'étais persuadé que l'obscurité vous empêcherait d'aller explorer le pigeonnier!

— Je vous avais bien dit de ne pas laisser la clé

sur la serrure, l'a grondé Lulu en lui servant une tasse de café.

— Il faut croire que je l'ai fait exprès, a répondu Vadim. C'est bien ! Il faut que la vie regagne tous les coins de cette vieille baraque ! Moi-même, je commence à sentir circuler mon sang dans mes veines. Et bon Dieu, que ça fait du bien !

Il a passé sa main dans mes cheveux.

— Alors, inspecteur Conso ? Tu as compris pourquoi j'étais rouge de transpiration, ce matin ?

Je lui ai fait signe que non. Je disposais à présent de beaucoup d'éléments, mais il me manquait quelques pièces du puzzle pour élucider le mystère.

Tranquillement, Vadim a bu son café. Son visage reprenait des couleurs. Il semblait s'amuser de quelque chose.

— Attendons le retour de Rose-Aimée, a-t-il dit. Lorsque nous serons tous réunis, je vous conduirai là-bas, et tu auras le fin mot de l'histoire, jeune demoiselle. Mais en échange, je vais te demander un service.

J'ai haussé les sourcils.

— À moi ?

— Oui, à toi.

— Quel service ?

— Je voudrais que tu l'écrives, cette histoire, m'a dit Vadim. Que tu en fasses un roman à énigmes, à la manière des livres que tu aimes.

— « Le mystère du pigeonnier » ! s'est écrié Octo de sa petite voix pointue.

Me sentant soudain piégée, je me suis mordu la lèvre. Mon désir de savoir se doublait de cet autre désir, plus profond, plus intime, et que je n'avais jamais encore formulé : celui d'écrire. Comment Vadim pouvait-il voir en moi si finement ?

Embarrassée, j'ai d'abord ronchonné. Écrire un roman ? Moi ? Mais non. Trop difficile. Et puis, ce serait tellement long à faire !

— L'été aussi s'annonce long, m'a fait remarquer Vadim. Tu peux essayer, au moins. Je n'ai pas dit que tu devais y arriver à tout prix.

Il m'a dévisagée avec bienveillance avant de tendre devant moi la paume ouverte de sa main :

— Alors ? Marché conclu ?

Quelques heures plus tard, alors que mes frères et moi guettions l'arrivée de la Panhard depuis les marches du perron, la sonnerie du téléphone a retenti dans le vestibule. Quand Lulu a décroché, je me suis avancée un peu sur le seuil pour écouter ce qu'elle disait.

— Ah bon ? faisait Lulu dans le combiné. C'est ennuyeux, ça... Combien de temps ? Oh... Oui, oui, je vais avertir le docteur, bien entendu... Mais comment allez-vous faire ?... L'hôtel, bien sûr. Les enfants ? Ils vont très bien... C'est-à-dire qu'ils vous attendaient avec impatience, mais... Je comprends, d'accord... Comptez sur moi. Je vais leur expliquer.

Elle a raccroché, et lorsqu'elle m'a vue sur le pas de la porte, elle m'a souri :

— Rien de grave, ma minette. C'était ta maman. Elle ne va pas pouvoir rentrer ce soir. C'est pour son travail, ça s'est décidé au dernier moment. Elle a été obligée de partir dans une autre ville. Elle téléphonait d'une cabine. Mais ne t'inquiète pas, elle reviendra demain soir.

Je suis restée là où j'étais, stupéfaite et désappointée. Certes, Rose-Aimée m'avait habituée à beaucoup de négligences depuis ma naissance, notamment à l'époque où nous vivions au squat, mais bizarrement, elle ne m'avait jamais laissée dormir une seule nuit loin d'elle. En dix ans, c'était la première fois. Je n'aimais pas ça.

J'ai tourné les talons, et j'ai rejoint mes frères sur le perron tandis que Lulu s'en allait avertir Vadim.

— Ça sert à rien d'attendre ici ! ai-je lancé. Maman ne va pas rentrer !

— Pff ! a fait Octo. N'importe quoi ! Où est-ce qu'elle va dormir, sinon ?

Orion, qui était allongé à plat ventre sur la pierre chaude en train de compter les fourmis qui passaient en procession sous son nez, n'a pas réagi.

— Je te dis qu'elle ne viendra pas ! ai-je crié à Octo. T'es bouché ?

— Arrête de me crier dessus ! a crié à son tour Octo. Je suis pas ton chien !

Pour passer mes nerfs, j'ai flanqué un coup de pied dans un caillou qui traînait là, et sans que je l'aie voulu, mon shoot a percuté Orion en plein front. J'ai tressailli. Sous l'effet de la surprise, Orion est resté sans voix, puis je l'ai vu porter une main vers sa tête, à l'endroit de l'impact. Quand il l'a retirée, elle était barbouillée de rouge.

Octo a poussé un cri strident à la place de son jumeau. Je me suis précipitée pour prendre Orion

dans mes bras en bredouillant « pardon, pardon ! »,
et là-dessus, Vadim a surgi sur le perron.

— Ça pisse le sang ! l'a alerté Octo.

Le docteur Bordes est venu me prendre le blessé
des bras, et l'a examiné. Le pauvre ! Il ne pleurait
pas, il était juste pâle et interloqué.

— Eh bien ! Nous voilà bons pour quelques
points de suture, mon chou, a diagnostiqué Vadim.
Lulu !

La cuisinière a aidé le docteur à transporter
notre frère vers le cabinet médical, et elle l'a assisté
le temps de recoudre la plaie.

J'attendais dehors, mortifiée, en compagnie
d'Octo. Ce malheureux caillou me rappelait le
jour de l'incendie. Quelle sorte de hasard injuste
s'acharnait ainsi sur la tête d'Orion ? J'avais envie
de téléphoner à Rose-Aimée pour lui dire ce qui se
passait, ici, loin d'elle, et pour l'obliger à revenir.
Mais à cette époque-là, on ne pouvait pas joindre
les gens partout et à n'importe quelle heure. Il fallait accepter qu'ils soient inaccessibles, même les
mères.

Après une attente interminable, Vadim a reparu,
portant Orion sur ses épaules. Mon frère avait les
joues zébrées de larmes et un pansement tout
propre en travers du sourcil.

— Opération réussie ! s'est exclamé le docteur.
Quatre points, tout de même. Mais votre frère s'est
montré très courageux, vous pouvez le féliciter !

Octo a applaudi de bon cœur. Moi, je suis venue
me poster devant Vadim, aux pieds d'Orion, et j'ai
répété mes excuses en baissant la tête.

— C'est fini, m'a souri Vadim. Je sais que tu n'as pas fait exprès. Et je constate que tu n'as pas perdu ton fameux shoot!

Il a gardé Orion sur ses épaules, puis il a descendu les marches jusqu'aux graviers de la cour.

— Maintenant, les enfants, je vous emmène découvrir mon secret. Ce n'est pas parce que votre mère a un empêchement de dernière minute que nous allons changer notre programme.

Il s'est tourné vers Octo et moi.

— Vous venez?

Nous l'avons suivi sans piper mot jusqu'à l'aile ouest de la maison. Là, dissimulée derrière des herbes folles aussi hautes que moi, nous avons trouvé la porte extérieure du pigeonnier. Vadim a remis Orion sur ses jambes, puis il a sorti de sa poche un trousseau de clés.

— Ça fait cinq ans que j'ai condamné cette entrée, a-t-il dit en cherchant la serrure au milieu des toiles d'araignée.

La porte s'est ouverte par à-coups, et nous nous sommes avancés tous ensemble dans la pièce ronde. À présent que la lumière du soir y pénétrait à flots, le plancher, les meubles et les tableaux se teintaient d'une couleur de miel, douce et paisible.

Vadim a pris sa respiration avant de lever les yeux vers les portraits.

— Jacques, je te présente Consolata, Octobre et Orion. Les enfants, voici mon fils, Jacques.

Intimidés, nous sommes demeurés silencieux quelques secondes, comme si nous attendions que le garçon du portrait se mette à parler. Orion, qui le voyait pour la première fois, contemplait son visage avec attention.

— Clic clac, a-t-il lâché. Crac boum.

Selon son habitude, Octo a voulu traduire, mais Vadim lui a fait signe que ce n'était pas nécessaire.

— Plic plic, a ajouté Orion en désignant ses propres joues.

Vadim lui a souri.

— Oui, tu as raison. J'ai été très triste. Mais être triste ne change rien à ce qui est, a-t-il déclaré. C'est pourquoi, j'ai décidé…

Sans finir sa phrase, il s'est avancé vers les vélos posés contre la planche. Il en a pris un grand, un rouge, qu'il a fait rouler jusqu'au milieu de la pièce.

— Tu me tiens ça un instant, Conso ?

J'ai saisi le guidon à deux mains, tandis que Vadim se contorsionnait pour attraper autre chose derrière la planche. La selle m'arrivait presque sous le menton. À l'avant, juste au-dessous du guidon, j'ai remarqué une petite plaque en métal. Dessus étaient peints la marque du vélo et son emblème : une femme avec un chapeau à ruban.

— C'est un vélo de femme ? ai-je demandé.

— Non, c'est le mien, a dit Vadim. Et ce n'est pas n'importe quel vélo ! Grâce à lui, j'ai fait le mont Ventoux, jeune demoiselle !

Disant cela, il est revenu vers nous chargé d'un objet curieux : une sorte de cadre en travers duquel étaient fixés de gros tubes qui faisaient penser à des rouleaux à pâtisserie.

Il a déposé l'objet à plat sur le plancher.

— Qu'est-ce que c'est ? a demandé Octo en s'approchant.

— Tu vas voir, a dit Vadim.

Il m'a repris le vélo des mains, et il l'a soulevé pour l'installer en équilibre sur le cadre, les roues posées au centre des rouleaux.

— Ne bouge pas, Conso, j'ai besoin de ton épaule.

J'ai raidi mes jambes et, prenant appui sur moi, Vadim a enjambé le vélo. D'un geste souple, il a glissé la pointe de ses chaussures dans les cale-pieds, et une fois en selle, il a subitement lâché mon épaule pour se mettre à pédaler. Sous l'impulsion, les rouleaux à pâtisserie ont commencé à tourner en sens inverse des roues du vélo, produisant un sifflement métallique. Radieux, Vadim a poussé un cri de joie. Il s'est mis à appuyer comme un fou sur les pédales, donnant l'impression de prendre davantage de vitesse. Ce qui était drôle à voir, parce que, en réalité, il faisait du surplace.

Il s'est pratiquement couché sur le guidon.

— Je reprends l'entraînement, les enfants ! a-t-il crié. Je reprends l'entraînement et la vie continue !

— Yahiii ! a crié Orion, à l'unisson joyeux de Vadim.

Et notre frère s'est élancé en courant tout autour de la pièce, sans plus se soucier du pansement et de ses points de suture.

Moi, je m'étais reculée, assez impressionnée par l'attelage que formaient à présent le docteur et son grand vélo rouge. Je contemplais la scène qui se déroulait sous les portraits du garçon mort.

Je mesurais vaguement son importance, tout en me demandant déjà comment j'allais pouvoir en rendre compte dans mon futur roman.

Vadim m'a interpellée en forçant la voix pour couvrir le bruit de sa machinerie :

— Alors, inspecteur Conso ? Ça y est ? Tu as compris pourquoi j'étais en sueur ce matin ?

Bien qu'essoufflé par l'effort, le docteur semblait plus jeune que je ne l'avais jamais vu. Une flamme enfantine illuminait son regard. Et même sa moustache ne paraissait plus si ridicule.

— Compris ! ai-je crié en levant mon pouce. Enquête résolue !

À côté de moi, Octo restait perplexe. Il suivait du regard son jumeau qui continuait de cavaler autour de nous en poussant, de temps à autre, un cri articulé que je ne comprenais pas. Quelque chose comme « Éliette ! Éliette ! ».

— Tu entends ce qu'il dit ? m'a demandé Octo.

J'ai haussé les épaules. Orion m'avait habituée à tellement de bizarreries que je n'y faisais plus vraiment attention. Pourtant, Octo a insisté :

— Écoute ! Écoute bien !

J'ai tendu l'oreille.

— Éliette ? ai-je répété.

— C'est ça, a dit Octo.

Et d'une voix forte, il a épelé :

— H-E-L-Y-E-T-T !

Je lui ai jeté mon regard de western. Comment ça, H-E-L-Y-E-T-T ?

— Vadim ! a brusquement hurlé Octo en se précipitant vers le vélo.

De surprise, le docteur a fait un écart. Sa roue avant a dérapé sur le rouleau, il a donné un coup de guidon, et il a réussi in extremis à rétablir son équilibre.

— Nom de Dieu, Octo ! a-t-il juré. Ne refais plus jamais ça !

— Mais c'est Orion ! s'est défendu Octo.

Il a pointé son doigt vers le cadre du vélo rouge, et plus précisément vers la petite plaque que j'avais moi aussi remarquée. La plaque sur laquelle étaient dessinées la femme avec son chapeau à ruban et les sept lettres de la marque...

— Helyett !

Comprenant l'ampleur de la découverte, Vadim a soudain cessé de pédaler. Il a mis pied à terre d'une façon un peu acrobatique, et sautant de la selle, il a descendu la bécane de son perchoir rotatif.

Le silence s'est fait d'un seul coup, tandis que nos regards convergeaient vers Orion qui sautillait toujours autour de la pièce en chantonnant «Helyett ! Helyett !»

— Mon frère sait lire ? a demandé Octo.

Une sensation de chaleur s'est diffusée dans tout mon corps, et j'ai attrapé Octo par la main, tandis que, du revers de sa manche, Vadim essuyait son front moite.

— Eh bien, bonhomme..., a dit le docteur. Tu nous caches tes nouveaux talents ?

Il a intercepté notre frère, il l'a bloqué par les épaules, puis il a passé un doigt autour du pansement.

— Tu n'as plus mal?

Orion lui a souri. Il a désigné le vélo rouge, et il a clairement énoncé :

— Vélo. Helyett.

J'ai hésité entre fondre en larmes et éclater de rire.

Médusé, Vadim est resté accroupi devant Orion, un peu comme un pèlerin devant une apparition, et finalement, c'est lui qui a pleuré, ou ri, impossible de savoir.

Octo s'est hissé sur la pointe des pieds et il m'a chuchoté à l'oreille :

— C'est grâce au caillou, tu crois?

Chapitre 12

Samedi
01:00

Titania étire ses jambes. Elle se sent si fourbue qu'elle irait bien dormir une heure ou deux. Elle consulte l'écran de son téléphone et secoue la tête. Il lui reste encore tant de choses à raconter ! Impossible de s'accorder une pause. La nuit sera blanche.

— Tu as vu un paquet de café dans le placard, tout à l'heure, non ? demande-t-elle à Nine.

— Oh oui, bonne idée ! s'exclame la jeune fille en s'étirant à son tour.

Dans la cuisine, Titania ouvre les placards un à un, à la recherche des filtres, tandis que Nine rince la cafetière dans l'évier, songeuse.

— C'était vraiment grâce à ton caillou ?

— Non, bichette, évidemment ! Mais c'était une jolie coïncidence.

— Et Orion s'est mis à parler ? Tac, d'un coup ? Comme ça ?

— Comme je te l'ai raconté. D'un coup.

Nine essuie la cafetière, puis croise les bras sur sa poitrine et jette à sa mère un regard méfiant.

Comment démêler le vrai du faux lorsqu'on a affaire à un écrivain? Et encore pire : à des souvenirs d'enfance, racontés par un écrivain?

— Qu'est-ce qu'il y a? demande Titania en sentant peser sur elle le regard de Nine. Tu ne me crois pas?

— C'est un peu trop beau, non?

— Orion pourra te confirmer tout ça lui-même quand il sera là. Tu n'auras qu'à lui demander.

Titania brandit le paquet de filtres qu'elle vient de dénicher.

— Tu l'aimes bien corsé?

Nine gonfle les joues. Corsé ou pas, ça lui est égal : elle ne boit jamais de café. Ce qu'elle a du mal à croire, c'est qu'Orion et Octo puissent être devenus des adultes, et qu'elle pourra leur parler, ici même, dans quelques heures.

— Mais alors... reprend-elle, ça veut dire qu'il n'est plus handicapé?

— Je n'ai pas dit ça, bichette. Certes, Orion s'est mis à parler, puis à lire, à écrire, à dessiner : je t'ai montré ses cahiers. Il a même appris à faire ses lacets tout seul. Mais il est resté quelqu'un de bizarre !

Tout en versant dans le filtre les doses de café moulu, la Fée du suspense repense à Orvel Spiegel. Lorsqu'elle a conçu son personnage fétiche, il y a quinze ans, elle a cru inventer de toutes pièces ce flic asocial, cycliste et collectionneur d'accordéons. Force lui est d'admettre aujourd'hui qu'elle n'a pas inventé grand-chose.

Elle appuie sur le bouton «On» de la cafetière.

— On manque d'air, non ?

Elle s'avance jusqu'à la baie vitrée, cherche le loquet sur le côté et, en forçant un peu, elle parvient à le décoincer.

— Viens voir, propose-t-elle à Nine.

Elle empoigne le panneau en aluminium et tire dessus à deux mains pour le faire coulisser sur son rail. La vitre s'escamote en grinçant, et Titania enjambe le rebord. Au moment où elle passe sur la terrasse, la nuit l'enveloppe, humide, lourde comme un tricot trempé de pluie.

L'air lui fait aussitôt du bien. Tout est si sauvage, ici ! Tout est si différent ! Sans compter le vacarme assourdissant des batraciens dissimulés dans les herbes et les roseaux.

— Ouh, ça caille, trouve Nine en rejoignant sa mère.

Elle se frotte les bras et sautille sur les lattes de la terrasse pour se réchauffer. En fait, ce n'est pas à proprement parler une terrasse, plutôt le prolongement du ponton qui serpente tout autour du lac et qui passe devant la cabane.

— Ça flanque la trouille, tous ces bruits... Et dire qu'on se plaint du boucan, à Paris ! J'espère qu'il n'y a pas de loup, dans les parages ? plaisante la jeune fille.

Titania sourit.

— Des loups, je ne pense pas. Mais des grenouilles et des crapauds, par centaines ! Quand je viens dormir ici, j'emporte toujours des boules Quiès.

— Tu viens souvent ?

— Depuis quelques années, non. Mais à une époque, oui, je venais souvent.

Nine lève les yeux vers le ciel et les millions d'étoiles. Toutes les mères de l'univers ont sans doute une vie secrète, des activités à elles, des amis ou des collègues dont elles ne parlent jamais, des rêves enfouis, des soucis qu'elles dissimulent. Des amants, parfois. La sienne a une cabane au bord d'un lac.

— Toi aussi, tu es déjà venue. Mais tu étais si petite que tu ne peux pas t'en souvenir.

— J'avais quel âge ?

— Tu avais juste un an. C'est dans la petite chambre, là-haut, que j'ai commencé à écrire la première enquête d'Orvel Spiegel.

– *Noir refuge* ?

– C'est ça. Cet endroit m'a toujours aidée à faire les bons choix.

Après un bref silence, Titania ajoute :

– C'est ici que j'ai décidé de quitter ton père.

– Ah, se contente de murmurer Nine.

La mère attrape la fille par les épaules et la serre contre elle.

— Et quand j'ai su que j'étais enceinte de toi, je suis venue aussi, tu sais. Ça a été la meilleure décision de toute ma vie.

— De me garder, tu veux dire ?

— Oui.

Titania désigne la nuit. En plissant un peu les yeux, on devine la délimitation ténue entre le noir de l'eau et le noir du ciel.

— J'étais là. Debout, exactement au même

endroit. Sauf que ma vie était compliquée à cette
époque, et que je me demandais ce que j'allais bien
pouvoir offrir à un enfant. J'ai attendu que le jour
se lève. Et quand le soleil a franchi la ligne de l'horizon, là-bas, j'ai su que j'avais envie de t'offrir ça.

— Le lever de soleil ?

— Oui, le rougeoiement de l'aube. Et les
oiseaux, l'eau, la brume, les grenouilles…

— Et les moustiques, complète Nine en écrasant
une bestiole sur son bras.

— Oui, même les moustiques, murmure Titania assez émue. Le monde, tel qu'il est : avec son
infinie beauté, et son lot d'emmerdements. Tu
comprends ce que je veux dire ?

Nine répond d'un hochement de tête.

Elle comprend parfaitement ce que sa mère veut
dire car elle a toujours aimé la vie. Même quand
ça ne va pas, même quand elle se sent triste, ou
malade, ou moche, même quand Marcus passe
devant elle, dans les couloirs du lycée, sans lui
accorder un regard, elle continue d'apprécier l'essentiel : respirer, courir. Boire un truc froid quand
il fait chaud. Boire un truc chaud quand il fait
froid. Écouter de la musique à l'arrière du bus.
Voir surgir la tour Eiffel entre deux immeubles.
Saisir au vol les mots d'une conversation. Grimper
sur le plot numéro 3 – son numéro fétiche – avant
de plonger dans le bassin, et nager vite. Nager bien.
Nager juste.

— Zut ! Faut que j'étende mes affaires de piscine ! dit-elle soudain en se rappelant son sac et sa
serviette en boule.

— Maintenant ?

— Ben oui !

Elle retourne à l'intérieur et va chercher le sac en question, tandis que Titania reste seule sur le ponton. Elle défait les trucs mouillés, les secoue, les étend sur le dossier d'un fauteuil qu'elle approche ensuite du poêle à bois.

— On peut se baigner, dans ton lac ? demande-t-elle à sa mère.

Titania se retourne.

— Oui, on peut. C'est un peu vaseux et plutôt frisquet, mais on peut.

Nine sourit. S'il fait beau, demain, peut-être qu'elle se jettera à l'eau. Pour épater sa grand-mère, et montrer à ses oncles qu'elle n'est pas une fille sans qualité.

— Il y a même une île sauvage, là-bas, explique Titania. Mes frères et moi, on y allait avec la barque, mais je suppose que toi, tu pourrais l'atteindre facilement à la nage.

— Sans doute ! Et tu me suivras à la rame, je te connais !

— Pas sûr. Cette pauvre barque doit être complètement vermoulue à l'heure qu'il est.

Titania revient à l'intérieur, toute frissonnante, et fait coulisser le panneau d'aluminium dans l'autre sens. Une fois la vitre fermée, le raffut des grenouilles et des crapauds cesse ; on n'entend plus que le bois qui crépite, le café qui passe et le maillot de bain de Nine qui s'égoutte sur le plancher.

— C'est Rose-Aimée qui a acheté cette cabane, alors ? demande Nine.

— Oui. Ça faisait partie de son plan.

— Rose-Aimée avait un plan? s'étonne Nine.
Un plan de quoi?

Titania trouve deux mugs dans l'armoire. Elle y
verse le café, puis dépose les mugs fumants sur la
table, à côté de la pile de cahiers. Elle masse ses
épaules endolories, secoue les bras et penche la
tête en arrière pour assouplir ses cervicales. «On
dirait une athlète se préparant au 400 mètres nage
libre», songe Nine.

— Bien, je vais essayer de te raconter ça avant
que le jour se lève, dit la Fée du suspense. Tu
prends du sucre?

Chapitre 13

1976

J'avais résolu avec brio «le mystère du pigeon-nier», ma première enquête, mais d'autres énigmes restaient à démêler, et pas des moindres. Par exemple, celle-ci : pourquoi Rose-Aimée refusait-elle de me dire qui était mon père ? Et pourquoi refusait-elle de dire à mes frères qui était le leur ? Chaque fois que nous lui posions la question, elle se fermait, pire qu'une huître. Puis elle s'arrangeait pour changer de sujet, nous condamnant à nous inventer des histoires.

Certes, nous avions des pères de remplace-ment bien réels, comme Jean-Ba, comme Vadim, ou même M. Sylvestre et certains papas de nos copains de classe, mais rien ne valait les héros lointains et célèbres sur qui nous projetions nos fantasmes. Moi, j'avais eu ma période Dominique Bathenay. Octo, lui, préférait les stars du rock.

Tous les mois, il piquait sa crise pour qu'on lui achète le magazine *Best* (5 francs à la maison de la presse de Saint-Sauveur), et chaque mois Vadim cédait. En rentrant, mon frère grimpait dans sa

chambre avec son précieux magazine pour en déta-
cher la double page centrale qui faisait office de
poster géant, et il la punaisait illico sur son mur.

Au fil des parutions, son papier peint se cou-
vrait de types en sueur, plus ou moins souriants
ou grimaçants et plus ou moins chevelus, mais
pratiquement tous blonds : le chanteur et guitariste des Who, celui des Pink Floyd, le batteur
des Rolling Stones, le bassiste de Led Zeppelin et
David Bowie y figuraient en plusieurs exemplaires,
suivis par Rod Stewart et Peter Frampton. Derrière la porte, il y avait même une photo de Benny
Andersson, le guitariste d'Abba. C'était Lulu qui
l'avait découpée dans un *Paris Match*, croyant bien
faire. Mon frère s'était senti obligé de l'afficher,
bien que Benny soit suédois et beaucoup trop pop
à son goût.

— De toute façon, ça ne peut pas être lui,
affirma-t-il, un jour que je m'étais allongée sur son
lit pour contempler son hit-parade.

— Pourquoi ?

— Parce que maman ne parle pas suédois.

— D'accord, mais peut-être que Benny, lui, il
parle français ? lui ai-je suggéré.

— Ouais. C'est pour ça que je l'ai mis quand
même. Mais c'est un *outsider*, a précisé mon frère
en prenant l'accent anglais.

(Il était un peu énervant depuis qu'il s'entraînait
à parler anglais en lisant les paroles des chansons
sur les pochettes des albums.)

Puis il a pointé un doigt vers les trois ou
quatre posters de son chanteur préféré, accrochés

au-dessus de son lit. C'était un blond à grandes boucles, nommé Roger Daltrey.

— Toutes les filles sont amoureuses de lui, m'a-t-il expliqué avec une pointe de fierté. Je l'ai lu dans un numéro spécial de *Best* : elles tombent dans les pommes quand il joue de la guitare.

— Et il est toujours comme ça ? Torse nu ? ai-je demandé.

— Oui. Torse nu sous sa veste à franges. C'est son *look*. Et c'est comme ça qu'il a mis le feu au concert de Woodstock. *Cool*, hein ?

Je suis restée de longues minutes à examiner le chanteur des Who, fascinée par ses yeux couleur lagon, par son torse bronzé et par sa longue cicatrice, juste au-dessus du nombril.

— C'est un bagarreur, m'a encore informée Octo. Il a même cassé la gueule de Keith Moon, le batteur.

— Et tu crois que maman aurait pu...

Octo a hoché la tête avec conviction.

— C'est sûr, c'est lui.

— Comment tu peux en être si sûr ?

— Maman a plusieurs disques des Who.

— Mais elle a aussi plusieurs disques des Beatles ou de Led Zeppelin, non ?

— Oui, mais elle préfère les Who ! m'a assuré Octo.

Et pour étayer son hypothèse, il a secoué ses cheveux : il les laissait pousser depuis plusieurs mois, en attendant qu'ils bouclent.

Au cours de son enquête, mon frère avait exhumé des cartons la collection complète de 33-tours de

Rose-Aimée. Pour les recenser, il avait d'abord
étalé les pochettes sur son lit, avant de les classer
par groupes, puis dans un ordre chronologique,
par dates de sortie, et il en avait tiré d'obscures
conclusions. Depuis, en guise de test, il passait
son temps dans le grand salon, à faire tourner les
galettes de vinyle sur la platine de Vadim. Chaque
soir après l'école, les guitares distordues de *You
Shook Me* envahissaient la grande demeure bourgeoise, la rythmique obsédante du tiroir-caisse
de *Money* résonnait à travers la cage d'escalier et
les hurlements de *Sympathy for the Devil* faisaient
sursauter Lulu qui se plaignait auprès du docteur
Bordes à cause de son cœur, qu'elle avait fragile
comme toute sa famille du côté de sa mère.

— Je préférais vos disques ! hurlait la cuisinière,
en essayant de couvrir les sirènes vocales de Robert
Plant dans *Immigrant Song*.

— Un peu de musique moderne dans cette maison ne fait pas de mal ! riait Vadim. C'est tonique,
Lulu ! Ça nous rajeunit !

— N'empêche ! Je préférais Tino Rossi ! Et
même vos suites pour violoncelle de Bach ! bou-
gonnait Lulu avant de claquer la porte de la cuisine.

Dès que Rose-Aimée franchissait le seuil de la
maison, mon frère poussait le volume au maximum. Il essayait d'attirer son attention, mais généralement, il s'attirait surtout des réprimandes :

— Octo, mon poussin, c'est trop fort !

— Mais c'est du rock'n'roll, se justifiait-il. Ça
s'écoute à pleins tubes !

— Oui, mais là, je suis fatiguée, mon chéri! Je rentre du travail, tu comprends? Il y a du bruit toute la journée à la fabrique, alors j'ai besoin d'un peu de calme...

Et d'un geste autoritaire, Rose-Aimée tournait le bouton de la chaîne hi-fi.

Un soir qu'elle venait justement de couper la chique de Roger Daltrey qui chantait *My Generation,* mon frère lui a lancé:

— Pff! Quelle tristesse! Tu as perdu l'esprit de Woodstock!

Surprise et amusée, Rose-Aimée est restée plantée au milieu du salon, les poings sur les hanches.

— Qu'est-ce que tu connais à «l'esprit de Woodstock», toi? Tu n'étais même pas né!

— J'étais *presque* né! a aussitôt répliqué Octo. En août 1969, Orion et moi, nous étions dans ton ventre, pas vrai?

Rose-Aimée a froncé les sourcils. Pour un garçon si jeune, mon frère semblait au courant de beaucoup de choses concernant à la fois le rock'n'roll et la gestation humaine. Elle a compté sur ses doigts avant d'admettre qu'il avait raison.

— Ah! Tu vois! a triomphé Octo.

— Qu'est-ce que je dois voir? a-t-elle demandé.

— Eh bien, tu vois que j'étais à Woodstock! Avec toi et avec...

Il s'est retenu de dire «mon père».

— Avec tout le monde! s'est-il rattrapé.

Rose-Aimée a éclaté de rire.

— Mais je n'ai jamais mis les pieds là-bas, mon cœur! C'est très loin d'ici l'Amérique, tu sais. Je

n'aurais jamais eu assez d'argent pour me payer
un voyage pareil !

Octo a eu du mal à encaisser le rire de Rose-
Aimée, lui qui avait si sérieusement échafaudé son
scénario : la rencontre entre sa mère et le leader des
Who à la faveur de leur tournée en Europe (mai 69),
leur idylle foudroyante (mai 69), Rose-Aimée partant avec le groupe, sillonnant les routes améri-
caines, avant d'assister au plus grand concert de
tous les temps (août 69), puis de donner naissance
aux fruits de cette passion magique (février 70).
Tout collait, ou presque.

— Mais alors... tu as été au concert de l'île de
Wight, quand même ? a-t-il insisté. C'est moins
loin, l'Angleterre. Tu as pu trouver assez d'argent
pour y aller, non ?

Rose-Aimée a senti l'immense désarroi de mon
frère. Elle a cessé de rire, et elle est venue s'asseoir à côté de nous, sur le sofa. Orion était là, lui
aussi, même s'il ne disait rien. Il valait mieux se la
boucler d'ailleurs, car le rêve d'Octo faisait assez
de bruit à lui tout seul, en se fracassant contre la
dure réalité.

— Je suis désolée, a commencé Rose-Aimée en
prenant mon frère sur ses genoux.

— Tu n'as pas été à l'île de Wight ?

Elle a secoué la tête.

— Tu n'as pas vu les Who en concert ? Jamais ?

— Jamais.

— Tu as juste... acheté tous leurs disques,
alors ?

— C'est ça.

— Et tu n'as jamais rencontré Roger Daltrey ?

— Non.

Octo s'est recroquevillé contre Rose-Aimée, et je me suis dit à cet instant que ses mèches blondes, pourtant, ressemblaient un peu à celles du chanteur.

— Et Benny Andersson ? a murmuré Octo.

— Benny Andersson ? a répété Rose-Aimée avec étonnement. Le guitariste d'Abba ?

— Oui. Tu crois qu'il parle français ?

— Je ne sais pas, mon chou. Franchement, je ne sais pas…

— Et David Bowie ?

— Quoi, David Bowie ?

Ce soir-là, mon frère a énuméré ses idoles une par une, et Rose-Aimée est restée longtemps à le consoler.

Orion est allé lui chercher des mouchoirs en papier.

Moi, j'ai fini par me lever du sofa. J'ai pioché un autre disque, au hasard dans la pile, que j'ai posé sur la platine. Coup de pot, c'était une chanson marrante, un tube des Beatles qui parlait d'un sous-marin jaune et qui donnait envie de sauter sur ses pieds pour marcher en cadence. D'ailleurs, au premier refrain, Orion a commencé à tourner autour de la table en secouant la tête avec un air de pantin, et quand le deuxième refrain est arrivé, il s'est mis à beugler :

— *Oui olive in'œillet l'ossum meurine, iell'ossum meurine, iell'ossum meurine !*

Je l'ai accompagné en imitant ses paroles en

yaourt. Alors Rose-Aimée a tiré Octo par la main, et nous avons fini tous les quatre en farandole derrière Orion, comme au défilé du 14 Juillet, en hurlant « *oui olive in'œillet l'ossum meurine* », jusqu'à ce que Lulu passe une tête éberluée par la porte et qu'on éclate de rire.

L'été 76, une sécheresse intense s'est abattue sur le pays. Dès le mois de mai, les températures ont commencé à grimper pour atteindre des records en juin. Et en juillet, on ne parlait plus que de ça dans les journaux : incendies, pénurie d'eau, récoltes fichues, rivières à sec, usines fermées, travaux publics à l'arrêt, jusqu'aux réquisitions de wagons de la SNCF pour livrer de la paille aux éleveurs qui ne pouvaient plus nourrir leur bétail.

Même à Saint-Sauveur, sur ce plateau réputé pour ses nuits fraîches, nous avions trop chaud. Le cabinet médical de Vadim se remplissait de vieilles dames déshydratées, de bébés couverts de boutons de chaleur, d'agriculteurs au bout du rouleau et de gamins tordus de coliques pour excès de crèmes glacées.

Malgré tout, Rose-Aimée continuait de travailler beaucoup, et de s'absenter souvent pour ce qu'elle appelait ses *voyages d'affaires*. Le matin, nous la voyions passer en coup de vent dans la cuisine. Les cheveux attachés, maquillée, parfumée, elle claquait un baiser sur nos joues, avant de filer en disant « À ce soir ! » ou « À vendredi ! ». Elle ajoutait « Amusez-vous bien ! Et ne faites pas tourner Pilule en bourrique, d'ac ? ». Elle laissait dans son sillage des effluves de patchouli, et l'impression désagréable qu'elle avait toujours plus important à faire, loin de nous, sans nous. Nous avions une mère moderne et ambitieuse, à nous de faire avec.

Vadim avait réparé pour moi un des vélos du pigeonnier qui avait appartenu autrefois à sa femme. Avec mon bicloune, j'avais l'autorisation de me balader où bon me semblait, j'étais libre comme l'air à l'unique condition de rentrer avant la tombée de la nuit. Mais il faisait si chaud cet été-là que les habitants du coin restaient calfeutrés derrière leurs volets. Saint-Sauveur et ses environs ressemblaient aux villages fantômes qu'on voyait dans les westerns, si bien que je rentrais souvent de mes escapades penaude et assoiffée, sans avoir vu âme qui vive.

De leur côté, mes frères avaient hérité des anciens vélos de Jacques dont Vadim avait baissé le guidon et changé les boyaux. Avec patience, il avait mis les jumeaux en selle, les poussant à tour de rôle dans l'allée de peupliers jusqu'à ce qu'ils trouvent l'équilibre. Orion s'était tout de suite montré le plus débrouillard et, surtout, le plus déterminé. Malgré les chutes, il remontait sur la bécane et s'acharnait sur les pédales, tandis qu'Octo, les genoux amochés, envoyait des coups de pied vengeurs dans les pneus en criant que c'était *nazebroque*, qu'il en avait *ras le bol*, avant d'abandonner l'engin maudit en plein milieu, et de s'en aller en traitant son frère de fayot.

L'insulte glissait sur Orion. Il se moquait de ce

que son frère pouvait penser : le vélo était pour lui une révélation.

Cela se traduisait naturellement par une nouvelle crise de manie. Quand il n'était pas assis sur sa selle, s'acharnant à remonter l'allée jusqu'à la grille, puis à la redescendre, Orion était assis sur une chaise, à un mètre de l'écran du téléviseur, fasciné par les retransmissions du Tour de France dont il ne loupait pas une minute. En l'espace de quelques jours, il était devenu capable de réciter par cœur le nom des cyclistes, équipe par équipe, soit les patronymes de cent trente gus dont il connaissait aussi le poids, la taille, l'âge et le classement.

Cet été-là, chaque fois que Vadim passait à sa portée, Orion se précipitait vers lui :

— Demande-moi une question ! Allez ! Une difficile !

Depuis qu'il parlait, Orion parlait beaucoup. (Beaucoup *trop*, d'après Octo.) Mais Vadim ne voyait que du positif dans cette soudaine prise de parole de notre frère. Alors il lissait sa moustache en faisant « hmm, voyons voir », avant de demander :

— Dans quelle équipe court... hmm, disons... Jean Chassang ?

— Gitane-Campagnolo !

— Et Hennie Kuiper ?

— Ti-Raleigh !

— Giancarlo Bellini ?

— Fastoche : Brooklyn ! Plus dur !

— Plus dur ? Hmm, voyons... Knut Knudsen ?

— Jollj Ceramica !

Ce jeu-là aurait pu durer des heures, Orion ne s'en serait jamais lassé. Mais pour nous, il faut reconnaître que c'était un peu barbant.

— Et alors, qui va gagner le Tour, d'après toi ? lui demandait Vadim.

Excité comme une puce, Orion se lançait dans la fastidieuse énumération des temps ou des points gagnés par tel ou tel grimpeur, et là, ça devenait carrément irritant.

— Tu sais quoi ? souriait Vadim en voyant notre agacement. Tu me raconteras l'étape du jour après le dîner. Rien qu'à moi, d'accord ?

— C'est Freddy Maertens qui va gagner !

— Gnagnagna, faisait Octo.

Orion jetait alors un regard froncé vers son jumeau.

— Si ! C'est Freddy Maertens qui va gagner !

— Mais je m'en fiche, de ton Freddy Maertens ! répliquait Octo. Je veux juste que tu la fermes !

La lèvre inférieure d'Orion se mettait alors à trembler, et pour couper court au drame, il fallait au minimum l'intervention de Lulu avec une fournée de crêpes. (Si mes souvenirs sont exacts, cette année-là, ce n'est pas lui qui a gagné le Tour de France.)

Puis, un matin du mois d'août, alors que nous prenions le petit déjeuner, Rose-Aimée est descendue dans la cuisine. Elle est apparue sans maquillage ni patchouli, pieds nus et les cheveux défaits.

Elle s'est tranquillement assise à côté de moi,

avant de verser du café dans son bol en poussant un soupir d'aise. Un sourire flottait sur ses lèvres.

— Tu ne vas pas à la fabrique? me suis-je étonnée.

— Non, ma fille! Pas aujourd'hui.

— Et tu ne pars pas... en *voyage d'affaires*?

Elle a secoué ses longues mèches blondes.

— Aujourd'hui, les enfants, je suis en congé. Et vous savez quoi? Nous allons faire quelque chose *tous ensemble*!

Octo et Orion n'ont pas prêté attention à cette incroyable annonce. Ils se disputaient la boîte de Nesquik à la fraise, une nouveauté chimique que Rose-Aimée nous avait rapportée d'un de ses voyages d'affaires, justement.

— Je l'ai demandé en premier! revendiquait Octo.

— Moi d'abord! répliquait Orion, qui avait l'habitude qu'on lui passe tous ses caprices.

Pour les mettre d'accord, je me suis levée, je leur ai arraché la boîte des mains, et j'ai copieusement tapissé le fond de mon bol de poudre rose.

— Eh! Prends pas tout, Conso! ont protesté les jumeaux d'une seule voix.

Lulu nous surveillait d'un œil, l'autre sur les tartines qui grillaient, tandis qu'assis sagement sur sa queue, le cocker attendait que l'un de nous renverse quelque chose.

— Alors? a repris Rose-Aimée. Ça vous fait plaisir qu'on reste ensemble pour la journée? Qu'est-ce que vous diriez d'une baignade?

— À la mer? a demandé Octo.

— Non, au lac, a répondu Rose-Aimée.

— La mer! La mer! a crié Orion.

Rose-Aimée s'est penchée vers son petit chouchou. Elle l'a serré dans ses bras en lui expliquant
combien la mer se trouvait loin de la maison, et
qu'en conséquence, il faudrait partir plusieurs jours
pour que ça en vaille la peine.

— En voilà une excellente idée! s'est exclamé
Vadim en entrant à son tour dans la cuisine.

Lui aussi, bizarrement, était pieds nus. Et lui
aussi arborait ce sourire flottant, typique des
amoureux au saut du lit. Il s'est assis à côté de
Rose-Aimée et il a passé un bras tendre autour de
sa taille. Ma mère portait une tunique ample, très
échancrée, avec des motifs indiens qui faisaient
ressortir son bronzage. Elle était éblouissante.

— Tu travailles tout le temps, lui a reproché
gentiment Vadim en fourrant son nez dans sa
nuque. Moi aussi, je travaille trop! On pourrait
quand même s'accorder quelques jours de vacances
avec les enfants, non?

— La mer! La mer! a répété Orion, fou de joie.

— Mais..., a commencé Rose-Aimée. Et tes
patients?

— Ils patienteront! a décidé Vadim dans un
éclat de rire. Allez, c'est dit! Lulu, nous vous
confions la maison et la garde de Pilule. Nous,
nous partons à la mer!

Une heure plus tard, nous étions entassés à l'arrière de la Panhard avec les valises, les toiles de
tentes, les seaux, les pelles, le Jokari et les vélos.
Orion était tellement excité que Rose-Aimée lui

avait fourré un catalogue dans chaque main, en espérant le calmer.

— Depuis qu'il parle, ce môme ne tient plus en place, a-t-elle soupiré.

— Normal, a tempéré Vadim. Il fait tous les apprentissages en même temps. C'est un vrai feu d'artifice !

À ce stade, ce n'était plus un feu d'artifice, c'était de la dynamite.

— Saint-Sauveur ! a lu Orion sur le panneau, à la sortie du bourg.

Quand nous sommes entrés dans le bourg voisin, il s'est écrié à pleins poumons :

— La Croix-Blanche !

Et ainsi de suite pour chaque village :

— Beaumont ! Saint-Hilaire ! Morterolles !

— J'ai mal au cœur, a gémi Octo, alors que nous n'étions pas partis depuis une heure.

— Ouvre ta fenêtre, lui a suggéré Vadim.

— La Villedieu !

— J'ai mal à la tête, s'est lamenté mon frère. C'est à cause d'Orion ! Il arrête pas de bouger et de crier !

— Bellevue !

Octo a envoyé un coup de pied à son jumeau, qui s'est défendu en lui collant une claque. J'ai tenté de m'interposer, mais, coincée entre les roues des vélos et les piquets de la tente, je n'ai pas pu intervenir à temps pour empêcher la bagarre, et mes frères de rouler sur le plancher.

Vadim a garé la Panhard en catastrophe sur le bas-côté.

Orion s'est mis à pleurer, Octo a vomi, et si nous avons pu arriver à la mer sains et saufs cinq heures plus tard, c'est uniquement parce qu'ils ont fini le trajet séparément, l'un à l'avant, sur les genoux de Rose-Aimée, tandis qu'à l'arrière, l'autre continuait de répéter à voix haute tout ce qu'il lisait :

— Carrefour dangereux ! Attention école ! Restoroute chez Dédé ! Garage Central ! Antar Gaz ! Passage à niveau ! Apéritif Dubonnet au quinquina !

Impossible de l'arrêter, nous n'avions plus qu'à nous boucher les oreilles.

Enfin, lorsqu'il a crié « Saint-Jean-des-Sables ! », Vadim a stoppé la Panhard pour de bon sur un parking, face à la mer. Ça lui a cloué le bec.

— Ouf, a soupiré Rose-Aimée.

J'ai réalisé que c'était la première fois que nous prenions des vacances, et la première fois, aussi, que je voyais la mer.

Rose-Aimée a ouvert sa portière pour faire sortir Octo. Puis elle a déplié ses jambes d'oiseau migrateur, retiré ses sandales, sa tunique, ses lunettes de soleil, son grand chapeau, elle a flanqué tout ça sur la banquette, et elle a dit :

— Le dernier à l'eau est une poule mouillée !

Nous l'avons vue partir comme une flèche dans son bikini, sauter par-dessus un muret et disparaître.

— Eh bien, les enfants, allez-y ! a rigolé Vadim. Courez-lui après !

Alignés près de la Panhard, Octo, Orion et moi nous sommes regardés quelques secondes, sans savoir quoi faire. Puis, comme le macadam commençait à nous brûler les pieds, j'ai attrapé mes frères par la main, et nous nous sommes élancés à la poursuite de notre mère.

Pareils à trois chiots patauds, nous avons atterri sur le sable sec et slalomé entre des corps, des parasols et des pliants de camping, toujours arrimés les uns aux autres, jusqu'à la ligne plus sombre du sable mouillé. Là, je me suis arrêtée, essoufflée. Je ne voyais plus ma mère, perdue parmi les baigneurs, au milieu des vagues et des canots gonflables.

Le ciel était pareil aux illustrations des vieux albums de *Martine* que j'avais dénichés dans le grenier de la maison : d'un bleu parfait, agrémenté de nuages ronds comme des bourres de coton et de quelques mouettes qui tournaient au-dessus de nous en poussant des cris. Sur ma droite, la plage s'étendait, immense, grouillante, inquiétante. Et sur ma gauche, c'était exactement la même chose.

Je me suis retournée vers la terre ferme et vers le parking en espérant y apercevoir Vadim, mais je ne l'ai pas vu non plus. Il n'y avait que le soleil étincelant qui cognait sur les pare-brise, des taches de couleur partout, des corps roses, des corps bruns, des gens qui s'interpellaient dans des langues étrangères, et le drapeau du club de plage qui flottait dans le vent.

J'ai senti mes jambes flancher, et j'ai serré plus fort la main de chacun des jumeaux.

— Conso ? a dit Octo. Ça va ?

— Bien sûr que ça va, ai-je menti.

— Je veux voir maman ! a réclamé Orion.

J'ai braqué de nouveau mon regard vers le large.
J'avais lu *Vingt mille lieues sous les mers* et *Capitaines
courageux*, mais la littérature ne m'était à cet instant
d'aucun secours. Je ne voyais plus qu'une étendue
hostile et floue, des traits d'écume et toujours l'im-
mensité du ciel coiffant cette plage constellée de
ronds colorés, de visages aux contours brouillés :
un univers entier dans lequel je me noyais.

— Elle est là ! s'est soudain écrié Octo.

J'ai senti qu'il lâchait ma main droite, et qu'aussitôt après, Orion lâchait la gauche.

— Hé ! Attendez-moi !

Mes jambes étaient trop molles. Impossible de
courir. J'avais froid dans tout le haut du corps et
trop chaud partout ailleurs. La lumière m'aveu-
glait, l'air chargé d'iode me donnait le tournis, et
j'ai subitement perdu l'équilibre.

Lorsque j'ai repris connaissance, j'étais allongée
sur un transat, à l'ombre d'un parasol. Vadim et
Rose-Aimée étaient penchés au-dessus de moi, en
gros plan.

— Eh bien, ma minette ! s'est exclamée Rose-
Aimée. Tu m'as fait drôlement peur !

— Simple malaise vagal, a assuré Vadim en prenant mon pouls. Ce sont des choses qui arrivent…

Et il a glissé à l'oreille de ma mère cette phrase
énigmatique que j'ai quand même entendue :

— Surtout aux petites filles qui ne vont pas tar-
der à devenir des jeunes filles.

Rose-Aimée s'est tournée vers lui en faisant une
drôle de tête.

— Tu crois que c'est ça? Déjà?

— Pourquoi pas, a répondu Vadim. À onze ans, c'est possible.

— Qu'est-ce qui est possible? ai-je voulu savoir.

— Euh… eh bien…, a hésité Rose-Aimée.

— Tiens! a dit la voix d'Octo. On t'a acheté un truc à la buvette!

Les jumeaux ont surgi sous le parasol, tenant chacun à la main un Kim-Pouss sorbet. Octo m'a tendu une bouteille de Pschitt au citron, et Rose-Aimée en a profité pour oublier de répondre à ma question.

— Moi, je crois qu'il faudra faire vérifier ses yeux, a-t-elle dit à Vadim. Je me demande si elle n'a pas besoin de lunettes.

— Quoi? Oh non, pitié, c'est trop moche! me suis-je exclamée en pensant à une fille de ma classe que tout le monde appelait «Serpent à lunettes».

— Rassure-toi, Conso! Tu es beaucoup trop jolie pour devenir moche! m'a souri Rose-Aimée, visiblement soulagée de parler d'autre chose.

Elle avait beau se dire féministe, ma mère n'était pas près de m'expliquer ce qu'était un cycle menstruel. Je me suis donc contentée de boire mon soda et de rester dans l'ignorance.

Après la baignade, ce soir-là, nous avons pris un emplacement au camping Beau Rivage ** qui abritait, d'après le dépliant du syndicat d'initiative, une supérette moderne, une cafétéria à l'américaine, des terrains de boules et des jeux pour les enfants. Laissant Vadim et Rose-Aimée se débrouiller avec la notice et les piquets de la tente, je me suis éclipsée en douce, un petit frère dans chaque main.

Nous avons traîné nos tongs dans les allées de sable couvertes d'aiguilles de pin. Il faisait bon. J'avais la peau irritée par le sel. Autour des caravanes, ça sentait l'huile solaire et l'huile de cuisson, la lessive et le caoutchouc chaud. On entendait claquer les boules de pétanque, pleurer des bébés, et les accords d'une guitare un peu plus loin, qui se mêlaient aux stridulations des grillons. Après les émotions de la journée, je me sentais beaucoup mieux.

J'ai conduit mes frères jusqu'au terrain de jeux, et tandis que la nuit tombait, nous avons regardé s'allumer les étoiles, allongés sur le tourniquet, en imitant la voix de l'allumeur de réverbères dans *Le Petit Prince* : « Eh, bonsoir ! » Puis nous avons dévalé le toboggan à double bosse et joué à chat perché dans la cage à écureuils. Pour une fois, pas un cri, pas une dispute entre nous. C'était un de ces moments paisibles et rares, presque parfaits, où l'enfance se fixe au plus profond de la mémoire, un de ces moments qu'on voudrait retenir, pour y rester comme dans une bulle, infiniment.

Mais bien sûr, il a fallu que Rose-Aimée nous cherche.

— Ouhouh, les enfants ! Ouhouh !

Quand elle nous a trouvés, elle n'était pas très contente. Elle avait fait le tour complet du camping, morte d'inquiétude, avec sa lampe de poche. Il y avait eu, cette année-là, des disparitions d'enfants dont on avait beaucoup parlé à la télé. D'une voix altérée, elle s'est mise à énumérer leurs prénoms.

— Et je ne tiens pas à y ajouter les vôtres ! a-t-elle ajouté en nous obligeant à descendre des balançoires.

C'était bizarre qu'elle dise un truc pareil, alors que d'ordinaire, elle nous laissait faire ce qu'on voulait, mais bon. Rose-Aimée n'en était pas à sa première contradiction.

— Ah, vous voilà ! a fait Vadim en nous voyant arriver. Regardez-moi ce chef-d'œuvre !

Il a braqué le rayon de sa lampe de poche sur la construction en toile qui s'érigeait à présent au milieu du carré d'herbe.

— D'ailleurs, vous auriez pu rester pour nous aider ! a encore bougonné Rose-Aimée. Si vous croyez que ça se monte en un claquement de doigts, un machin comme ça, vous vous fourrez le doigt dans l'œil !

Elle était tellement furieuse que s'il y avait eu une porte, elle l'aurait claquée. Là, elle a dû se contenter de tirer un peu fort sur la fermeture éclair de l'auvent, avant de disparaître à l'intérieur de la tente en disant :

— Maintenant, au lit !

Puis je l'ai entendue râler à cause des moustiques, et j'ai compris que ma mère n'était pas une fana du camping.

Le lendemain matin, Vadim a sorti les vélos de la Panhard. Il a gonflé les pneus à bloc, vérifié les freins et graissé les chaînes, avant d'annoncer :

— Tout le monde en selle : je vous emmène en excursion !

— Youpi ! s'est écrié Orion en troquant illico son pyjama contre un short.

— Pff, a soupiré Octo, le nez dans son bol de chocolat.

— Allons, l'a encouragé Vadim, tu t'en sortiras très bien. C'est complètement plat, par ici.

— Complètement plat ? a répété Orion, déçu.

— Peut-être pas complètement, a concédé Vadim. On trouvera bien une petite côte.

— On fera la course ? a demandé Orion. Comme Poulidor et Delisle ?

— Chiche ! a dit Vadim.

— Gnagnagna.

— Et toi, Consolata ? Tout va bien ? s'est inquiétée Rose-Aimée. Plus d'étourdissement ?

J'ai dit que ça allait, à part un caillou pointu sous mon tapis de sol qui m'avait torturé le dos toute la nuit.

— Et au ventre ? a voulu savoir Rose-Aimée. Tu n'as pas mal au ventre ?

— Non, pourquoi ?

— Juste comme ça, a souri ma mère. Alors allons-y !

Vadim nous a coiffés chacun d'une casquette et nous avons immortalisé l'instant par une photo devant la tente. Puis, sous un soleil de plomb, nous sommes partis à la queue leu leu sur les routes du bord de mer. Vadim a pris la tête du cortège sur son Helyett rouge, Orion et moi juste derrière, tandis que Rose-Aimée encourageait Octo qui peinait en dernière position.

— J'aime pas pédaler ! ronchonnait-il. C'est pas intéressant et ça fait mal aux cuisses !

Il faisait des zigzags, risquant à tout instant de

basculer dans le fossé. À l'inverse, son jumeau moulinait comme un furieux, la tête dans les épaules, et s'amusait à me doubler dans les virages.

— C'est bien, Orion! s'exclamait Vadim, tout heureux. Continue! Les mains en bas du guidon! Respire!

— Crâneur! criait Octo tandis que son frère forçait la cadence.

Quand la seule côte de la région est apparue devant nous, bien raide, l'asphalte fondait presque sous le soleil de midi.

Pour nous montrer l'exemple, Vadim s'est mis debout sur les pédales.

— Allez, les enfants, en danseuse! Les mains sur les cocottes! Petit braquet!

Imitant sa position, Orion et moi sommes restés dans sa roue, et le temps de gravir la côte, absorbés par l'effort, aucun de nous trois ne s'est retourné. Mais quand nous sommes parvenus en haut, écarlates et victorieux, nous avons mis pied à terre, et c'est là que nous avons entendu les appels paniqués de Rose-Aimée.

– Il s'étouffe! Il s'étouffe!

Vadim s'est retourné. Je l'ai vu blêmir.

Octo gisait aux pieds de Rose-Aimée, agité de convulsions, son vélo tombé en travers.

Vadim a sauté sur sa selle, ses pneus ont dérapé, et il a dévalé la pente à une vitesse vertigineuse tandis qu'Orion et moi restions pétrifiés en haut de la côte. C'était la deuxième fois que je croyais voir mourir un de mes frères. Et là, j'ai eu soudain très mal au ventre.

Deux heures plus tard, après un bref passage
à l'hôpital, Vadim et Rose-Aimée se sont copieusement engueulés, ma mère reprochant à Vadim
d'avoir *obligé* son fils à faire du vélo par 35 degrés,
Vadim se défendant de son mieux, expliquant que
le petit n'avait jamais manifesté de symptômes
jusqu'ici, alors comment deviner qu'il était *asthma-
tique* ? Hein ?

— Et si je n'avais pas été là…, a voulu ajouter
Vadim.

— Si tu n'avais pas été là, Octobre n'aurait pas
fait de crise ! l'a coupé Rose-Aimée, cinglante. Ça
ne t'a pas suffi de perdre un fils ?

Vadim a pris le coup en plein cœur. Il a grimacé
de douleur.

— Ne me redis plus jamais une chose pareille,
a-t-il murmuré. Plus jamais.

Ensuite, d'une voix blanche, il a ajouté :

— Son asthme aurait pu se déclencher à n'importe quel autre moment.

— N'empêche, a dit ma mère. Et de toute
façon, je n'aime pas le camping.

Elle a serré Octo contre elle, et elle a décrété que
les vacances étaient terminées.

Sans moufter, nous avons démonté la tente,
les vélos, rangé nos tongs et le Jokari, puis nous
sommes tous remontés dans la Panhard avec des
têtes d'enterrement.

Ce coup-ci, Orion a compris qu'il fallait filer
doux : il est resté muet pendant les cinq heures
du trajet retour, la tête penchée sur ses catalogues, pendant qu'Octo, l'aérosol de Ventoline à

la main, prenait des airs compassés de Dame aux Camélias.

Moi, assise au fond, je n'osais plus bouger. J'avais discrètement glissé une serviette de plage sous mes fesses, mais lentement, inéluctablement, la tache de sang qui avait déjà souillé mon short s'élargissait sur le tissu en éponge. Et j'avais beau faire preuve d'une forte imagination, je ne parvenais pas à comprendre comment une paire de lunettes pourrait bien empêcher ce genre d'hémorragie.

De retour à Saint-Sauveur après ces vacances écourtées, nous n'étions plus les mêmes.

Devenu l'enfant fragile de la famille, Octo n'a plus quitté son aérosol. C'est d'ailleurs pour se faire pardonner – je me souviens à présent! – que Vadim lui a offert son premier magnétophone, le fameux Radiola. Et bien entendu, plus personne n'a jamais revu Octo sur un vélo.

Orion, au contraire, a entamé pour de bon sa carrière de cycliste, même si dans les premiers temps il a dû se contenter de rouler à l'intérieur pour éviter les disputes avec Rose-Aimée. Chaque matin, avec Vadim, il allait s'entraîner dans le pigeonnier, sur des rouleaux bricolés à sa taille. Je les revois encore côte à côte, pareils à des funambules montés sur roulettes, levant les bras au moment de franchir la ligne d'arrivée d'un Liège-Bastogne-Liège imaginaire.

Avec l'aide de Lulu, le docteur a fini par décrocher les portraits géants du petit Jacques.

— Il faut accepter que le temps passe, a-t-il dit.

Et il les a rangés quelque part.

Rose-Aimée et Vadim se sont remis au travail, chacun séparément. L'un au cabinet médical, l'autre à la fabrique de catalogues. L'un avec un dévouement résigné, l'autre avec un acharnement redoublé. Les *voyages d'affaires* ont repris, et je ne les ai plus jamais vus descendre pieds nus dans la cuisine, avec ce sourire si doux des amoureux au saut du lit.

Moi, je suis entrée au collège et dans l'adolescence.

Tous les vingt-huit jours, j'ai eu mal au ventre. Tous les vingt-huit jours, j'ai perdu du sang. Et, bien que ceci n'ait aucun rapport avec cela, après une visite chez l'ophtalmo qui a confirmé que j'étais myope, j'ai finalement eu droit à ma première paire de lunettes.

Chapitre 14

Samedi
1:30

— Et on t'a traitée de « serpent à lunettes » ? demande Nine en riant.

— Bien sûr ! Les mômes sont cruels, tu le sais aussi bien que moi.

— « Serpent à lunettes », c'est plutôt gentil. Si tu voyais le genre d'insultes qu'on balance sur les réseaux sociaux...

Bien qu'elle ne soit présente sur aucun réseau, Titania n'est pas surprise. Tous les mois ou presque, on entend parler du suicide d'un ado harcelé, ici ou là, par ses « amis » virtuels. Elle se lève et va dans la cuisine. Le café est encore chaud. Elle remplit son mug.

— Tu t'es déjà fait insulter ? demande-t-elle.

— Tout le monde se fait insulter, maman.

— D'accord, mais toi ?

— Moi aussi, dit Nine avec un haussement d'épaules. Tout le monde, je te dis. C'est comme un jeu, en fait.

— Un jeu ? s'étrangle Titania. Parce que tu trouves ça marrant, toi ?

— Non. Mais c'est comme ça. Il suffit d'apprendre à se protéger. Si quelqu'un te veut du mal, tu le bloques.

Nine tripote la coque de son smartphone. Depuis des heures que l'appareil est privé de sa principale fonction, elle se sent de plus en plus frustrée. Tant qu'on est au milieu de la nuit, ça va encore. Mais avec le lever du jour, elle le sait, l'isolement va devenir insupportable.

— Et tu as déjà bloqué des gens ? veut savoir Titania.

— Évidemment, soupire Nine. J'ai même bloqué papa, si tu veux tout savoir.

— Ah bon ? Et qu'est-ce qu'il avait fait pour mériter une punition pareille ? Ne me dis pas qu'il t'avait insultée ?

— Bien sûr que non. Mais c'était après les attentats de novembre. Il m'a saoulée, alors je l'ai bloqué. Pas longtemps, juste quelques jours. Après, je l'ai réaccepté.

— Oh, fait Titania, subitement moins amusée.

De là où elle se trouve, elle observe sa fille restée près du poêle. Elle détaille sa silhouette, sa façon d'être assise une jambe sous les fesses, ses épaules de nageuse, puis son visage aux traits réguliers, gracieux. Si elle la voit parfaitement, même à cette distance, c'est que depuis des années Titania Karelman a troqué ses lunettes contre des lentilles de vue. Mais à l'époque où elle a rencontré le père de Nine, elle portait encore une sacrée paire de bésicles ! Il trouvait ça charmant, d'ailleurs. Comme il trouvait charmants ses projets littéraires.

Et charmant, surtout, son compte en banque bien rempli.

— Qu'est-ce qui s'est passé avec ton père après les attentats ? Pourquoi tu ne m'en as pas parlé ?

— Parce que je peux me débrouiller sans toi. Tu l'as très bien dit tout à l'heure : je suis une fille « formidablement intelligente, mûre, drôle... ».

La citation provoque le rire de Titania.

— OK, tu marques un point.

Nine range son téléphone et regarde sa mère avec sérieux.

— Papa était complètement flippé. Il m'envoyait des milliards de messages par jour.

— C'est normal, bichette. Moi aussi, je t'ai envoyé plein de messages pendant les semaines qui ont suivi, non ?

— Oui, mais toi tu m'élèves depuis que je suis née. Alors que lui, il habite loin, il annule nos vacances quand ça l'arrange, il oublie toujours quelque chose, et là, d'un seul coup...

— D'accord, d'accord, la coupe Titania. Tu as raison, c'est à toi de voir. Tu es assez grande, maintenant.

— Exact.

Nine se lève brusquement et s'approche du poêle pour retourner ses affaires de piscine afin qu'elles sèchent mieux. Elle secoue la serviette de bain. Elle n'a plus envie de parler de son père. Encore moins des attentats.

— C'était marrant de t'imaginer pétrifiée sur ta serviette à l'arrière de la Panhard, le jour où tu as eu tes règles, dit-elle. Tu ne savais vraiment pas ce qui t'arrivait?

— Eh non, reconnaît Titania.

— C'est fou! Vous étiez hyper coincés pour parler de ça, à ton époque!

— Les autres, je ne sais pas, mais ma mère n'a pas été d'une grande aide pour moi à ce sujet, c'est certain!

Nine jette un regard vers les photos exposées le long de l'escalier. La personnalité de sa grand-mère lui paraît compliquée et ambiguë, elle n'arrive pas à savoir si elle va l'aimer ou la détester.

— Mais alors c'était quoi, le plan de Rose-Aimée? C'est ça que tu dois me raconter!

— Oui, c'est vrai. J'ai un peu dérivé, pardonne-moi. J'allais y venir.

— Je parie qu'elle mentait sur ses «voyages d'affaires», lance Nine. Je me trompe?

Titania boit la dernière gorgée de café, pose son mug vide et débranche la cafetière.

— Pari à moitié gagné, bichette. Disons qu'elle arrangeait un peu la vérité, et que ses voyages d'affaires n'étaient pas ce qu'on pouvait imaginer.

— Comment tu l'as su? Tu as fait une nouvelle enquête?

— Non. C'est Rose-Aimée qui nous l'a dit, des années plus tard. Ici même, dans cette cabane. Pendant une longue nuit semblable à celle-ci.

Derrière la baie vitrée, Titania constate que l'obscurité est toujours aussi compacte. Malgré tout, l'heure avance. Et même si les souvenirs se bousculent en pagaille dans sa mémoire, il va bien falloir qu'elle fasse le tri pour en arriver, enfin, à cette fameuse nuit de 1986, il y a vingt-neuf ans, onze mois et quelques jours.

Elle retourne vers l'escalier dans l'intention de décrocher du mur une des photos. Au passage, elle s'arrête près du vélo remisé sous les marches. Les pneus sont à plat, une bonne couche de poussière s'est déposée sur le cadre, mais on devine tout de même qu'il est rouge. Titania se baisse et le tire de sa cachette pour l'exposer à la lumière du plafonnier.

En deux enjambées, Nine la rejoint.

— Je peux ? demande-t-elle.

— Vas-y.

Du bout des doigts, la jeune fille essuie la saleté à l'avant du cadre, découvrant la plaque qui y est fixée, et sur laquelle on peut voir la tête d'une femme avec un chapeau à ruban ainsi que les sept lettres de la marque.

H-E-L-Y-E-T-T, épelle Nine.

Titania sent sa gorge se nouer.

— C'est ça ! C'est l'original, souffle Nine, épatée. Le vrai vélo de Vadim !

— Ça fait si longtemps qu'il est là, dans son coin, murmure Titania. Je n'y faisais plus attention. Pauvre Vadim…

Elle secoue la tête, se rappelant le jour où Rose-Aimée, fidèle à elle-même, a de nouveau rempli le coffre de la Panhard.

— Ma mère a toujours eu l'art de briser les cœurs, soupire-t-elle encore.

— Tu veux dire que c'est elle qui a quitté Vadim ?

— Oui. Mais cette fois-là, c'est la séparation entre Orion et Vadim qui s'est révélée la plus douloureuse.

Titania reprend le vélo des mains de Nine et le range à sa place sous l'escalier, comme un saint dans la niche d'une église.

— Et elle vous a emmenés loin de Saint-Sauveur ? demande Nine.

— Pas si loin, non. Mais pour nous, à l'époque, c'était comme s'exiler sur une autre planète.

Elle revoit le givre qui ornait les carreaux de sa fenêtre, ce jour-là. C'était au beau milieu du mois de février. Elle dit :

— Il avait neigé toute la nuit et il neigeait encore quand j'ai entendu des bruits au-dehors. J'ai chaussé mes lunettes, je suis allée à la fenêtre de ma chambre, et j'ai vu ma mère qui montait et descendait les marches du perron.

Chapitre 15

1980

Rose-Aimée transportait des cartons, des valises, des sacs plastique de toutes les couleurs et de toutes les tailles qu'elle enfournait à l'arrière de la Panhard. Autour d'elle, tout était blanc.

Assis sur le paillasson à l'abri de la marquise, Pilule suivait son manège du regard. Il était trop vieux, à présent, pour avoir envie de gambader dans la poudreuse. Les jumeaux n'étaient pas encore rentrés de l'école. Moi, je n'étais pas allée en cours. J'avais 39°5 et la gorge si douloureuse que je grimaçais chaque fois que j'avalais ma salive. À chacune de mes expirations, mon souffle déposait un rond de buée sur le carreau glacé juste devant moi, puis le halo rétrécissait, avant qu'un nouveau rond apparaisse, et dans ma fièvre, ce phénomène pulsatile me fascinait. Je regardais ma mère, les cartons, la Panhard bleue, le parc couvert de neige, et tout cela devenait alternativement opaque, transparent, opaque, transparent. Sous leur couche de chantilly, les branches noires des peupliers de l'allée me faisaient penser à des chocolats liégeois, tandis

que la grille du parc, plus loin, dessinait des lignes
géométriques sur le ciel bas. J'avais quinze ans, et
j'étais trop malade pour m'inquiéter de ce qui se
passait ou de ce qui allait se passer : après plus de
cinq années dans cette maison, j'assistais en simple
spectatrice à la nouvelle dislocation de ma vie.

Grelottante, je suis retournée me coucher.

Un instant plus tard, Rose-Aimée est entrée
dans ma chambre sans frapper. Elle avait les joues
rougies de froid et sous son bonnet péruvien, des
cristaux de neige faisaient comme un diadème dans
ses cheveux.

— On s'en va, m'a-t-elle annoncé. Je vais t'aider
à faire tes bagages.

J'ai souri d'un air stupide. J'avais la tête tellement lourde !

— On ne peut pas tout prendre pour l'instant,
a continué Rose-Aimée. Il va falloir laisser des
choses. Vadim nous les rapportera plus tard.

— D'accord, ai-je dit en remontant la couverture sous mon nez. Réveille-moi quand tout sera
prêt.

Je me suis tournée vers le mur, et j'ai fermé les
yeux, bienheureuse, laissant s'enfoncer dans l'oreil-
ler le bloc de plomb qui me servait de crâne.

Ma mère est venue près de moi. J'ai senti sa
main froide sur mon front. J'ai entendu sa voix
qui résonnait.

— D'accord, ma minette. Dors. Dors.

La même main froide m'a tirée des limbes
quelques heures plus tard. Il faisait nuit. J'entendais quelqu'un sangloter au rez-de-chaussée.

— Habille-toi chaudement, m'a recommandé Rose-Aimée.

— Où est-ce qu'on va? ai-je articulé d'une voix pâteuse.

— Chez nous. Tu vas voir, ce sera bien.

Elle m'a aidée à enfiler un pantalon et la paire de baskets Americana que j'avais réclamée à cor et à cri pour mon entrée en classe de troisième.

— Qui est-ce qui pleure? me suis-je inquiétée.

— C'est rien, a dit Rose-Aimée.

— On dirait que c'est Lulu, non?

— Oui, peut-être… Allez, dépêche-toi.

Chancelante, j'ai suivi ma mère dans l'escalier, puis à travers le grand salon, et jusque dans le vestibule. Là, j'ai vu Lulu, un mouchoir sur les yeux, qui serrait contre elle Octo et Orion déjà emmitouflés.

— On doit y aller, a dit ma mère. Mettez vos cagoules et embrassez Lulu, les enfants.

En silence, les jumeaux ont obéi. Moi, je me suis abstenue pour éviter de lui refiler mon angine. Un air glacial s'est engouffré dans le vestibule lorsque Rose-Aimée a ouvert la porte, et nous sommes descendus en file indienne jusqu'à la voiture dont le moteur tournait en crachotant.

— Je peux aller devant? a demandé Octo.

— Moi aussi! s'est écrié Orion.

— Pas question, a dit Rose-Aimée. C'est votre sœur qui monte devant.

Vadim n'est pas venu nous dire adieu. La dernière image que j'ai conservée de ce moment de fièvre et de tristesse, c'est la silhouette accablée

de Lulu qui se découpait en ombre chinoise sur
la porte d'entrée, avec Pilule à ses pieds, et les
flocons qui voletaient autour de la maison comme
des insectes en plein été.

Je me suis rendormie sitôt le portail franchi.

Je n'ai rien vu des routes enneigées du plateau, ni
des sapins alourdis par la poudreuse, ni du visage
crispé de Rose-Aimée lorsqu'il a fallu descendre
vers la vallée par les lacets de la départementale
verglacée.

Je me suis réveillée cent kilomètres plus tard,
la nuque toute raide de courbatures, au bas d'un
immeuble, dans la banlieue de Montchatel.

Rose-Aimée nous a fait sortir en nous confiant
une valise à chacun, avant de nous guider jusqu'au
troisième étage et d'ouvrir une porte au fond d'un
couloir sombre.

— C'est où, ici ? a voulu savoir Orion.

— C'est chez nous, a dit Rose-Aimée.

— Et chez qui d'autre ?

— Juste chez nous, a souri ma mère. Personne
d'autre que nous quatre.

— Ah ? s'est étonné mon frère en découvrant
les pièces de l'appartement presque vide et le sol
couvert d'une moquette un peu râpée. Et où est-ce
que je vais mettre mon vélo ?

— C'est prévu, mon petit chat. Il y a un local
exprès, au sous-sol.

J'ai deviné qu'Orion n'était pas enchanté, lui qui
avait pris l'habitude de dormir la joue sur ses roues.

— Y a un magasin de disques, ici ? a voulu
savoir Octo.

— C'est prévu aussi, a répondu fièrement Rose-
Aimée. La boutique s'appelle Disco Fuzz. Elle est
au centre-ville, je t'y conduirai.

Pour ma part, je n'avais qu'une obsession : m'al-
longer pour dormir encore.

— Voilà ta chambre, ma minette, m'a dit Rose-
Aimée en ouvrant une porte sur un espace à peine
plus grand qu'un placard.

Il y avait un lit contre le mur, je n'en demandais
guère plus. J'ai titubé jusque-là, lâché ma valise,
et je me suis roulée en boule sur le matelas, sans
même me déshabiller.

Le lendemain (c'était peut-être même le surlen-
demain), j'ai émergé de ma fièvre comme une res-
capée en pleine mer. J'étais vivante, d'accord, mais
je ne savais plus du tout où j'étais, ni pourquoi, ni
comment j'étais arrivée là. J'avais surtout la gorge
en feu, déchirée par une soif d'enfer.

Je me suis levée de ce lit inconnu autour duquel
étaient miraculeusement posées quelques-unes de
mes affaires : mes précieuses lunettes, ma veste en
jean avec le badge de The Clash épinglé sur le col,
mon sac U.S. kaki contenant mes livres de cours,
mes cassettes d'Higelin et de Renaud, ainsi que les
six ou sept cahiers de brouillon où j'écrivais mes
histoires sans queue ni tête.

Quelqu'un m'avait retiré mes baskets pendant
mon sommeil. J'ai donc traversé la pièce en chaussettes, une autre pièce où s'entassaient nos cartons, puis j'ai trouvé la cuisine, l'évier, et enfin
mon bonheur : le robinet.

Ma soif étanchée, j'ai appelé :
— Maman ?
Pas de réponse.
— Octo ? Orion ?
Il faisait grand jour, un soleil craintif entrait par
les fenêtres. J'ai remarqué une feuille sur la table.

Ma minette,

*Si tu lis ces lignes, c'est que tu vas mieux, je suis
contente !*

*Tu dois avoir drôlement faim, ça fait <u>quatre jours</u>
que tu n'as rien avalé. J'aurais aimé être là pour te
faire un potage au tapioca avec une tartine thon-
tomate et des croquants poivrés, mais j'ai été obligée
de retourner travailler.*

*Dans le réfrigérateur de la cuisine, tu trouveras des
œufs, du jambon et du fromage blanc. Pour cuire les
œufs, il y a une poêle dans le bas du <u>placard de gauche</u>.
La cuisinière est <u>électrique</u>, il suffit de tourner les boutons sur le côté.*

*Tes frères sont à l'école. C'est juste à côté de la rési-
dence, ne t'inquiète pas, ils rentreront tout seuls.*

*Je serai là vers 20 heures. La télévision fonctionne.
Tu as l'autorisation de la regarder si tu t'ennuies, mais
<u>pas trop longtemps !</u>*

Bienvenue à la maison. Bisous. Rose-A.

Elle avait ajouté dans la marge :

*Le téléphone n'est pas encore en service. Les PTT
doivent nous mettre la ligne <u>demain</u>.*

Un peu groggy, j'ai balayé l'appartement du regard en essayant de rassembler les bribes de souvenirs liés à notre départ de Saint-Sauveur.

Je me suis dirigée vers la fenêtre du séjour. Je l'ai ouverte et je me suis penchée un peu au-dehors. L'air était froid, humide, mais j'ai senti un rayon de soleil sur ma peau et j'ai souri. Sous mes yeux s'étalait un paysage urbain et cubique : une série d'immeubles au pied desquels étaient dessinés des jardins, des allées, et au-delà une succession de parkings et de hangars qui s'achevait au bord d'un fleuve. Sur l'autre rive, à flanc de coteau, la partie ancienne de la ville offrait au soleil de février ses ruelles et ses façades à colombages.

Entre le parc enneigé de la maison de Vadim et ce troisième étage de banlieue, il n'y avait peut-être qu'une centaine de kilomètres, mais j'ai eu l'impression d'avoir changé de galaxie. Ou d'époque.

Je suis restée un long moment à observer cette ville dont j'ignorais encore le nom, et les rares passants qui traversaient les jardins en contrebas. J'ai supposé que Rose-Aimée m'avait inscrite, sans m'en parler, dans un nouveau collège. J'ai supposé qu'elle avait eu ses raisons pour précipiter, une fois de plus, notre déménagement.

J'ai pensé à Vadim. Aux crêpes de Lulu. À Pilule. Et aussi à Jean-Ba, aux rues du village et à la mère Chicoix, au bar des Quatre As et à son baby-foot, à la cour de mon école communale où j'avais appris à sauter à la corde.

Sentant venir une grosse envie de pleurer, je suis allée me changer les idées devant la télé. Bien décidée à ne pas tenir compte de la consigne, je l'ai regardée trop, c'est-à-dire tout le reste de l'après-midi, depuis «Aujourd'hui madame» jusqu'à «Récré A2», en passant par *La Petite Maison dans la prairie* et même «Des chiffres et des lettres».

Je m'en fichais d'avoir les yeux rouges et le cerveau ramolli. J'étais triste.

Quand Rose-Aimée est enfin rentrée, Orion, Octo et moi étions assis par terre, sur la moquette râpeuse, devant «Les Jeux de 20 heures».

— Maman! J'ai faim! a aussitôt braillé Orion.

Depuis qu'il s'entraînait tous les jours pour devenir champion cycliste, Orion avait toujours faim. Il pouvait engloutir deux pizzas par repas, il restait maigre comme un coucou.

Rose-Aimée a lâché ses sacs dans l'entrée avant de pousser un soupir fatigué. Puis elle est venue s'asseoir par terre au milieu de nous, et sans un mot, elle a ouvert les bras. Alors nous nous sommes blottis contre elle, dans ses ailes, et j'ai pleuré toutes les larmes retenues depuis le début de la journée.

Rose-Aimée n'a rien dit, Octo et Orion non plus, si bien que peu à peu, mon chagrin s'est tari. Alors Rose-Aimée a demandé:

— Croque-monsieur?

Mes frères et moi avons hoché la tête à l'unanimité.

Alors que Rose-Aimée allumait le four, le générique du film a commencé.

— On peut regarder? a demandé Octo.

Sur l'écran, il y avait une fanfare mexicaine et

des danseurs en habits folkloriques d'Amérique du Sud.

— D'accord, mais juste le début, a répondu Rose-Aimée depuis la cuisine. Vous avez école, demain !

Un type en costume et chapeau blanc est apparu dans le champ. Il a traversé la foule des danseurs avant de se diriger vers une cabine téléphonique. Il a mis une pièce dans la fente, et à l'autre bout du fil, un second type lui a répondu. Celui-là avait un accent américain. À sa façon de parler, on comprenait tout de suite que c'était le chef des services secrets. Le gars au chapeau a expliqué à son boss que tout allait bien, qu'il ne s'était pas fait repérer. Pile à ce moment-là, une mâchoire en métal s'est refermée sur la cabine téléphonique et l'a arrachée du sol. Un hélicoptère l'a soulevée dans les airs, et le type s'est envolé dans le ciel bleu du Mexique en disant «Allô ! Je monte ! Allô ! », pendant que la fanfare continuait de jouer.

— Ça a l'air marrant, a dit Octo.

Le nom de l'acteur principal s'est inscrit sur l'écran en grosses lettres jaunes – Jean-Paul Belmondo – suivi du titre : *Le Magnifique*.

Assise sur la moquette du nouvel appartement, je me suis serrée un peu plus entre mes deux frangins. C'était exactement le genre de film qu'il fallait pour me réconforter.

Chapitre 16

Samedi
2:00

— Tu l'as vu, ce film? demande Titania. Je te l'ai montré en DVD, non?

Nine se pince les lèvres d'un air dubitatif.

— Tu m'as montré un paquet de navets, dit-elle. Celui-là, je ne suis pas sûre.

Titania bondit :

— *Le Magnifique*? De Philippe de Broca? Un navet?

— Bah... un vieux film, quoi! fait Nine en fronçant le nez. Un truc muet et en noir et blanc, non?

— Là, tu me déçois, soupire Titania.

Nine rigole. Elle aime bien se moquer de sa mère. En vérité, elle se rappelle très bien ce film.

— Attends, attends, c'est pas l'histoire de l'écrivain qui pond des romans policiers à la chaîne? demande-t-elle avec malice. Un pauvre type, mal habillé, harcelé par sa concierge et complètement exploité par son éditeur?

— Si!

— Pendant tout le film, il fume comme un

pompier, non ? Et il tape comme un galérien sur sa machine à écrire ?

— Oui !

— Et à un moment, sa machine est tellement pourrie qu'elle perd une lettre ? Du coup, on entend les personnages parler, mais sans prononcer la lettre « r » ?

— C'est ça ! C'est ça ! trépigne presque Titania. J'ai tellement aimé ce film, la première fois que je l'ai vu !

— Je sais ! s'esclaffe Nine. C'est même pour ça que tu as eu envie d'écrire des romans policiers !

Titania opine, les yeux brillants.

— Tu t'en souviens, alors ?

— Tu m'as *obligée* à le voir au moins dix fois quand j'étais petite, lui rappelle Nine. Je ne risquais pas de l'oublier !

Titania sourit. Combien de soirées ont-elles passées toutes les deux en pyjama, serrées sur le canapé, à improviser des dînettes devant ces vieux films qu'elle dénichait dans les rayonnages de la médiathèque ? *La Guerre des boutons*, *Le Magicien d'Oz*, *Le Père Noël est une ordure*…

— Ton préféré, je crois que c'était *L'Histoire sans fin*.

— Pas du tout, c'était *Chantons sous la pluie* !

La jeune fille lève les yeux vers le plafond, à la recherche d'un souvenir. Subitement, elle quitte son fauteuil, se campe devant sa mère, esquisse un pas de danse, puis trois pas de claquettes, avant de chanter comme Kathy Selden dans sa scène préférée :

— *Good morning! Good morning! We've talked the whole night through! Good morning, good morning to you!*

Nine a vu et revu la scène tant de fois qu'elle parvient à reproduire la chorégraphie d'une manière plutôt bluffante.

— *Good morning! Good morning! It's great to stay up late! Good morning, good morning to you!*

Titania se met à frapper en rythme dans ses mains pendant que sa fille tourne autour du fauteuil en riant et en clapetant des pieds sur le plancher.

— Je rêvais d'apprendre à danser aussi bien que Gene Kelly! s'exclame-t-elle. Mais toi, tu m'as inscrite à la natation... Résultat, je danse comme une vache!

— Faux! rectifie Titania en faisant des yeux ronds. C'est toi qui as voulu t'inscrire à la natation! Rappelle-toi : tu voulais faire comme ta copine Rosalie.

L'air soudain ulcéré, Nine arrête net ses pas de danse.

— Quoi? Rosalie Marchand? Cette idiote?

— Je ne savais pas que c'était une idiote, s'excuse Titania. À l'époque, tu l'admirais tellement! Elle se serait inscrite dans un club de tricot, crois-moi, tu aurais fait du tricot.

— Pff! N'importe quoi!

— Ne sois pas vexée, bichette. On a tous besoin d'un modèle à un moment ou à un autre. Moi, c'était Dominique Bathenay ou Jean-Paul Belmondo. Toi, c'était Rosalie Marchand...

Renfrognée, Nine croise les bras sur sa poitrine.

— Peut-être, admet-elle. N'empêche que c'est
une sale peste. Ne me parle plus jamais d'elle,
d'accord ?

— Entendu, se dépêche de promettre Titania, supposant une rivalité sportive entre les deux
nageuses.

Nine reprend sa place dans son fauteuil, le
regard sombre. Elle n'a aucune envie d'expliquer
à sa mère que Rosalie Marchand est sortie avec
Marcus lors de la fameuse soirée chez cette fille
de terminale S dont elle a oublié le nom. Elle n'a
aucune envie de lui raconter comment, pour noyer
son chagrin, elle a vidé un à un le contenu des
petits verres posés sur la table, dans cette cuisine
qui sentait le chien mouillé et le fromage rance.

— Tu as déjà été amoureuse d'un garçon qui
ne savait même pas ton nom ? demande-t-elle soudain.

La question a jailli toute seule. Nine s'en mord
la lèvre.

— Oh oh, fait Titania en comprenant que la
compétition entre les deux filles ne se joue pas
uniquement dans l'eau des bassins.

Elle prend le temps de réfléchir, de feuilleter
mentalement l'album de ses souvenirs, puis elle
sourit.

— Patrick Vivier-Lagel, dit-elle.

Ce nom arrache un sourire à Nine.

— Qui c'est, celui-là ? demande-t-elle. On dirait
le nom d'une marque de surgelés.

— Presque ! s'exclame Titania. Son père diri-
geait une usine de conserves !

— Et?

— Eh bien, figure-toi que Patrick Vivier-Lagel était la coqueluche du lycée. Et moi, pauvre gourde, j'en suis tombée amoureuse. Je venais d'entrer en seconde. J'avais exactement ton âge. Tu veux que je te raconte?

Nine ramène ses jambes dans le cercle de ses bras et pose le menton sur ses genoux.

— Je veux bien, dit-elle.

Chapitre 17

1981

Une année entière s'était écoulée depuis que Rose-Aimée nous avait transportés mes frères et moi, telles des valises, jusqu'au troisième étage de cette résidence modeste, dans la banlieue de Montchatel, et je m'habituais tant bien que mal à ma nouvelle vie.

Au lycée, j'avais fait ma place parmi un groupe de copines. Il y avait les inséparables Géraldine et Stéphanie, Flo la rebelle, Virginie, Christelle et la jolie Anne-Charlotte. Le samedi après-midi, celles qui avaient une mobylette prenaient celles qui n'en avaient pas sur leur porte-bagages, et nous quittions notre quartier résidentiel en horde pétaradante pour franchir le fleuve et rejoindre le centre-ville. Là, nous passions des heures devant les vitrines des Nouvelles Galeries et du Prisunic, à faire tourner les présentoirs de cassettes chez Disco Fuzz ou à regarder les garçons qui jouaient au flipper dans les bistrots enfumés de la rue principale.

Nous n'avions pas beaucoup de sous, mais la journée s'achevait souvent au cinéma Le Royal, qui projetait les nouveautés moins de six mois après leur sortie à Paris. C'est ainsi que j'ai vu *Le Dernier Métro*, *Star Wars épisode V*, la comédie musicale *Fame* qui m'a furieusement donné envie de danser, et surtout *La Boum*, qui m'a furieusement donné envie d'embrasser les garçons.

Au lycée, justement, il y en avait, des garçons ! Des dizaines et des dizaines de garçons ! Mais moi, il a fallu que je fasse comme tout le monde : que je tombe sous le charme de Patrick Vivier-Lagel.

Il était en terminale, il était sombre et mystérieux, il avait une réputation de don Juan, et quatre-vingts pour cent des filles du lycée Albert-Einstein rêvaient de sortir avec lui. Bien évidemment, je n'avais aucune chance de lui plaire. C'est sans doute pour cette raison, d'ailleurs, que je l'avais choisi : pour pouvoir souffrir, seule, beaucoup, et longtemps, comme une héroïne romantique. Toujours est-il que cette histoire d'amour à sens unique a davantage marqué mon année scolaire que mes notes ou mes rapports avec les profs : elle a littéralement façonné mon emploi du temps, mon humeur et – plus important encore – ma vision du monde.

Le monde, cette année-là, n'allait pas très bien, comme d'habitude. L'Iran venait d'entrer en guerre avec l'Irak, l'URSS avait envahi l'Afghanistan, John Lennon s'était fait assassiner par un taré, les boat people vietnamiens faisaient naufrage en mer de Chine, tandis qu'en Angleterre, Margaret Thatcher employait la manière forte pour casser les grèves.

En France, l'humeur était également morose. Nous avions perdu Jean-Paul Sartre et Joe Dassin ainsi que le championnat d'Europe, et après deux chocs pétroliers, le septennat de Valéry Giscard d'Estaing s'achevait dans la douleur : les prix flambaient, le chômage grimpait en flèche. Les élections de mai s'annonçaient tendues.

Chez nous, l'ambiance aussi était tendue.

Quelque temps après notre départ de Saint-Sauveur, la fabrique de catalogues, si prospère quelques années plus tôt, avait fait faillite, laissant ses employés sur le carreau. Rose-Aimée n'avait pas été surprise. Les temps changeaient, elle avait senti le vent tourner. C'était une des raisons qui l'avaient poussée à venir en ville : elle espérait y trouver un nouveau travail. Cela faisait à présent des mois qu'elle pointait à l'ANPE et qu'elle épluchait, chaque matin, les petites annonces parues dans la presse locale.

— Plus personne n'a besoin d'une rédactrice de notices, nous a-t-elle expliqué un soir, un peu découragée par une journée de vaines recherches.

— Pourquoi ? lui a demandé Orion. C'est très joli, les notices !

— C'est vrai, c'est joli, a souri Rose-Aimée. Mais tout est fabriqué loin d'ici, maintenant. En Corée, à Taïwan, dans des pays où on n'utilise même pas notre alphabet. Alors il faut utiliser un langage international : des dessins. Pas des phrases.

— Elle nous a montré un exemple, tiré du catalogue d'un fabricant de meubles en kit suédois.

— Voilà. Ça, c'est l'avenir.

Mes frères et moi sommes restés de longues minutes, interloqués, devant les schémas simplifiés qui étaient censés nous guider pas à pas dans le montage d'une armoire.

— L'avenir, c'est l'image ! a insisté Rose-Aimée. Tant pis pour les amoureux des mots.

— Qu'est-ce que tu vas faire, alors ? s'est inquiété Octo.

— Eh bien, je ne sais pas encore. Peut-être que je vais apprendre à dessiner ? Ou à parler coréen ?

J'ai regardé ma mère. Je me suis rappelé le soir de juin où nous étions arrivés, affamés, devant la station-service de Jean-Ba avec notre dernière goutte d'essence. Je la revoyais, si jeune, si seule, lancer avec aplomb qu'elle était « douée pour pas mal de choses ». J'ai dit :

— Tu t'en sortiras toujours, maman.

Rose-Aimée a pris ma main dans la sienne. Elle l'a serrée très fort et j'ai senti passer, entre elle et moi, comme un courant électrique puissant, une onde chargée d'un incroyable désir de vivre que rien ne pourrait empêcher. Pas même le chômage. Pas même la pauvreté. Pas même la solitude.

— Toi aussi, Conso, m'a dit Rose-Aimée. Quoi qu'il arrive, tu t'en sortiras toujours.

Avec le printemps, les affiches de la campagne électorale ont éclos sur les murs de la ville. On y voyait la tête de Georges Marchais, le candidat « anti-Giscard », celle d'Huguette Bouchardeau qui se disait « pour l'alternative », de Jacques Chirac,

« le candidat qu'il nous faut », et celle de François Mitterrand, « la force tranquille ».

Au lycée, Patrick Vivier-Lagel revendiquait haut et fort son soutien à un petit parti d'extrême gauche appelé Lutte ouvrière. Dans un joyeux fatras idéologique, notre ténébreux don Juan exhibait des symboles au revers de sa veste en velours : des badges représentant la faucille et le marteau communistes, le poing levé du Black Power, la tête de Bob Marley, le A de l'anarchie, aussi bien que des épingles à nourrice punks. Rebelle, il se baladait dans les couloirs, un keffieh autour du cou, et toutes les filles se retournaient sur son passage. Surtout moi. J'adorais sa nonchalance, sa dégaine, l'air sérieux et concerné qu'il prenait lorsqu'il distribuait des tracts à la sortie des cours.

— Votez Laguiller ! Ne vous laissez plus faire ! Une étincelle peut allumer un grand feu ! Votez Arlette ! lançait-il à ses camarades qui, pour la plupart, n'étaient pas encore en âge de voter.

Il scandait des slogans contre l'injustice de la classe dominante et contre le patronat. Il s'enflammait en faveur des travailleurs exploités et des peuples opprimés. Les yeux rivés sur sa jolie figure, mes copines et moi l'écoutions passionnément.

— Qu'est-ce qu'il parle bien, soupirait Anne-Charlotte.

— Tu crois qu'il embrasse aussi bien qu'il parle ? demandait Virginie.

Conquises, nous avions décidé d'adopter l'essentiel de son lexique, et sans trop savoir d'où cela sortait, nous parlions de « révolution », de « lutte

des classes », et des « petits-bourgeois » qu'il fallait
détester.

Après des vacances passées à Paris chez une de
ses tantes, Flo nous avait rapporté plusieurs exemplaires du *Petit Livre rouge* de Mao, trouvé chez un
bouquiniste.

— Tout est là ! avait-elle dit, excitée comme une
puce. Lisez, vous allez voir !

Nous avions parcouru le livre révolutionnaire,
truffé de phrases pas toujours limpides, y recon-
naissant néanmoins le ton lyrique de Patrick
Vivier-Lagel. Ce petit livre rouge était devenu
notre totem.

Un soir, à la maison, alors que les élections
approchaient, j'ai soudain lancé à ma mère :

— J'espère que tu vas voter contre le patronat !

Rose-Aimée, qui écoutait la radio en épluchant
les légumes sur la table de la cuisine, m'a regardée
avec un drôle d'air.

— Tu t'intéresses à la politique, toi, maintenant ?

— Ben oui, ai-je dit. Et alors ? C'est mal ?

— Non, a souri ma mère. Je te trouve seulement
un peu gonflée de me dire pour qui je dois voter,
c'est tout.

— Tu ne vas quand même pas voter pour le
pouvoir du Capital ? me suis-je étranglée. Tu es
au chômage ! Tu vois bien qu'on t'exploite, non ?

Rose-Aimée a lâché la carotte et l'économe. Elle
s'est calée contre le dossier de sa chaise, et elle m'a
demandé de continuer.

— Ben, c'est simple, ai-je dit. Le monde se divise

en deux : d'un côté, il y a les impérialistes, c'est-
à-dire les riches, ceux qui ont tout le pouvoir, et
de l'autre, il y a le peuple opprimé qui lutte pour
sa survie.

— Vu comme ça, en effet, c'est simple, a commenté Rose-Aimée avec un sourire en coin.

— Ben oui. Et toi, tu appartiens au peuple
opprimé. Tu vois bien que tu dois lutter pour ta
survie, non ?

— Et donc ?

— Donc, tu dois voter Arlette Laguiller.

Rose-Aimée a récupéré sa carotte, son économe,
et elle m'a demandé :

— Dis donc, Consolata, tu ne serais pas amoureuse, par hasard ?

J'ai ouvert la bouche, médusée. Comment avait-
elle deviné ? C'était carrément diabolique. Lisait-
elle dans mes pensées ?

— Mais non… enfin, pas du tout, ai-je bégayé.
N'importe quoi, ça n'a aucun rapport !

Ce que j'ignorais, c'est que Montchatel restait
une petite ville et que tout se savait, aussi vite
que dans un village. Surtout lorsqu'on passait son
temps, comme Rose-Aimée, à courir d'un lieu à
un autre pour déposer des CV.

— J'ai entendu dire que certains élèves font de
la propagande dans ton lycée, a-t-elle ajouté. Je me
suis un peu renseignée. Il paraît que c'est surtout
le fait d'un certain Patrick. Tu vois qui c'est ?

Je suis restée pétrifiée et mes mains sont deve-
nues moites.

— Son père, c'est Lucien Vivier-Lagel, a continué

Rose-Aimée. Tout le monde le connaît, ici. Tu parles! Il dirige la conserverie. Il emploie plus de cinq cents personnes.

— Ah bon?

— Tu vois la grosse maison de maître, en haut de la côte Saint-André?

— La grosse baraque aux volets verts? ai-je demandé. Celle qu'on appelle le château?

— C'est ça, a dit Rose-Aimée. C'est leur maison, la demeure familiale des Vivier-Lagel depuis au moins trois générations.

J'étais sciée.

— On dirait que le père et le fils ne partagent pas la même vision du monde, a continué Rose-Aimée en s'attaquant aux courgettes. Je n'ose pas imaginer l'ambiance, le soir, à table, si ton petit ami s'amuse à chanter *L'Internationale*!

— Ce n'est pas mon petit ami, ai-je murmuré.

Rose-Aimée m'a de nouveau regardée. Et elle était sérieuse, tout à coup.

— Trouve-toi un autre amoureux, Conso. Celui-là, il va juste te faire souffrir. Et je sais de quoi je parle.

Le ton de sa phrase m'a semblé lourd, chargé de sous-entendus impossibles à décrypter à ce stade, et j'ai senti que Rose-Aimée n'en dirait pas davantage. D'ailleurs, elle m'a tendu l'économe:

— Finis d'éplucher ça, s'il te plaît. J'ai un coup de fil important à passer. Pour un boulot, justement.

Elle a essuyé ses mains dans un torchon avant de quitter la cuisine, et je me suis retrouvée seule devant les légumes. Quelques instants plus tôt, je me sentais forte et grande, pleine de certitudes. À présent, je me sentais faible et toute petite, perdue dans un monde compliqué. Comment Patrick pouvait-il dénoncer l'oppression du patronat alors qu'il était né dans une famille de possédants? Comment pouvait-il vouloir détruire ou éliminer son propre père? Pour moi qui n'en avais pas, c'était incompréhensible.

Quand Rose-Aimée est revenue dans la cuisine, je reniflais au-dessus des courgettes. Elle m'a prise dans ses bras, et elle m'a dit:

— Allons, minette, ne sois pas si triste. Des garçons, il y en a plein d'autres. Des gentils, des drôles, qui feront attention à toi. Qui te respecteront.

J'ai haussé les épaules. Je m'en fichais complètement des gentils et des drôles! Je m'en fichais, du respect! J'avais besoin de magnétisme, d'aventure! J'avais besoin de la flamboyance d'un chef de guerre, quitte à mourir sous les ruines de la passion amoureuse!

Ma mère a caressé ma joue. Elle m'a câlinée encore un peu avant de dire:

— Tu sais quoi? J'ai trouvé du travail.

J'ai relevé la tête.

— C'est vrai?

Rose-Aimée affichait un sourire jusqu'aux oreilles. Ce coup de fil important qu'elle venait de passer avait porté ses fruits. Après bientôt six mois de petites annonces et de rendez-vous sans suite, elle venait enfin de décrocher un poste. Elle devait se présenter le lendemain, à huit heures tapantes,

chez son nouvel employeur. Mine de rien, ça m'a
remonté le moral.

— Et qu'est-ce que tu vas faire? lui ai-je
demandé en séchant mes larmes. Où est-ce que
tu vas travailler?

— Devine, a dit Rose-Aimée.

Chapitre 18

Samedi
2:30

Après un silence digne de ses meilleurs livres, Titania Karelman écarte les bras. Apparemment, elle attend une participation de son auditoire avant de continuer. Nine fronce les sourcils :

— Ne me dis pas que...

— Si.

— Non. Je ne te crois pas.

— Et pourtant, c'est la vérité ! s'exclame Titania, ravie de son effet. Le lendemain, à huit heures tapantes, je te le jure, Rose-Aimée s'est présentée à l'usine des conserves Vivier-Lagel, pour travailler au service du personnel.

— La vache, fait Nine.

— Tu l'as dit. Notre petite famille était désormais nourrie par celui que mon don Juan avait désigné comme son pire ennemi. Pas mal comme situation, hein ?

— Alors ? Qu'est-ce que tu as fait ?

Titania écarte de nouveau les bras.

— Rien, bichette. Que veux-tu que je fasse ? J'ai continué d'aimer Patrick Vivier-Lagel, éperdument, et en secret. J'avais seize ans ! Tout ce qui m'importait, c'était de croire en quelque chose de fort, de neuf ! Quelque chose de beau !

— Comme l'amour ?

— Oui, l'amour, bien sûr. Mais aussi la justice, la paix, la construction d'un monde meilleur ! J'avais besoin d'un idéal, tu comprends ? Et ce Patrick m'offrait tout ça en même temps.

Nine hoche la tête. Oh oui, elle comprend ! À cent pour cent. Car même si le monde a changé depuis l'époque où sa mère avait son âge, certaines choses paraissent éternelles. Est-ce un hasard si Marcus est, lui aussi, un passionné de politique ? Au printemps dernier, c'est lui qui a mené le mouvement contre la loi Travail, au lycée. C'est lui qui a fédéré les élèves grévistes sur les réseaux, lui qui a organisé le blocus et ordonné l'amoncellement des poubelles devant les grilles pour que personne ne puisse entrer. Nine a adoré ça : arriver le matin, et à la place d'une journée ordinaire, découvrir qu'il se passait quelque chose d'extraordinaire. Peu importaient les raisons, le pourquoi, le comment, le bien-fondé de ceci ou de cela. Ce qui lui a plu, c'était Marcus debout sur les palettes empilées, beau comme un chanteur, avec son mégaphone à la main. Ce qui lui a plu, c'était la chaleur humaine, l'enthousiasme, l'envie de se battre ensemble pour défendre de grandes choses.

— Et ensuite ? demande-t-elle à sa mère. Qu'est-ce qui s'est passé ?

— Eh bien, Arlette Laguiller a perdu. En mai 81, c'est François Mitterrand qui a été élu.

— Oui, bon. Mais ensuite?

— Malheureusement, le monde n'est pas devenu meilleur, bichette. Puis la fin de l'année est arrivée, Patrick Vivier-Lagel a eu son bac, et il est parti sans un mot, sans un regard, faire ses études à Paris. Mes copines et moi sommes restées en plan, à Montchatel, déboussolées, avec notre petit livre rouge qui ne servait plus à rien.

— Wow. Super triste, soupire Nine.

— Pathétique, tu peux le dire. Mais je te rassure, ce chagrin d'amour n'a pas duré, et aucune fille du lycée Albert-Einstein ne s'est ouvert les veines à cause de Patrick Vivier-Lagel. La vie a continué, tout simplement. Et lorsque l'été est arrivé, Rose-Aimée nous a fait une surprise : elle nous a emmenés ici, pour la première fois.

Chapitre 19

Été 1981-Été 1986

Sans rien dire à personne, et grâce à ses seules économies, Rose-Aimée venait d'acheter cette étrange cabane, tout au bout du chemin, et tout au bord du lac. Isolé au milieu des arbres du plateau, le lieu devait servir, à l'origine, de poste d'observation pour des équipes d'ornithologues. Peu à peu, les ornithologues l'avaient délaissé, et il avait fallu qu'un drôle d'échassier dans le genre de Rose-Aimée vienne s'y percher pour lui redonner vie.

Pour ma mère, cette cabane était une aubaine car elle était totalement invisible depuis la route départementale. Le jour où elle nous a conduits là-bas, il a même fallu descendre de la Panhard pour déblayer le chemin. Octo, Orion et moi avons dû dégager à mains nues les branchages tombés en travers, et contre lesquels s'étaient formés des remblais de terre et de caillasses. Un peu plus, on ne passait pas. Par la suite, nous ne sommes plus jamais revenus sans une pelle et un sécateur car d'une fois sur l'autre, et pour peu que les pluies de printemps aient été violentes, il fallait repousser les ronces tentaculaires, pelleter la boue séchée, aplanir les ornières ; j'avais même mis au point un système de gages pour désigner celui ou celle qui devrait se coltiner le sale boulot.

— Oh non, râlait le perdant. C'est pas juste ! Je l'ai déjà fait aux dernières vacances !

— T'avais qu'à pas perdre à « ni oui ni non » ! se réjouissaient les deux autres.

Et généralement, il faut bien l'avouer, c'était Orion qui descendait de la voiture avec la pelle. Il gardait, à cause de son handicap, certaines lenteurs dont Octo et moi savions tirer profit. Nous arrivions toujours à l'embrouiller dans le décompte des points.

— Vous êtes vaches, soupirait Rose-Aimée en regardant, à travers le pare-brise, son petit chouchou qui bataillait contre le maquis.

— Ben non, se justifiait Octo. On applique la règle du jeu, c'est tout !

— C'est pas notre faute si Orion perd à chaque fois ! ajoutais-je.

— Allez l'aider, maintenant ! s'énervait Rose-Aimée. À vous trois, ça ira trois fois plus vite.

— Je me sens un peu faible, disait alors Octo en sortant l'inhalateur de sa poche. Si je descends, je crois que je vais avoir une crise...

— Et si tu n'y vas pas, je crois que tu vas avoir une claque ! le menaçait Rose-Aimée.

Dépités, mon frère et moi quittions le confort de nos sièges pour prêter main-forte à Orion.

Lorsque la Panhard parvenait enfin au bout du chemin, nous étions en nage, sales comme des gorets, et Octo s'envoyait des pulvérisations de Ventoline à tout va en jetant des regards noirs à Rose-Aimée. S'il faisait assez beau, j'étais toujours la première à m'élancer vers le lac. «Le dernier à l'eau est une poule mouillée!» Je sautais tout habillée depuis le ponton, pour ressortir un instant plus tard, ruisselante, ravie, les chaussures pleines de vase.

Ainsi commençaient, selon l'expression consacrée, nos «vacances de Robinson»: plusieurs semaines sans voir personne, loin de Montchatel, loin de tout, sans électricité ni eau courante – en tout cas les premières années, parce que, ensuite, les choses ont changé. Mais entre 1981 et 1986, il y a eu ces cinq étés, sauvages et libres, qui nous ont définitivement attachés à ce lieu. Notre refuge. Notre secret.

Dès l'instant où nous avons mis les pieds sur la terrasse, Rose-Aimée nous a fait jurer de n'en parler à personne.

— Même pas à mes copines? ai-je demandé.

— Désolée. Même pas à tes copines.

— Même pas à Vadim? a demandé Orion, qui voyait toujours le docteur à l'occasion de ses courses cyclistes.

— Non, pas à Vadim, chaton.

— Et à Barnabé? a dit Octo, qui s'était lié d'amitié avec le jeune vendeur de chez Disco Fuzz.

— Non, pas à Barnabé non plus! s'est agacée Rose-Aimée. Quand je dis «à personne», ça veut bien dire ce que ça veut dire. Je parle français ou pas?

Elle a brandi le trousseau de clés sous nos yeux.

— Cette cabane, les enfants, n'existe que pour nous quatre. Elle doit rester absolument secrète. Invisible.

— Un peu comme une cabane de contes de fées ? ai-je proposé.

— Voilà. C'est exactement ça.

— Mais pourquoi ? a insisté Octo.

— Inutile de savoir pourquoi, mon chéri. C'est la règle du jeu. Et celle-ci, il n'y a pas à la discuter, pigé ?

Rose-Aimée a ouvert ses bras, et nous nous sommes blottis contre ses flancs.

— Nous allons prêter serment, a-t-elle annoncé. Celui qui brise le serment met toute la famille en péril.

— Qu'est-ce que c'est, en péril ? a dit Orion.

— Un très grand danger, lui a traduit son frère.

— C'est ça, a confirmé Rose-Aimée. Si l'un de vous dévoile l'existence de notre refuge, il trahit sa parole et provoque une catastrophe.

Dans l'air parfumé de ce soir d'été, le mot m'a semblé exagéré. Comment une « catastrophe » pouvait-elle bien se produire alors qu'il faisait si doux, et que les hirondelles voltigeaient dans le ciel mauve ? J'ai failli lancer une bêtise histoire de rire un peu, mais il m'a suffi de regarder Rose-Aimée pour comprendre qu'elle n'inventait rien et qu'elle ne plaisantait pas : ses yeux étaient comme deux pierres froides. Alors je me suis tenue à carreau, et quand elle nous a demandé, solennelle, de lever nos mains pour prêter serment, j'ai obéi sans protester.

— Répétez après moi : « Je promets… »

— Je promets, avons-nous dit à l'unisson.

— « De ne jamais parler de notre cabane… »

— De ne jamais parler de notre cabane…

— « À personne. »

— À personne.

Rose-Aimée a craché dans l'eau du lac. Mes frères et moi l'avons imitée, puis nous avons baissé nos mains.

Les hirondelles piaillaient au ras de l'eau en gobant les moustiques. Ma mère s'est détendue. Ses yeux ont repris vie, et elle a lancé :

— Et maintenant, qui veut un potage au tapioca avec des croquants poivrés et des tartines thon-tomate ?

— Moi !

— Moi !

— Moi !

Elle a désigné la Panhard.

— Sortez les affaires du coffre ! Je m'occupe de tout.

Pendant les cinq étés libres et sauvages qui ont suivi, nous n'avons plus posé de questions au sujet du serment scellé ce soir-là. Nous avons tenu notre promesse, sans jamais la trahir. Et pour répondre aux questions de nos amis, à celles que nos voisins ou nos profs ne manquaient pas de nous poser, nous nous étions inventé des grands-parents qui vivaient dans le Sud.

— Bonnes vacances dans le Sud, alors ! nous lançaient les uns et les autres, lorsqu'ils nous

savaient sur le départ. Et bon courage dans les
embouteillages !

Ah, le Sud ! On nous enviait les cigales, l'odeur
des mimosas et la proximité si bleue de la Médi-
terranée, alors qu'en vérité nous roulions sans
encombre vers ce plateau solitaire et râpé, en direction de l'est.

— Nos grands-parents s'appelleront Mouni et
Pouti, avais-je décidé une fois pour toutes, m'inspi-
rant d'un album que j'avais lu quand j'étais petite.

Mes frères avaient répété consciencieusement les
deux noms, puis ils avaient attendu que je leur en
dise davantage sur nos aïeuls imaginaires. J'avais
commencé de façon timide et plutôt convention-
nelle :

— Mouni et Pouti ont des cheveux blancs. Ils
sont très gentils...

De fil en aiguille, j'avais ajouté des détails : une
maison bleue (comme dans la chanson) bâtie sur
un piton rocheux, un jardin en pente, une piscine
aux reflets azur, des chats paresseux, du linge
étendu sur la terrasse, et un verger dont Mouni
tirait les ingrédients de ses merveilleuses confitures
d'abricots. J'avais aussi prêté à Pouti une passion
pour l'histoire napoléonienne.

— Il collectionne des soldats de plomb. Il en a
des centaines, rangés dans une grande vitrine. Parfois, il en sort un ou deux, et il nous autorise à les
peindre. Ça, c'est pendant que Mouni fait sa sieste.
Elle dort toujours une heure ou deux, l'après-midi,
dans son hamac, à l'ombre du manguier.

— Euh... Tu es sûre qu'un manguier peut pousser

à cette latitude? était intervenue Rose-Aimée à ce stade de mon histoire.

— Non. C'est juste que j'aime bien ce mot!

— Si tu veux que les gens puissent te croire, à mon avis, il vaudrait mieux y planter autre chose, dans ce jardin...

— Ah bon? Et qu'est-ce que tu mettrais à la place du manguier, toi?

— Un mûrier platane, avait aussitôt proposé Rose-Aimée. Il y en a beaucoup dans le Sud. Et leur ombre est fraîche.

Elle semblait heureuse d'évoquer cet arbre et son ombre fraîche, alors je l'avais adopté. Nous avions donc le décor, l'ambiance et les personnages. Ensuite, libre à chacun de raconter ses vacances comme il l'entendrait, tout aurait l'air vrai.

— J'aimerais bien que Mouni et Pouti existent pour de bon, soupirait parfois Orion. J'aimerais bien peindre des soldats de plomb comme dans l'histoire de Conso.

— Pourquoi on n'a pas de grand-mère ni de grand-père? se plaignait alors Octo. Tous mes copains en ont.

Comme chaque fois que nous lui posions des questions sur la famille, les yeux de Rose-Aimée se voilaient.

— Parce que je n'ai plus de papa ni de maman. Vous savez bien pourquoi. Je vous l'ai déjà raconté mille fois, les garçons!

Par cette parade grossière (elle avait fini par nous raconter que ses parents étaient morts dans un accident de la circulation lorsqu'elle était très jeune), Rose-Aimée tentait d'en finir avec notre insatiable curiosité. Quant à nos pères respectifs, d'après elle, ils étaient morts aussi. L'un d'une maladie de cœur (le mien), l'autre après un saut malheureux en parachute (celui des jumeaux). Ce n'était plus une famille que nous avions, c'était une hécatombe.

— Mais pourquoi tout le monde est mort ? s'indignait Octo. Y a même pas eu de guerre !

— Pas besoin de guerre pour que les gens meurent, mon chéri.

Du haut de mes seize, dix-sept ou dix-huit ans, je volais désormais au secours des mensonges de Rose-Aimée. Je disais à mes frères :

— Arrêtez d'embêter maman avec ça. Mouni et Pouti n'existent pas, mais ils ont un immense avantage : ils sont parfaits ! Alors que les autres grands-parents, ceux qui existent, je suis sûre qu'ils crient sur leurs petits-enfants, qu'ils leur interdisent de parler à table ou de sauter sur les lits. Je suis sûre qu'ils n'ont même pas de piscine, ni de chats sur les rebords de fenêtre. Je suis sûre que leurs confitures sont moins bonnes que celles de Mouni. Et vous savez pourquoi ?

Mes frères secouaient leurs boucles blondes. J'adorais qu'ils m'écoutent comme ça, de tous leurs yeux, de toutes leurs oreilles. J'adorais exercer sur eux le pouvoir extraordinairement consolateur des histoires que j'inventais.

— Parce que Mouni est issue de la longue lignée des Confituriers du Roy, improvisais-je. C'est une confrérie secrète qui existe depuis vingt mille ans.

Et Mouni… a hérité du don très spécial de transformer la pluie en miel.

Octo et Orion avaient beau grandir, eux aussi, ils avaient beau atteindre onze, puis douze, puis treize ans, ils ne se lassaient pas d'entendre mes sornettes. Certaines fois, je parvenais même à les distraire assez pour qu'ils oublient de se chamailler. Ils se roulaient alors en boule dans les fauteuils du salon et ne bougeaient plus en attendant la suite.

Un soir que j'avais empêché une dispute de dégénérer en bagarre ou en crise d'asthme, Rose-Aimée est venue m'embrasser sur la joue. Elle m'a dit :

— C'est toi qui as un don, ma fille.

— Lequel ? ai-je demandé.

— Je ne sais pas comment on appelle ça. Mais il faut être drôlement forte pour transformer deux diablotins agités en petits anges endormis.

Elle a posé un doigt sur ses lèvres, et nous avons quitté la pièce sans faire de bruit pour nous installer sur la terrasse. Il faisait bon, les clapotis de l'eau berçaient ce petit coin d'univers où nous étions installées, et pour une fois, il n'y avait pas trop de moustiques. Rose-Aimée a poussé un soupir d'aise et elle a allumé une cigarette.

— Tu crois vraiment que je suis douée ? lui ai-je demandé. Pour raconter des histoires, je veux dire ?

J'étais à l'âge où l'on se pose de grandes questions sur qui l'on est et sur ce que l'on voudrait devenir. J'avais besoin du regard de ma mère.

— Je te crois sacrément douée pour ça, a-t-elle répondu. La preuve !

Et elle a désigné les jumeaux, anesthésiés derrière la vitre.

J'ai froncé le nez :

— Si mes histoires font dormir, ce n'est pas vraiment bon signe...

— Pourquoi pas ? a souri Rose-Aimée. Il y a différentes sortes d'histoires, non ? Celles qui font rire et celles qui font pleurer. Celles qui posent des questions, et celles qui y répondent. Celles qui empêchent de dormir... et celles qui apaisent.

— Tu crois que je suis douée pour apaiser, alors ?

— Sans doute.

— Et tu crois que ça marcherait aussi sur d'autres personnes ? me suis-je inquiétée. Parce que moi, si j'invente des histoires, ce n'est pas uniquement pour eux deux, tu comprends ? Ce que je voudrais, c'est qu'elles plaisent à des gens que je ne connais pas. À toutes sortes de gens !

Rose-Aimée est devenue songeuse.

Depuis toujours, elle se débattait avec des difficultés d'adulte et je voyais bien qu'elle faisait son possible pour nous en protéger. Mais j'avais grandi. À présent, j'avais moins besoin de protection que de sincérité.

— Si je comprends bien, tu voudrais devenir écrivain ? m'a demandé ma mère.

J'ai hoché la tête. Je me projetais volontiers assise devant une machine à écrire pour le restant de mes jours, comme François Merlin dans *Le Magnifique*. Quitte à en baver des ronds de chapeau, quitte à trimer pour payer mes factures, je trouvais que le jeu en valait la chandelle. Mais d'après ce qu'on nous rabâchait au lycée, l'insouciance des générations précédentes s'en était allée en fumée, et ma jeunesse n'allait pas être de la tarte : en ce milieu des années 80, on ne parlait que de chômage, de filières bouchées et de fermetures d'usines ; les rêveurs étaient priés de revenir sur terre. Rose-Aimée allait-elle, comme les autres, me prier d'atterrir ?

Elle a écrasé sa cigarette, puis elle m'a dévisagée avec sérieux.

— Eh bien, je ne sais pas si c'est encore possible de gagner sa vie en faisant des phrases, ma grande. Mais si ça te tient à cœur, tu dois essayer. Il faut toujours essayer.

J'ai souri, elle m'a souri aussi, et nous sommes restées là, silencieuses, tandis que la nuit montait en même temps que le chant des grenouilles.

À l'adolescence, j'aurais dû préférer, comme mes copines, partir en colonie de vacances ou en séjour linguistique – vouloir autre chose, en tout cas, que ces semaines en vase clos avec ma petite famille. Bizarrement, je n'en avais pas envie et je savourais chaque seconde de nos étés au bord du lac.

J'aimais ce lieu et le temps qui s'y étirait.

J'aimais lire les pieds dans l'eau, ou écrire sur le bureau de la petite chambre, les jours de pluie, quand ça tambourinait sur le toit. J'aimais embarquer mes frères jusqu'à l'îlot pour d'interminables chasses au trésor. J'aimais entendre Octo rouspéter parce qu'il n'avait plus de piles dans son

magnétophone pour écouter ses sacro-saintes cassettes de Kraftwerk ou de Depeche Mode. J'aimais
quand le soir tombait et que Rose-Aimée faisait
tinter la cloche pour nous faire revenir de nos expé-
ditions. Et les bougies qu'elle allumait çà et là pour
le dîner, comme des lucioles.

J'aimais observer Orion pendant qu'il réparait
son vélo dont les pneus crevaient plusieurs fois par
semaine sur les silex du chemin. Il avait toujours
les doigts pleins de colle à rustine !

J'aimais les jours de ravitaillement, lorsque nous
partions tous ensemble jusqu'à l'épicerie du bourg.
Le sourire retrouvé d'Octo avec sa boîte de piles
neuves. Les trois ou quatre livres que je choisissais
à la maison de la presse, tandis qu'Orion repartait
avec *Miroir du cyclisme*.

J'aimais rentrer à la cabane, le coffre plein.

Le soir venait. Les moustiques, les chauves-
souris, les dernières lueurs, puis l'obscurité qui
rampait entre les troncs des sapins avant de se
déverser dans le lac avec la lourdeur d'une cou-
lée de lave. La nuit nous enveloppait, le monde
entrait dans une sorte de coma, et plus rien n'existait jusqu'au lendemain.

Chapitre 20

Samedi
3:00

Nine tourne la tête vers la baie vitrée et vers cette obscurité inquiétante que sa mère vient de comparer à un coma. Elle désigne le montant en aluminium qui encadre les ténèbres.

— Tu sais à quoi ça me fait penser, moi, vu d'ici? Aux tableaux qu'on a étudiés en arts plastiques l'année dernière, tu te rappelles? Le type qui peignait des toiles complètement noires, là... J'ai oublié son nom.

Titania sourit en se remémorant l'exaspération de sa fille devant cette série de peintures monochromes sur laquelle elle devait rendre un exposé.

— Pierre Soulages, dit-elle.

— Ah oui, c'est ça! Pierre Soulages! Tu parles d'un nom!

La jeune fille secoue la tête. Combien d'heures à se torturer les méninges devant ces œuvres conceptuelles au sujet desquelles elle n'avait rien à raconter, si ce n'est que c'était – d'après elle – à la portée de n'importe quel gamin de maternelle à qui on confierait un pinceau?

— Attends, j'ai une idée ! dit-elle, amusée.

Elle se lève, va débrancher son téléphone, et au passage, elle appuie sur l'interrupteur pour éteindre le plafonnier, plongeant soudain la pièce dans le noir.

— Qu'est-ce que tu fabriques ? demande Titania.

— Attends, tu vas voir…

À la lueur de l'écran, Nine se dirige vers la baie vitrée, se campe devant et prend en photo une portion de cette nuit sans nuance, de cet abîme effrayant, collé juste derrière.

— Eh ! fait-elle en voyant le résultat. C'est pas si mal !

Sur l'écran de son téléphone, il n'y a rien. Que du noir. Du noir, et les contours à peine visibles de son reflet sur la vitre.

— Tu crois que je pourrais l'exposer à Beaubourg ? Ça s'appellerait… attends… *Hommage à Pierre Soulages* !

Elle revient vers sa mère, triomphante, et lui confie son téléphone. La Fée du suspense se met à rire.

— Pourquoi tu rigoles ? se renfrogne Nine en lui reprenant l'appareil des mains. Ta mère t'a dit qu'il fallait toujours essayer. Moi aussi, je peux « essayer » de faire de l'art contemporain, non ? Si ça se trouve, ça vaudrait même des millions !

Ne sachant si c'est du lard ou du cochon, Titania cesse de rire. Chez sa fille, elle le sait, il y a parfois l'épaisseur d'un cheveu entre une plaisanterie et un propos sérieux.

— Je croyais que tu voulais devenir championne de natation, dit-elle avec prudence.

— Quoi ? Mais non, j'ai jamais dit ça.

— J'avais pourtant cru comprendre que…

— J'ai peut-être dit ça une fois, admet Nine.
Mais c'était idiot.

— Pas plus idiot que de vouloir exposer une
photo toute noire à Beaubourg, réplique Titania.

La jeune fille baisse les yeux vers l'écran de son
téléphone, un peu vexée, un peu pensive. Lorsqu'elle nage, c'est vrai, il lui arrive parfois de se
croire assez forte pour remporter de grandes compétitions. Les championnats de France, par exemple.
À chaque respiration, à chaque geste, elle s'imagine sur la première marche du podium et cette
idée la propulse, la grise, la transcende. Mais au
bout du bassin, son rêve s'effondre : 1 minute 04
au 100 mètres. Malgré ses efforts, elle stagne toujours au-dessous des meilleures performances.
Alors qu'en peinture, en photo ou en littérature,
qui se soucie du chrono ? Personne n'a jamais dit
à Pierre Soulages qu'il n'était pas dans les temps !

— De toute façon, la natation, c'est pas vraiment un métier, soupire-t-elle. À moins d'être la
meilleure, ça rapporte rien.

Toujours dans le noir, bien calée dans son fauteuil, Titania croise les jambes.

— Ça veut dire que tu renoncerais à ton rêve
pour une simple question de confort ? Pour le *fric* ?

Ce n'est pas tant la question qui agace Nine que
ce ton agressif, un peu méprisant même, employé
par sa mère. De toute façon, chaque fois qu'elles
parlent d'argent, c'est la même chose : Titania
démarre au quart de tour, elle s'énerve, et Nine

ne parvient jamais à exprimer clairement son point de vue.

À tâtons, la jeune fille retourne allumer le plafonnier, puis elle rebranche son téléphone à la prise. Si elle n'a pas de réseau, au moins, elle aura de la batterie.

— Je sais ce que tu vas dire, maman. Mais moi, je ne suis pas comme toi, c'est tout.

— Et ça veut dire quoi, «pas comme moi»?

— Ça veut dire que toi, tu t'en fiches d'avoir de l'argent ou pas. Tu dis toujours que tu n'as *besoin de rien*.

— C'est vrai. Mais je parle uniquement du superflu, bichette.

Nine lève les yeux au ciel.

— Sauf que pour toi, TOUT est superflu! Alors évidemment...

Titania serre les dents, retenant in extremis la réponse cinglante qui lui brûle les lèvres. Prenant le temps de respirer, elle fait l'effort de décroiser les jambes et de poser ses mains bien à plat sur ses cuisses.

— Tu as raison, dit-elle. Ce sujet me met toujours hors de moi, je le reconnais.

— Ah, enfin! fait Nine avec un peu d'étonnement. Merci de t'en rendre compte.

Titania se contorsionne sur son fauteuil. «Voilà. Nous y sommes», pense-t-elle.

— Si je te raconte la suite, tu comprendras peut-être pourquoi.

Nine considère sa mère avec un mélange d'intérêt et de méfiance. Titania est la seule, parmi tous les parents qu'elle connaît, à ne pas vouloir davantage d'argent. Nine ne voit pas ce qui peut expliquer une bizarrerie pareille, à part si sa mère a pris un coup sur la tête !

— Bon, dit-elle. Vas-y. Raconte.

Chapitre 21

1986

Au début de l'été 1986, j'avais vingt ans, presque vingt et un, et le monde continuait de tourner comme il pouvait. Il y avait toujours la guerre au Liban, en Afghanistan, entre l'Iran et l'Irak. Le chanteur Daniel Balavoine s'était tué en hélicoptère, Coluche sur sa moto, et pendant que l'explosion du réacteur n° 4 de la centrale nucléaire de Tchernobyl contaminait l'URSS et toute l'Europe, les Français pouvaient désormais consulter les petites annonces sur le Minitel, regarder cinq chaînes de télévision et, au grand bonheur d'Octo, prendre le bus avec un walkman collé sur les oreilles.

Au mois de mars, j'avais voté pour la première fois, aux élections législatives. Rose-Aimée s'était moquée de moi en se rappelant nos discussions houleuses de 81.

— Alors, Conso ? Tu vas voter contre le grand méchant Capital ou tu as trouvé un amoureux moins révolutionnaire ?

— Bof, avais-je répondu, agacée, car je n'avais pas d'amoureux.

J'avais voté, sans grande conviction, pour le Parti
socialiste, tandis que dix pour cent des électeurs
avaient pris position pour le Front national.

Sur un mur de la résidence, quelqu'un avait
écrit : « La France aux Français ». Quelqu'un
d'autre avait gribouillé par-dessus : « FN = nazi ».
Un troisième s'était contenté d'ajouter « Vive la
new wave ! ». (À mon avis, c'était Octo.)

L'année d'avant, depuis Paris, où elle était montée faire ses études, Flo m'avait envoyé une lettre
pour me raconter le concert gigantesque contre
le racisme qui s'était déroulé sur la place de la
Concorde. Elle avait glissé dans l'enveloppe un
badge jaune fluo, découpé en forme de main, et
sur lequel on lisait « Touche pas à mon pote ». Je
l'avais épinglé sur mon pêle-mêle en liège, à côté
des photos de mes copines, de leurs cartes postales,
et des pin's de Black Sabbath et d'AC/DC qu'Octo
m'avait refilés.

Sur les photos, on voyait Géraldine et Stéphanie en train de s'embrasser à pleine bouche devant
le mur de Berlin, Virginie en bottes et ciré jaunes
sur un chalutier du Guilvinec, Christelle entourée d'enfants devant un dispensaire d'Éthiopie
où elle s'était engagée contre la famine, et notre
si jolie Anne-Charlotte, souriante, assise sur le
muret en bas de chez moi, quelques semaines
seulement avant l'overdose qui lui avait coûté
la vie.

Moi, bon an mal an, j'avais fini par décrocher les
deux passeports indispensables à la vie d'adulte : le
permis de conduire et un bac littéraire dont tout

le monde s'accordait à penser qu'il ne valait pas grand-chose. Je m'étais inscrite à l'université la plus proche, en lettres modernes, mais je n'y allais pas souvent, préférant taper mon premier roman sur la machine à écrire électrique que j'avais réussi à m'offrir.

« De quoi il parle, ton roman ? » me demandait Flo dans ses courriers.

« C'est l'histoire d'un homme qui se réveille un matin et qui s'aperçoit que son corps s'efface », lui avais-je répondu en lui expliquant, assez fière de moi, que je m'étais librement inspirée d'un roman de Franz Kafka.

Dans sa lettre suivante, Flo m'avait écrit : « Quand est-ce que tu vas te décider à grandir *pour de bon* et à chercher *la vérité* sur ton père ? »

Ses questions et ses remarques en italique m'avaient beaucoup énervée. Je connaissais son opinion au sujet de Rose-Aimée (une menteuse), mais depuis qu'elle était en fac de psycho, Flo devenait encore plus emmerdante.

— Je ne vois pas le rapport entre mon père et mon roman, lui avais-je lâché au téléphone. C'est juste une histoire ! Un truc inventé !

— *Inventé ?* Tu parles ! Écoute ton inconscient, Consolata ! Tu ne vois pas que ta mère a toujours cherché à *effacer* ton père de ta vie ?

Même au téléphone, les italiques de Flo s'entendaient. J'ai menacé de lui raccrocher au nez.

— Bon, laisse tomber, a-t-elle soupiré. De toute façon, tant que tu restes à Montchatel, tu n'as aucune chance de trouver quoi que ce soit. Ni père

ni éditeur. Pourquoi tu ne viens pas me rejoindre
à Paris ? Tu adorerais !

Nous avions déjà eu cette conversation environ
quatre-vingt-dix-neuf fois. Alors, dans l'espoir
qu'elle me lâche les baskets, pour la centième fois,
je lui ai dit :

— On verra l'année prochaine.

Flo ne comprenait pas qu'il m'était impossible de m'éloigner de ma mère et de mes frères.
J'ignorais d'ailleurs moi-même pourquoi. Mais je
devais rester avec eux, un point c'est tout. Tant
pis pour Paris, tant pis pour la gloire. Et tant pis
pour mon père, puisque, de toute façon, il était
mort d'une maladie du cœur, et que c'était très bien
comme ça.

Trois fois par semaine, je travaillais midi et soir
au Joyau du Mékong, un restaurant asiatique qui
venait d'ouvrir au bas de la rue principale. Avec
mes cheveux blonds et mes yeux clairs, j'aurais été
davantage à ma place dans un restaurant danois,
mais il n'y en avait pas à Montchatel, et M. Cho, le
patron, avait jugé habile d'embaucher une fille du
coin pour mettre en confiance une clientèle encore
peu habituée aux rouleaux de printemps.

Les jumeaux, qui avaient eu seize ans, ne s'intéressaient pas tellement à l'école, eux non plus.

Orion passait la totalité de son temps libre
sur son vélo, ou à en prendre soin. Lorsqu'on le
cherchait, on était pratiquement sûr de le trouver
dans le local de la résidence, en train de démon-
ter pièce par pièce l'Helyett rouge que Vadim
lui avait finalement donné. Maniaque, il graissait

la chaîne, nettoyait le cadre, changeait ses câbles de freins ou sa guidoline, il mesurait ses cotes, passait au Miror chaque rayon et traquait le silex le long des boyaux avec la concentration d'un chasseur de grands fauves. Chaque week-end, il était debout avant l'aube quelle que soit la météo, prêt à partir affronter d'autres fous dans son genre sur les routes de la région. Le soir, il rentrait heureux ou malheureux selon qu'il avait gagné la course ou pas, mais dans tous les cas, crasseux et affamé.

Sur les étagères de sa chambre, les médailles et les coupes voisinaient avec les photos dédicacées de Bernard Hinault et de Greg Lemond, que Vadim lui avait envoyées pour son anniversaire.

Octo, lui, consacrait la totalité de son temps libre à la musique. Lorsqu'on le cherchait, on était pratiquement sûr de le trouver chez Disco Fuzz, en train de décortiquer note par note le dernier morceau d'Aerosmith ou de New Order, pendant que son ami Barnabé l'initiait aux charmes du punk allemand underground. Le samedi, mon frangin était payé pour déballer les cartons de nouveautés, ranger les disques par ordre alphabétique dans les bacs, nettoyer la vitrine et passer le balai derrière le dernier client. Une fois le rideau baissé, Barnabé l'autorisait à utiliser ses platines Akaï et son Yamaha CX5M. Dans ces moments-là, il devenait tout à fait inutile de chercher Octo : il n'était plus là pour personne. Il planait loin de tout, dans un endroit du cosmos où seule la musique peut vous emmener. Le seul endroit, d'ailleurs, où il pouvait respirer librement, à pleins poumons, sans jamais déclencher aucune crise d'asthme.

Pendant ce temps, Rose-Aimée, elle, ne planait pas. Elle s'ennuyait dans les bureaux de l'usine de conserves, où elle remplissait des tableaux de comptabilité, des bulletins de paye, des formulaires et des bons de commande. Les chiffres avaient remplacé les mots. Même si elle ne s'en plaignait jamais, je l'entendais soupirer chaque matin avant de partir, et je me demandais parfois où s'en étaient allés sa fantaisie, son culot, cette lumière qui émanait d'elle autrefois. Comme le chantait Jean-Jacques Goldman cette année-là, Rose-Aimée semblait vivre sa vie par procuration.

Or, le soir du 9 juillet, il s'est produit quelque chose qui a tout changé.

J'étais en plein service au Joyau du Mékong quand Rose-Aimée a débarqué au milieu du restaurant.

C'était un vendredi, et il y avait du monde chez M. Cho. Alors que je prenais la commande pour une famille nombreuse, je l'ai aperçue qui se faufilait vers moi entre les tablées bruyantes.

— Et le canard aux cinq épices, ce n'est pas trop relevé ? voulait savoir la mère de famille. Parce que je ne supporte pas quand c'est trop relevé. Ça me donne des chaleurs, ici. Vous voyez ?

— Euh… non, non, ça va, c'est…

Plus ma mère s'approchait, moins j'étais concentrée. Son visage, pâle et figé, faisait penser à une copie du musée Grévin.

— Sinon j'hésite avec le poulpe à la citronnelle, continuait la dame. C'est piquant, ça ?

— Piquant ? ai-je répété bêtement.

Rose-Aimée venait de fondre sur moi, pareille à un oiseau de proie. Elle m'a attrapée par la main.

— Viens, on s'en va.

— Mais maman ! Je travaille, là !

— Eh bien non. Tu ne travailles plus.

J'ai résisté tant bien que mal tandis qu'elle me tirait vers elle sous les regards interloqués des clients et j'ai fini par lâcher mon carnet de commandes au milieu des assiettes.

— Mais enfin, madame ! a dit la mère de famille. Vous voyez bien que nous n'avons pas encore choisi nos plats !

— Je m'en fous, de vos plats ! s'est écriée Rose-Aimée. Je récupère ma fille !

— Oh ! Mais ! Oh ! a suffoqué la dame comme si on lui avait fourré un piment entier dans le bec.

En entendant les « Oh », M. Cho s'est précipité. Il a voulu protester, mais le regard de ma mère l'a cloué sur place.

— Elle démissionne ! a lancé Rose-Aimée, en dénouant le tablier rose que j'avais autour de la taille.

Le tablier est tombé par terre en même temps qu'un silence lourd sur la salle du restaurant. Nous avons traversé main dans la main le Joyau du Mékong, escortées par les regards désapprobateurs des clients, et au moment où nous passions la porte, Rose-Aimée a dit très fort : « Les gens qui ont des figures de poulpe ne devraient pas être autorisés à manger leurs congénères ! »

Une fois dehors, nous nous sommes regardées.

J'étais fâchée contre Rose-Aimée et, en même temps, j'avais une énorme envie de rire.

— On peut savoir ce qui te prend ? ai-je demandé.

— Je t'expliquerai. Viens, on va chercher Octo.

Dans la Panhard à moitié garée sur le trottoir, j'ai trouvé Orion en tenue de cycliste, son vélo derrière lui, et un gros sac mou posé sur les genoux. Il semblait un peu perdu, mais pas tellement plus que d'habitude.

— Tu es drôlement belle, a-t-il déclaré en me voyant remonter ma jupette de serveuse pour m'asseoir sur le siège.

— Toi aussi, Orion, tu es drôlement beau.

— J'ai trouvé le réglage parfait pour ma selle, tu sais.

— Ah, tant mieux.

— Tu savais qu'Eddy Merckx le cherchait aussi ?

— Quoi donc ?

— Le réglage parfait pour sa selle.

— Non, je l'ignorais.

Ma mère avait démarré et elle conduisait à présent dans les ruelles désertes de Montchatel, en direction du magasin de disques.

— Tu peux me dire ce qui se passe ? lui ai-je encore demandé.

Elle a pilé devant le rideau baissé de Disco Fuzz, tiré le frein à main, et klaxonné trois coups.

— Octo est au courant que tu viens le chercher ?

— J'ai téléphoné avant de partir. Barnabé m'a promis de le mettre dehors à coups de pied.

Nous avons attendu sans rien dire, les vitres ouvertes, dans le ronron du moteur. Il ne faisait

pas encore nuit et la ville était calme, contrairement à Rose-Aimée qui n'arrêtait pas de tapoter le
volant. Je la regardais du coin de l'œil. Mâchoires
serrées, le front soucieux, elle était tellement tendue qu'elle donnait l'impression de vibrer. Mais il
y avait aussi autre chose : dans ses yeux, la lumière
était revenue. La fameuse lumière de ma mère.

— Pourquoi tu souris ? m'a-t-elle demandé.

J'ai prétexté que c'était à cause de la cliente avec
sa tête de poulpe. Je l'ai imitée en faisant « Oh,
mais, oh », et Rose-Aimée s'est un peu détendue.
Finalement, elle a poussé un gros soupir.

— Moi aussi, j'ai démissionné, a-t-elle dit.

J'ignore pourquoi, ça ne m'a pas vraiment surprise. J'ai hoché la tête en disant :

— Eh bien. Vive la révolution, alors !

À ce moment-là, le rideau métallique du magasin
a frémi. Il s'est relevé en grinçant, et nous avons
vu les têtes de Barnabé et d'Octo apparaître. Les
deux garçons se sont faufilés vers l'extérieur. Mon
frère semblait furieux. Barnabé rigolait.

— J'espère que tu as vraiment une bonne raison de me déranger ! a bougonné Octo en ouvrant
la portière. J'étais en train de composer un truc
génial, là !

— Je sauvegarde le morceau dans la bécane,
promis, l'a réconforté Barnabé. Tu viendras le finir
demain !

Rose-Aimée s'est penchée par sa vitre ouverte.
Elle a souri à Barnabé.

— Demain, je ne crois pas. Désolée. Nous partons quelques jours.

— Quoi ? s'est écrié mon frère. Mais non ! Et la boutique ?

— Je me débrouillerai, t'en fais pas, lui a dit Barnabé.

Le jeune vendeur a ouvert son perfecto, dévoilant un T-shirt noir sur lequel était imprimée la pochette de l'album *Highway to Hell*, et il s'est penché vers moi :

— Tu es drôlement jolie, ce soir, Consolata.

Orion venait de me dire la même chose, mais ça ne m'a pas fait la même chose. Je me suis sentie rougir derrière mes lunettes, j'ai tiré sur ma jupe en essayant de cacher mes cuisses, mais le temps que je rassemble mes esprits pour trouver une réponse digne, Barnabé s'était faufilé en sens inverse sous le rideau en métal, disparaissant dans son antre.

— On va où, alors ? a aboyé Octo derrière moi.

— À la cabane, a répondu Rose-Aimée.

— Mais c'est pas encore les vacances ? s'est étonné Orion.

— Non, chaton. C'est mieux que des vacances. Enfin, j'espère.

Elle a démarré, et nous avons quitté Montchatel, ses rues en pente, son fleuve, ses ponts. Quand nous sommes arrivés sur l'autoroute, j'ai eu l'impression étrange que nous laissions une part de notre vie derrière nous. « *Highway to Hell* »..., ai-je pensé.

Tout le trajet, Octo a rouspété. Et, comme chaque fois qu'il était contrarié, il respirait mal et il était obligé de s'envoyer des doses de Ventoline dans les bronches.

Tout le trajet, Orion a fait tourner la roue de son vélo dans le vide.

Tout le trajet, Rose-Aimée est restée cloîtrée dans le silence, et moi, tout le trajet, j'ai pensé à Barnabé. Depuis le temps que je le connaissais, je le voyais seulement comme le copain de mon frangin, et je n'avais pas imaginé qu'il puisse voir en moi autre chose que la sœur d'Octo. Pourquoi avait-il attendu ce soir et ce départ précipité pour me montrer son intérêt ?

La Panhard roulait dans la nuit, tandis qu'à l'horizon des éclairs dessinaient des veines sur le ciel. L'orage grondait. J'étais un peu triste. La vie me semblait mal faite.

Nous n'étions pas revenus à la cabane depuis plus de trois mois. Comme d'habitude, il a fallu descendre de la voiture pour dégager le passage, ce qui n'a pas arrangé l'humeur d'Octo, surtout quand les ronces se sont accrochées dans son T-shirt Depeche Mode.

— Épatant ! Formidable ! a-t-il grogné en découvrant une déchirure au niveau de sa manche.

Il s'est défoulé à grands coups de pelle sur les broussailles pendant que Rose-Aimée s'engageait entre les crevasses du chemin et que la Panhard tanguait comme un vieux rafiot sur une mer démontée.

Tant bien que mal, nous avons fini par arriver au bord du lac, pile au moment où l'orage éclatait. Les gouttes se sont fracassées sur la carrosserie de la Panhard avec un bruit de mitraille.

— De mieux en mieux ! s'est exclamé Octo.

— Attendez-moi là, nous a dit Rose-Aimée.

Elle s'est jetée à l'extérieur sans éteindre les phares, notre seul éclairage. Je l'ai vue, la tête dans les épaules, récupérer les clés sous la latte de la terrasse, et ouvrir la porte de la cabane avant de revenir en courant jusqu'à nous, déjà trempée.

Elle a ouvert la portière du côté d'Orion, et elle s'est emparée du gros sac mou qu'il avait gardé, durant tout le trajet, sur ses genoux.

— Prenez ce qui est à l'arrière ! a-t-elle crié au milieu du déluge. Grouillez-vous !

Nous avons déboulé un à un dans la cabane chargés de ce que nous avions trouvé dans le coffre – glacière, trousse à pharmacie, valises, vélo –, et Rose-Aimée a refermé la porte sur le fracas de l'orage.

Nous sommes restés un moment hébétés et immobiles. Des flaques se formaient à nos pieds, inondant le plancher ; nous avions tous l'air d'avoir fait un saut dans le lac.

— J'espère qu'il y a du bois sec pour le feu, a fini par dire Octo.

Il claquait des dents.

À tâtons, Rose-Aimée a mis la main sur les allumettes et les chandelles, tandis que je montais chercher des serviettes de toilette dans la salle de bains.

Nous nous sommes regroupés autour du poêle, parcourus de frissons, pareils à des oiseaux sur une branche. Dehors, l'orage redoublait. Par la vitre, on voyait le lac blanchir sous l'impact des gouttes de plus en plus grosses.

— Désolée pour tout ça, les enfants, a dit Rose-Aimée en enroulant sa tignasse blonde dans une serviette.

— Tu peux ! a fait Octo en inhalant sa Ventoline.

— Ça va, a dit Orion avec sa douceur habituelle.

Moi, je n'ai rien dit, trop inquiète de connaître les raisons qui nous amenaient subitement ici, en pleine nuit.

Rose-Aimée a pris une profonde respiration, puis elle a tiré le gros sac mou et l'a placé au milieu du cercle que nous formions.

C'était un sac de sport, assez banal, portant le logo d'une marque de tennis. Je ne l'avais jamais remarqué à la maison.

Sans rien dire, ma mère a défait la fermeture éclair, dévoilant à nos yeux son contenu. Dans le sac mou, il y avait des liasses, et des liasses, et des liasses de billets de cent francs. Empilés. Entassés.

Mes frères et moi sommes restés stupéfaits.

Combien pouvait-il y avoir de billets dans ce sac ? Des milliers ? Des dizaines de milliers ? Aucun de nous, bien sûr, n'avait jamais vu autant d'argent, hormis dans des films.

Rose-Aimée a refermé le sac. Elle nous a regardés l'un après l'autre, et elle a dit :

— Il y en a aussi dans les valises.

J'ai eu un coup au cœur. Combien de valises avions-nous sorties du coffre de la voiture ? Octo

a tourné la tête vers l'entrée de la cabane, là où
nous les avions déposées, convaincus qu'elles
contenaient ce qu'elles contenaient d'habitude :
nos vêtements, nos brosses à dents, des bouquins,
des cahiers, des cassettes.

— Tu rigoles ? a dit mon frère.

— Pas du tout, a dit Rose-Aimée.

— Mais… il y a quatre valises ! s'est écrié Octo.

— C'est bien ça. Quatre valises et le sac de
sport. Cinq fois mille liasses.

Il pleuvait tellement sur le toit que nous étions
obligés de parler assez fort.

— Ça fait combien ? a crié Octo.

— D'où tu sors ça ? me suis-je écriée à mon
tour.

— Pourquoi vous criez ? a hurlé Orion. Vous me
faites mal aux oreilles !

Soudain, il s'est mis à trembler sur son fauteuil,
sans qu'on sache si c'était de froid ou d'énerve-
ment. Rose-Aimée lui a fait signe de venir, Orion
s'est levé, et il est allé pelotonner son mètre quatre-
vingts contre sa mère.

— Pardon, chaton, lui a dit Rose-Aimée à
l'oreille. C'est à cause de l'orage, tu sais. Ça va
passer.

Nous sommes restés un bon moment comme
ça, incapables de réfléchir ou de parler, à attendre
qu'Orion cesse de trembler comme une feuille.

Peu à peu, les éclairs se sont espacés. Le ton-
nerre s'est éloigné.

— Et si tu nous faisais chauffer du lait, Conso ?
a proposé Rose-Aimée. Je crois même qu'il reste

une boîte de Nesquik à la fraise dans le placard
du bas.

Je me suis levée et Octo m'a suivie dans la cuisine. Il a sorti quatre bols et un paquet de biscuits.
Pendant que le lait chauffait sur la gazinière, je
l'entendais marmonner :

— Cinq fois mille, cinq mille... Cinq mille fois
vingt, cent mille... Et cent mille fois...

Mon frère a posé une main sur mon épaule.
Depuis un an, il était plus grand que moi. Il s'est
penché vers mon oreille, et il m'a soufflé :

— Y a au moins cent briques, là-dedans, non ?

Cent briques, je ne savais pas ce que ça voulait
dire. Je savais seulement que ça faisait énormément d'argent. Mais ce qui me dépassait, c'était de
savoir ma mère à la tête d'un butin pareil.

J'ai servi les bols de lait chaud, et nous avons
grignoté les biscuits dans la lumière vacillante des
bougies.

— Tu sais, j'ai trouvé le réglage parfait pour ma
selle, a fini par dire Orion à Octo.

— Ah ouais ?

— Comme Eddy Merckx, a précisé Orion. Lui
aussi, il cherchait le réglage parfait.

Notre frère retrouvait son calme. Rose-Aimée
lui caressait le front. Elle avait les yeux brillants
et humides comme quelqu'un qui a quarante de
fièvre.

— Vous m'avez posé deux questions, a-t-elle
enfin repris. Je vais y répondre. La première
réponse est simple : dix millions de francs.

— Cent briques, a murmuré Octo.

222   *L'aube sera grandiose*

— Quant à la deuxième, elle réclame davantage
d'explications, a dit Rose-Aimée. Quoique.

Elle a fermé les yeux quelques secondes avant
de les rouvrir.

— Cet argent, je l'ai volé à votre père.

Chapitre 22

Samedi
3:30

Depuis qu'il a été question du sac de sport rempli de billets de cent francs, Nine ne bouge plus d'un cil et c'est à peine si elle respire. Son cerveau, en revanche, est entré en ébullition. Non contente de lui dévoiler l'existence d'une famille inconnue, sa mère serait-elle en train de lui révéler l'existence d'une fortune cachée quelque part ? Ici même, dans cette cabane, peut-être ?

— Dix millions de francs, ça fait combien, en euros ? demande-t-elle.

Titania secoue la tête. Elle n'a jamais été douée en calcul mental.

— Je crois que ça ne sert à rien de convertir, bichette. Imagine dix millions d'euros, et tu auras une idée de ce que représentaient ces valises pleines de liasses.

— La vache. Mais c'était des vrais ?

— Évidemment.

Titania sent les muscles de ses mâchoires se relâcher. Elle a l'impression que cet aveu vient de

modifier les traits de son visage. Un peu comme
si elle venait d'ôter un masque.

— Cette nuit-là, continue-t-elle, la nuit du 9 au
10 juillet 1986, Rose-Aimée nous a enfin révélé
ce qu'elle nous cachait depuis toujours. Son récit
nous a tenus en éveil, mes frères et moi, jusqu'au
petit jour. Je vais essayer de t'en résumer l'essentiel. Je crois que tu comprendras sans mal ce que
j'ai pu ressentir.

Le souffle court, Nine hoche la tête. Du brouillard où elle se sent plongée, une seule chose émerge
pour l'instant : elle veut tout savoir.

Chapitre 23

Nuit
du 9 au 10 juillet 1986

L'orage avait cessé. Dans le poêle, le bois brûlait bien et le lait chaud avait fini de nous réconforter. Octo avait troqué son T-shirt déchiré contre une vieille chemise en jersey de Jean-Ba que Rose-Aimée avait gardée en souvenir. Orion ne tremblait plus. Recroquevillé contre Rose-Aimée, il donnait l'impression de somnoler.

— Par où vais-je commencer ? s'est interrogée Rose-Aimée à haute voix.

— Par le début ? a suggéré Octo.

Rose-Aimée lui a fait remarquer qu'on ne sait pas toujours où commence une histoire.

— Dans certaines, on entre par la porte principale. Dans d'autres, on entre par l'arrière. Par des portes dérobées.

— Bon, peut-être, a soupiré mon frère, mais évite quand même de remonter à l'âge de pierre.

Rose-Aimée a souri. Elle comprenait la méchante humeur d'Octo, elle ne lui en voulait pas.

— Commençons par ma rencontre avec Pietro Pasini, alors.

— Qui est-ce? ai-je demandé.

— Ton père, Consolata. Et aussi le vôtre, les garçons.

J'ai ressenti quelque chose d'indéfinissable. C'était à mi-chemin entre l'effroi et la panique, quelque part entre le soulagement et le bonheur. Une émotion tellement complexe que j'ai préféré croire qu'il ne s'agissait pas vraiment de moi, de mon histoire, et que nous n'en étions pas arrivés à ce moment tant désiré où j'allais découvrir ce qui me manquait. Je me suis protégée du choc en faisant comme si cela arrivait à quelqu'un d'autre.

— Mais, a dit Octo, le souffle court, tu nous as toujours dit que...

— Je sais, l'a interrompu Rose-Aimée. Il va falloir oublier ce que je vous ai raconté jusqu'ici.

— Notre père n'est pas mort à cause d'un saut en parachute? a voulu savoir Orion, qui ne somnolait pas tant que ça.

Rose-Aimée a secoué la tête.

— Pourquoi tu nous as menti?

Face à l'étonnement sincère d'Orion, Rose-Aimée s'est mordu la lèvre.

— Vous me posiez sans cesse des questions. Je ne pouvais pas vous répondre, alors j'ai inventé.

À partir de là, nous l'avons écoutée, sans jamais l'interrompre, dérouler le fil de ce qu'elle avait à nous dire: sa véritable histoire, et la nôtre.

Chapitre 24

1963-1970

Rose-Aimée était née à la fin de la guerre, dans une famille bourgeoise.

Ses parents possédaient des terres dans le Sud. Et sur ces terres, une grosse maison de maître entourée de mûriers platanes. Rose-Aimée avait grandi là, au milieu des vignes et des chevaux, avec ses quatre frères et sœurs.

C'était le genre de famille où l'on devait respecter des règles, des horaires, des traditions, des rituels : la messe du dimanche, la prière du soir, le vouvoiement des parents, l'honneur de la patrie, le général de Gaulle et la virginité avant le mariage.

En 1962, le frère aîné de Rose-Aimée était mort en Algérie, avec d'autres soldats, piégé par une embuscade quelque part dans le djebel. Depuis, la douleur et un deuil de plomb s'étaient abattus sur la grande maison. Dans ce silence immobile, Rose-Aimée avait l'impression de mourir à petit feu.

Heureusement pour elle, il y avait Marie-Odile et Jacqueline, ses deux sœurs plus âgées, avec qui elle obtenait parfois le droit de sortir. Ensemble,

elles allaient à la fête patronale, faisaient des pique-
niques ou des promenades en ville. Marie-Odile
et Jacqueline jouaient les chaperons. Elles s'amusaient, toutes les trois. C'étaient les seuls moments
où Rose-Aimée respirait.

Le 14 juillet 1963, en cachette de leurs parents,
les deux grandes se sont débrouillées pour emmener la cadette au bal de la ville voisine. Il y avait
un orchestre musette, des lampions, une buvette,
et un parquet pour danser sous les arbres. Il y avait
beaucoup de monde, aussi : des hommes et des
femmes venus de toute la région, des paysans du
coin, des ouvriers de l'arsenal, des étudiants, des
militaires en permission.

Lorsque l'accordéoniste a entamé *Le Moulin de
Montfermeil* – c'était une valse –, un jeune homme
s'est approché de Rose-Aimée. Il était presque
aussi blond qu'elle. Il avait le regard brillant, des
mains enveloppantes de travailleur manuel, et un
sourire renversant. Il s'appelait Pietro Pasini. Il
venait de Lombardie, une région où l'histoire compliquée des invasions et des frontières fait que l'on
peut naître blond et italien. Son sourire a aussitôt
fait chavirer Rose-Aimée : d'abord son cœur, puis
son corps, et finalement, sa vie tout entière.

Deux mois à peine après le bal, Rose-Aimée s'est
évadée de sa grande maison triste, en pleine nuit,
avec son jeune amoureux. Fini le deuil, finies les
prières et la messe, fini de Gaulle, et finie – surtout – la virginité avant le mariage : Rose-Aimée
voulait être libre ! Libre d'aimer qui elle voulait et
de mener sa vie comme elle l'entendait.

Contrairement aux parents de Rose-Aimée, Pietro était léger : il ne possédait rien, à part sa moto. Alors avant de s'enfuir, suivant les conseils du bel Italien, Rose-Aimée a «emprunté» à ses parents une bonne partie des économies qu'ils conservaient, entre des draps pliés dans une armoire.

Le magot a permis à Rose-Aimée et à Pietro de mener la belle vie durant quelques mois, au fil de la route. Ils dormaient dans des hôtels discrets, mangeaient bien, se baignaient dans les criques et les rivières, et roulaient à vive allure sur les routes de corniche, sans se soucier des gendarmes qui, sans doute, les cherchaient.

Mais l'argent a vite fondu et il a fallu changer les habitudes. Comme la saison froide arrivait, Pietro a conduit sa fiancée dans un refuge qu'il connaissait. C'était une de ces vieilles fermes de l'arrière-pays où se cachaient des marginaux : des squatteurs, de jeunes déserteurs qui avaient refusé de partir combattre en Algérie, et des «amis d'amis» de Pietro, italiens, espagnols, portugais, plus ou moins clandestins, plus ou moins fréquentables.

Habituée au confort, Rose-Aimée s'est aperçue qu'elle était capable de vivre avec peu. Tant que Pietro était là, avec son sourire magnétique, ses beaux discours et ses mains douces, elle pouvait se laver à l'eau froide d'un puits, couper du bois dans la neige, manger des graines et des patates germées, elle s'en fichait. C'était la liberté. C'était nouveau. C'était exaltant.

Là-bas, dans les usines du nord de l'Italie, Pietro avait fréquenté des militants communistes et des

syndicalistes. À leur contact, il avait fait des lec-
tures et il avait appris à bien parler. Pour un jeune
homme de son âge, Pietro avait déjà beaucoup lu
et beaucoup vécu. Chaque fois qu'il ouvrait la
bouche, il fascinait son auditoire : il parlait d'une
vie meilleure, d'un monde différent, toujours plus
beau, toujours plus juste, d'une société nouvelle,
sans riches ni pauvres, que les jeunes devaient bâtir.
Il parlait d'avenir. Il parlait de partage. Il parlait
d'amour, surtout ! Et il pouvait alors convaincre à
peu près n'importe qui de le suivre vers ce monde,
vers cette vie, vers cet amour pur dont il dessinait
les contours en caressant les fesses de Rose-Aimée.

Après un an et demi de vagabondages et de
débats passionnés autour des feux de camp, Rose-
Aimée a découvert qu'elle était enceinte. C'était
pendant l'hiver 1965 ; elle avait à peine vingt ans.
Elle n'avait pas prévu cet événement. Elle n'avait
pas pensé qu'une chose pareille puisse lui arriver.
Mais cela arrivait : elle portait dans son ventre un
cadeau.

« Rien de mieux qu'un enfant pour construire un
monde meilleur, n'est-ce pas Pietro ? »

« Oui, rien de mieux », répondait-il avec son
accent à couper au couteau.

Tout était donc merveilleux.

Le seul hic, c'était l'argent. Rose-Aimée voulait
bien vivre de peu, mais l'enfant – d'après elle –
méritait un peu plus.

« Ne t'inquiète pas, s'il le faut vraiment, je tra-
vaillerai, la rassurait Pietro. S'il le faut, je retour-
nerai à l'usine ! »

Jusqu'ici, Rose-Aimée n'avait jamais vu Pietro travailler. Elle l'avait toujours vu «emprunter» l'essentiel, siphonnant le réservoir des voitures pour remplir celui de la moto, escamotant ici et là un portefeuille, forçant la porte d'une maison pour y dénicher quelques objets de valeur. Cela faisait partie du personnage. Cela faisait partie de l'aventure! Et puis, Pietro ne prenait qu'aux riches. «Je ne suis pas un voleur, disait-il. Je suis un justicier.»

En septembre 1965, Rose-Aimée a mis au monde une petite fille, blonde et magnifique. Par amour, elle lui a donné ce prénom italien que portait avant elle la mère de Pietro : Consolata.

Un autre hiver est arrivé. Il faisait un froid de gueux, et dans les hameaux perdus de l'arrière-pays, la vie était rude. Sans chauffage, sans électricité et avec si peu à manger, Rose-Aimée s'inquiétait pour sa toute petite fille.

Malgré ses promesses, Pietro n'est pas retourné à l'usine. Il a continué d'emprunter ce dont il avait besoin, à gauche et à droite, au gré de ses escapades à moto. Pour cela, il s'absentait deux jours, trois jours. Parfois quatre. Puis il revenait comme un prince, avec des cadeaux qu'il distribuait à tour de bras : des cigarettes, des bouquins, des foulards, des manteaux, des bijoux, un tas d'objets que les uns et les autres s'accaparaient.

«Et pour elle?» demandait Rose-Aimée, sa petite sur le sein.

Pour elle, bien souvent, il n'y avait rien. Pietro avait oublié.

Il se faisait pardonner d'un sourire, d'un baiser,

de quelques caresses. La prochaine fois, jurait-il, il rapporterait un jouet, une poussette, un petit bonnet, des couches. Mais la fois d'après, il avait encore oublié.

Un jour, Pietro est revenu avec une fille.

La fille est descendue de la moto, juste là, sous le nez de Rose-Aimée. Elle avait des cheveux courts, un pantalon, une allure américaine. Elle parlait avec un accent et elle riait comme une oie. Sans un regard pour Rose-Aimée et Consolata, Pietro a disparu avec la fille dans l'une des chambres de la ferme.

Ce jour-là, Rose-Aimée a soudain eu envie de rentrer chez elle pour revoir sa mère, son père, ses deux sœurs, son petit frère et la maison entourée de mûriers platanes. Mais comment retourner auprès d'eux après tant de temps ? Comment affronter leurs regards après avoir volé l'argent entre les draps de l'armoire ? Comment leur annoncer qu'elle avait eu un bébé, elle qui ne s'était même pas mariée ? Et puis, comment y aller ? Rose-Aimée n'avait pas de moto, ni de voiture. Elle ne savait même pas conduire !

Ce jour-là, elle a beaucoup pleuré.

Finalement, elle a regardé la réalité en face, elle a séché ses larmes, serré les dents, et elle est restée avec Pietro.

L'Américaine a fini par s'en aller, bientôt remplacée par une autre fille. Une Espagnole. Quand l'Espagnole s'est lassée, Pietro a trouvé une Allemande. Et quand l'Allemande est partie à son tour, c'est une Parisienne qui a surgi.

Chaque fois que Rose-Aimée se montrait triste ou en colère, Pietro criait : « Je ne suis pas ta propriété ! La jalousie est un sentiment de petit-bourgeois ! Regarde-toi ! Tu te trouves jolie, avec tes yeux rouges ? »

Rose-Aimée étouffait sa colère et cachait ses larmes. Elle se recroquevillait. Elle n'osait plus se regarder dans les miroirs. Elle dépérissait. Et plus elle se recroquevillait, plus elle se cachait, plus elle dépérissait, plus Pietro, au contraire, semblait fort et sûr de lui.

La ferme était à présent connue dans toute la région, et même au-delà. De partout, des jeunes gens venaient voir Pietro et l'écouter. Ils arrivaient par la route, en auto-stop ou à pied, comme des pèlerins. Ils déposaient leurs affaires crasseuses dans un coin, se débarbouillaient au puits, s'asseyaient en rond et attendaient celui qu'ils appelaient désormais « le Maestro ».

Pietro soignait son auditoire. Il leur offrait tout ce qu'ils désiraient : du temps, du tabac, des drogues chimiques, de belles phrases, de la violence et du mépris.

Dans un coin, Rose-Aimée l'écoutait parler. Elle l'observait. Pietro était toujours si beau lorsqu'il apparaissait en public ! Toujours si convaincant lorsqu'il réclamait la fin du vieux monde et qu'il appelait à la révolution ! « Jusqu'ici, nous marchions dans la nuit. Mais demain, camarades, l'aube sera grandiose ! Nous aussi, nous aurons notre Octobre ! » s'enflammait-il, en faisant référence à la révolution russe. « Nous aussi, nous ferons tomber l'oligarchie ! Nous aussi, quoi qu'il en coûte, nous mènerons l'humanité vers le bonheur ! »

Il ressemblait à une idole de la chanson. Il déclenchait la même ferveur que le pape à Rome.

Mais dès qu'il quittait son costume de tribun, dès qu'il se retrouvait seul avec elle, Pietro n'était plus aussi beau. Une grimace déformait sa bouche et certains soirs, lorsqu'il avait trop bu et trop fumé, il déversait sa hargne, sa frustration et son dégoût sur Rose-Aimée. Il l'accusait d'être une sale bourgeoise, une « blanche », tandis que lui, il se disait « rouge ». Il lui disait : « J'espère que ton frère a bien souffert avant de mourir dans le djebel ! C'est tout ce que vous méritez, pourritures de colons ! » Si Rose-Aimée protestait ou bien si elle pleurait, il essayait de la faire taire avec des claques.

Le matin, ça allait mieux. Il était calme. Il demandait pardon. Il promettait de ne plus recommencer. Il l'embrassait. Il la serrait dans ses bras. Il lui jurait qu'il n'aimait qu'elle. Il allait même jusqu'à lui parler d'un mariage qu'ils feraient, tous les deux, dans son village en Italie, et de la petite Consolata vêtue comme une princesse pour suivre la noce. Il devenait bizarre et gentil. Il s'exaltait jusqu'à en oublier sa révolution et sa haine de l'ordre bourgeois. Il lui disait : « Toi, je t'aime ! Je t'aime pour toujours ! Tu es ma femme ! » Mais à travers ces paroles, ce n'était pas de l'amour que Rose-Aimée entendait. C'était une menace.

Elle a enduré ce traitement pendant presque trois ans.

Pendant presque trois ans, elle a subi les hauts et les bas, la folie, la méchanceté et l'indifférence du « Maestro ». Puis, elle est de nouveau tombée enceinte, et Pietro s'est radouci pendant quelque temps. Chaque matin, il caressait le ventre de Rose-Aimée et il parlait au bébé. Avec fierté, il disait : « Cette fois-ci, ce sera un garçon ! Un vrai Pasini ! »

Rose-Aimée tentait de prévenir sa déception. Elle lui demandait : « Et si c'est une autre fille ? » Pietro haussait les épaules. Il était sûr de lui, il était sûr que non.

Et puis un jour – simplement parce qu'il était défoncé – il a attrapé Consolata par les cheveux en menaçant de la jeter dans le puits. C'était la première fois qu'il s'en prenait à la petite.

Ce jour-là, une peur électrique s'est emparée de Rose-Aimée. Le lendemain, elle a pris sa fille, un sac, et elle est montée dans la première voiture qui passait pour fuir cette vie qui ne lui ressemblait plus.

C'était à la fin du mois d'août 1969. Tandis qu'à l'autre bout du monde Roger Daltrey exhibait son torse bronzé devant des centaines de milliers de spectateurs, Rose-Aimée errait, sans un sou, avec sa petite fille si blonde et déjà si sérieuse, en quête d'un endroit où se cacher. Et même si elle trouvait refuge dans des communautés hippies, elle se sentait loin de l'esprit de Woodstock.

Au début, elle a eu peur tout le temps que Pietro vienne la débusquer dans ses planques. Qu'il la cherche et qu'il veuille de nouveau s'en prendre

à Consolata ou à son ventre. Elle faisait des cau-
chemars. Elle dormait dans des couloirs, au fond
des placards, dans des réduits sans fenêtre où elle
se sentait à l'abri. Pour calmer ses angoisses, les
autres lui proposaient des trucs à gober, à fumer,
à sniffer. Alors Rose-Aimée gobait. Rose-Aimée
fumait. Rose-Aimée sniffait. Ni elle ni personne ne
s'inquiétait des effets que cela aurait sur l'enfant
qu'elle portait.

Les yeux dans le vague, elle disait à Consolata :
« Tu auras bientôt un petit frère ou une petite
sœur ! » Consolata hochait la tête. Elle voulait bien
un petit frère, d'accord. Et même une petite sœur.
Elle avait déjà oublié le visage et le nom de celui
qui ne s'était jamais vraiment comporté avec elle
comme un père.

Au fil des semaines puis des mois passés dans
ces communautés, Rose-Aimée a retrouvé un
semblant de paix. Elle a appris à conduire, à faire
du pain, à ouvrir ses chakras, à plaquer quelques
accords sur une guitare, et à danser sur les Who
et sur Led Zeppelin.

La naissance a eu lieu au milieu de l'hiver 1970,
dans un squat où, par chance, vivait un médecin
suisse. C'est lui qui a aidé Rose-Aimée à mettre
au monde non pas un, mais deux bébés. « Respire
comme un petit chien ! Comme ça, voilà, c'est
bien ! » l'encourageait-il, tandis qu'une femme frap-
pait sur un tambour chamanique en lisant à voix
haute des poèmes censés apaiser les douleurs.

Rose-Aimée avait choisi un prénom pour un
garçon : Octobre, en hommage à cette révolution

russe qui servait de modèle à Pietro. Car malgré les souffrances qu'il lui avait infligées, elle voulait encore croire en des jours meilleurs, et en cette aube grandiose qu'il faisait naître avec des mots.

Pour le deuxième prénom de garçon, en revanche, elle n'avait rien prévu. Elle s'est tournée vers la femme au tambour, celle qui lui avait lu des poèmes. « Relis-moi celui qui parle des étoiles », lui a-t-elle demandé.

La femme a relu pour elle le poème.

Il avait pour titre « Orion ».

Après cette double naissance, Rose-Aimée a décidé de ne plus toucher aux drogues et de reprendre sa vie en main. Elle avait vingt-cinq ans, elle était trois fois mère, elle était très belle, très seule, très pauvre et très triste : ça suffisait comme ça.

Un beau matin de juin, conduite par un membre de la communauté, elle a débarqué devant la maison de maître entourée de mûriers platanes. Cela faisait sept ans qu'elle n'avait pas revu ses parents.

Le père et la mère de Rose-Aimée n'avaient pas beaucoup changé. Ils étaient à peine un peu plus secs, à peine un peu plus raides que dans ses souvenirs. Marie-Odile et Jacqueline s'étaient toutes deux mariées à des messieurs comme il faut, et il ne restait plus au domaine que le petit frère de Rose-Aimée qui ne se souvenait plus vraiment d'elle, sauf pour répéter qu'elle avait trahi et sali l'honneur de la famille.

Rose-Aimée comptait sur la présence de Consolata et des bébés pour attendrir ses parents. Elle

avait longuement préparé des phrases qu'elle voulait leur dire. Elle avait l'intention de leur présenter ses excuses, de payer ses dettes, de réparer ses
fautes, et de reprendre des études. En échange,
peut-être accepteraient-ils de lui laisser un coin
dans l'une des dépendances ?

Mais rien ne s'est passé comme elle l'espérait.

Son père et sa mère n'avaient jamais été des
tendres, et en sept ans, sans aucune nouvelle d'elle,
ils avaient eu tout le loisir d'enterrer le souvenir de
leur fille. Celle qui se présentait aujourd'hui devant
eux, avec ses marmots, ses nattes, ses airs de hip-
pie, n'était plus rien pour eux. Une étrangère. Une
traînée. Une misérable.

Sans un regard pour les trois enfants, le père
de Rose-Aimée lui a fait signe de le suivre. Il l'a
emmenée vers la grange. Là, il a désigné une bâche
toute poussiéreuse, et il a dit : « Prends-la et dispa-
rais. À tout jamais. »

Sous la bâche poussiéreuse, il y avait la vieille
Panhard bleu ciel que le père de Rose-Aimée avait
achetée après la guerre. Plus personne ne s'en servait.

Alors Rose-Aimée a fait monter Consolata à l'arrière, elle a calé les jumeaux dans leurs couffins
entre deux sièges, et sans un mot de plus, elle a
mis le contact.

Chapitre 25

Samedi
4:00

— Tu connais la suite, bichette. Notre errance jusqu'au plateau. Notre arrivée à la station-service. Le ciel rouge. Jean-Ba avec son jerrican. Saint-Sauveur.

— Sauf que ça n'explique pas les millions dans le sac de sport et les quatre valises, fait remarquer Nine à sa mère.

— Ça ne l'explique pas, en effet.

Titania jette un regard vers l'écran de son téléphone puis lève les yeux vers la fenêtre. Bientôt, le ciel va pâlir. Elle reprend :

— Pendant toutes les années où nous avons vécu chez Jean-Ba, Rose-Aimée n'a plus entendu parler de Pietro Pasini. Elle a même essayé de le rayer de sa mémoire, mais tu parles ! On n'efface pas les gens, ni le passé… La première fois qu'il a ressurgi, c'était en 1975. Nous habitions alors chez Vadim, Rose-Aimée venait d'être nommée comme rédactrice à la fabrique de catalogues et tout allait bien. Jusqu'au matin où elle a lu le nom de notre père dans le journal.

— Il était vraiment devenu célèbre, alors ? s'exclame Nine, épatée.

Pour plaisanter, elle ajoute :

— Star de la chanson ou pape ?

Titania ne rit pas. Elle soupire :

— Ni l'un ni l'autre, malheureusement.

Chapitre 26

1975-1986

Photo à l'appui, l'article rapportait l'arrestation d'un homme, pris en flagrant délit pendant le hold-up d'un bar-tabac parisien. Le voleur, un Italien nommé Pietro Pasini, était recherché par la justice de son pays. Soupçonné d'appartenir à une organisation révolutionnaire au nom de laquelle il aurait commis des attentats de l'autre côté des Alpes, il faisait l'objet d'un mandat d'arrêt international. L'Italie réclamait son transfert à Milan.

Rose-Aimée a refermé le journal. Quelque chose de lourd écrasait sa poitrine, elle avait du mal à respirer. Il lui a fallu plusieurs minutes pour reprendre son calme. Le passé douloureux qu'elle avait voulu oublier, les années de mauvais traitements, les humiliations, le manque, la peur, tout cela lui revenait en pleine figure.

Les jours suivants, Vadim l'a trouvée nerveuse, préoccupée. Il a voulu prendre sa tension, lui prescrire des médicaments et du repos, mais Rose-Aimée a catégoriquement refusé. Se reposer ? Impossible ! Dès qu'elle s'arrêtait de bouger, de travailler, de faire des choses, elle était littéralement submergée par l'angoisse.

Elle s'est mise à traquer des nouvelles de Pietro dans tous les journaux, à la télévision, à la radio. Si elle partait tôt et rentrait tard, prétextant un travail intense à la fabrique, c'est qu'en vérité elle grappillait quelques heures pour s'échapper, pour s'isoler, lire, réfléchir.

En juillet, elle a fini par savoir dans quelle prison notre père était incarcéré. Ce jour-là, elle a quitté la fabrique, elle est montée dans la Panhard, et elle a pris la route en direction de la banlieue parisienne.

En chemin, elle s'est arrêtée dans un bistrot pour téléphoner à la maison. C'est Lulu qui a décroché. Rose-Aimée a menti, évidemment : elle n'allait pas expliquer à notre vieille et cardiaque cuisinière qu'elle était partie rendre visite en prison au père de ses enfants !

Quand Pietro a vu Rose-Aimée au parloir, il a presque fondu en larmes. Il a bafouillé qu'il l'avait cherchée partout, qu'elle l'avait rendu fou d'inquiétude, que sa disparition avait failli le tuer. Par sa faute, il s'était senti tellement malheureux, tellement abandonné, qu'il était rentré en Italie. Là-bas, il avait retrouvé de vieux camarades de lutte, et pour noyer son chagrin il s'était consacré tout entier à la Cause. Il ne regrettait rien, mais finalement, s'il était de retour six ans plus tard, c'était pour elle, parce qu'il n'arrivait toujours pas à l'oublier. Ni elle, ni ses enfants.

Rose-Aimée l'a écouté vider son sac sans broncher.

La vitre du parloir la protégeait, elle se sentait comme immunisée face à celui qu'elle avait tant aimé, et qui l'avait tant fait souffrir. C'était un peu comme être au zoo devant la cage des fauves.

Quand Pietro a voulu savoir si elle avait accouché d'un fils, Rose-Aimée n'a pas pu lui mentir. Elle a dit oui. Un fils. Mais elle n'a pas dit deux.

Pietro s'est mis à pleurer, à chaudes larmes. «Un fils! J'ai un fils!» a-t-il répété en sanglotant, et Rose-Aimée a attendu qu'il arrête son cinéma.

À aucun moment, Pietro ne lui a demandé comment elle allait, comment elle vivait, si elle était en bonne santé, à aucun moment il n'a fait preuve d'un remords quelconque. Aux yeux de cet homme, Rose-Aimée n'existait pas réellement. Ou disons qu'elle existait, mais à la manière d'une chose.

Malgré tout, elle est retournée le voir. Une fois, deux fois, trois fois : c'était cela qu'elle appelait ses «voyages d'affaires».

Au parloir, elle parlait peu, tandis que Pietro, lui, parlait beaucoup. Il prêchait. Il jargonnait, moitié en français, moitié en italien, et toujours dans un langage politique radical, violent. Il voulait la mort de l'État. La mort des patrons. La mort du capitalisme. Il voulait tout casser, tout détruire, tout incendier, au nom de ce qu'il continuait d'appeler son idéal.

Rose-Aimée secouait la tête imperceptiblement, comprenant que les idées du Maestro, si généreuses autrefois, s'étaient transformées en un fanatisme haineux. Et lorsqu'il lui demandait s'il

pourrait bientôt voir son fils, elle répondait inva-
riablement : non.

Pietro tentait de la convaincre. Il la suppliait.
« J'ai du fric, lui disait-il. Beaucoup de fric, bien
planqué ! Amène-moi mon fils. Je paierai. »

Mais Rose-Aimée n'était pas à vendre. Ni elle,
ni ses enfants.

Chaque fois qu'elle sortait de la prison, elle était
chamboulée, essorée comme un vieux linge. Elle se
disait : « Cet homme est fou, il est dangereux, mais
il est le père de mes trois enfants… » C'était plus
fort qu'elle, elle ne pouvait pas le laisser tomber.

En 1976, après des mois de négociations, l'Italie
a obtenu l'extradition de Pietro Pasini. Au mois
d'août, sous haute surveillance, il a été transféré
dans une prison milanaise, et soudain, le poids qui
étouffait Rose-Aimée a disparu. Éloignée de ce poi-
son, elle s'est sentie revivre. Elle a pu de nouveau
se blottir entre les bras de Vadim, et elle a même
retrouvé l'envie de rire, d'aimer et d'aller à la mer.

En Italie, Pietro a été condamné à la réclusion
à perpétuité pour acte terroriste. Rose-Aimée a
encaissé le choc sans rien dire à personne. Mais
un an après, dans un autre journal, un article a
attiré son attention : des détenus s'étaient évadés
d'une prison dans la région de Milan. Parmi les
noms cités, il y avait celui de Pietro Pasini.

C'est à partir de ce moment-là que Rose-Aimée
a véritablement mis son plan en œuvre : elle a éco-
nomisé chaque centime en prévision de notre installation à Montchatel, et surtout, de l'achat de la
cabane où, chaque été, elle voulait nous apprendre

à nous débrouiller avec peu, à vivre en Robinson, bien cachés. Au cas où.

Les années se sont écoulées. Sans rien laisser paraître, et même si Pietro Pasini était très loin de l'Europe (sa cavale l'avait mené au Guatemala, au Nicaragua), Rose-Aimée restait sur le qui-vive. Et lorsqu'en 1985 le président Mitterrand a décidé d'offrir, à certaines conditions, l'asile politique aux Italiens condamnés pour terrorisme, elle a su que le Maestro ne tarderait plus à revenir.

En juin 1986, bingo : elle a reçu une lettre. Pietro l'avait retrouvée, il connaissait son adresse. Revenu clandestinement en France, il disait vouloir se ranger, mener une vie paisible, et – à la faveur de ce droit d'asile – tout recommencer à zéro. Il avait pris contact avec un bon avocat pour plaider sa cause. Mais pour l'heure, il était toujours recherché, toujours menacé d'emprisonnement, notamment sous le coup de sa condamnation pour le hold-up commis à Paris onze ans plus tôt. Dans cette même lettre, il demandait à Rose-Aimée de le laisser enfin voir son fils et revoir sa fille qui, écrivait-il, devait être à présent «aussi grande et aussi belle que sa mère».

Cette fois, au lieu d'attendre dans l'angoisse ou de fuir, Rose-Aimée a pris les devants : elle a répondu à Pietro qu'elle était d'accord, mais qu'elle voulait d'abord le voir, seule. Toujours par courrier, ils se sont fixé un rendez-vous, le 9 juillet dans une planque que des amis mettaient à la disposition du Maestro. C'était à deux cents kilomètres de Montchatel.

En prévision de ce voyage, Rose-Aimée a demandé un jour de congé à l'usine de conserves, et le matin du 9 juillet, elle est partie très tôt, à bord de la Panhard. À ce stade, il faut reconnaître que son plan n'était plus tellement au point : elle voulait négocier quelque chose, passer une sorte de pacte avec Pietro pour qu'il nous laisse tranquilles, mais elle ne savait pas trop comment, ni quoi lui proposer en échange. Elle espérait le trouver différent, assagi. Et au pire, elle voulait gagner du temps pour nous préparer à la découverte d'une vérité beaucoup moins glamour que toutes les histoires que nous avions pu inventer.

Suivant les consignes dictées dans les courriers, elle a parcouru les deux cents kilomètres jusqu'à un croisement désert, en pleine Beauce. Lorsqu'elle est arrivée, Pietro était assis sur le capot d'une vieille 4L, en train de fumer une cigarette. Il était seul, un peu voûté, le visage usé par les années de prison et de cavale.

Il a souri à Rose-Aimée. «Tu n'as pas changé. Tu es toujours aussi belle.»

Il a pris la précaution de fouiller la Panhard avant d'autoriser notre mère à le suivre jusqu'à la planque, et ils sont arrivés devant une vieille bâtisse au milieu des champs de colza. Apparemment, il n'y avait pas âme qui vive à des kilomètres à la ronde.

Mal à l'aise, Rose-Aimée a insisté pour rester dehors. Elle trouvait Pietro nerveux, exalté. Remarquant les gouttes de sueur qui perlaient à ses tempes, elle lui a demandé s'il avait pris quelque chose. Elle se souvenait des amphétamines, du LSD, de toutes ces saloperies qu'il avalait, à l'époque.

Il s'est mis à rire. «Qu'est-ce qu'il y a? Je te fais peur? C'est le monde à l'envers! C'est moi qui prends des risques en te laissant venir ici, et c'est toi qui as peur!» Il a ouvert les bras. «Je suis recherché par les flics, et pourtant, tu vois, je te fais confiance à cent pour cent! Y a personne, ici. Même pas un chien. Allez, viens!»

Ils ont fini par entrer dans la bâtisse, une grosse baraque agricole à l'abandon, meublée de bric et de broc, avec une cheminée monumentale pour seul mode de chauffage. «J'ai passé tout l'hiver ici, à me les geler!» a rigolé Pietro. «Je faisais du feu, et je restais collé là, à trembler comme un malade. Tu parles d'une vie!»

De dépit, il a craché par terre.

Pendant une heure ou deux, il a parlé de lui, comme d'habitude. Il s'est vanté de ses voyages sous les tropiques, de son évasion, des types qu'il avait embobinés, du fric qu'il avait récupéré, de ceci, de cela. Et tout en parlant, il buvait du whisky, à même le goulot de la bouteille.

«Tu es sûre que tu n'en veux pas?» demandait-il après chaque rasade.

Il était à peine onze heures du matin. Rose-Aimée se demandait dans quel pétrin elle s'était fourrée.

Puis, il a voulu qu'elle lui montre les photos des enfants. Il lui avait demandé ça, dans ses lettres: «*Apporte-moi des photos d'eux. Je veux les voir à tous les âges. Je veux rattraper le temps perdu.*»

Mais Rose-Aimée n'avait rien pris. Aucun papier, aucune photo. Et tandis qu'elle faisait semblant de chercher dans son sac, elle se rendait compte que Pietro n'avait pas changé d'un iota, qu'il était toujours le même : violent, colérique, incontrôlable. Qu'avait-elle cru pouvoir négocier ?

« Alors ? Elles sont où, ces photos ? Je veux voir mes gosses ! »

Dans l'espoir de lui fausser compagnie, elle a dit « Ah oui, je suis bête, je les ai laissées dans la voiture ! ». Mais elle a marqué une hésitation, ou peut-être que sa voix a tremblé et une lueur mauvaise s'est aussitôt allumée dans le regard de Pietro. « Menteuse ! Tu n'as rien pris du tout ! Qu'est-ce que tu complotes ? Tu essaies de m'avoir, c'est ça ? »

Il s'est avancé vers elle en la traitant de tous les noms, en italien. Et comme il brandissait la bouteille de whisky au-dessus de sa tête, Rose-Aimée a senti son cœur s'emballer. Il lui barrait le chemin vers la porte, elle a reculé vers la cheminée. C'est à ce moment-là qu'elle a repéré le tisonnier en fer forgé.

Elle était dans le même état que ce jour d'août 1969, lorsqu'elle avait pris sa petite fille et qu'elle s'était enfuie. Il ne fallait surtout pas réfléchir. Il fallait agir. Alors que Pietro continuait d'éructer des menaces, ivre d'alcool et de colère, elle a attrapé l'objet à pleines mains et elle a frappé. Comme elle a pu, droit devant elle.

Le Maestro s'est effondré sur le sol.

Du sang s'est mis à couler sous ses cheveux. Sur le coup, elle a cru qu'il était mort.

Avec un instinct animal, elle a entrepris de fouiller la bâtisse. Dans une alcôve qui servait autrefois de soue à cochons, elle a fini par trouver une malle. Dedans, il y avait une arme à feu. Et sous le revolver, un énorme sac à gravats bourré de billets de cent francs, tellement lourd qu'elle n'a pas pu le soulever.

Elle a déniché un sac de sport qu'elle a rempli de billets, puis elle a réussi à soulever le reste et elle a transporté la totalité du butin dans le coffre de la Panhard.

Elle est revenue dans la bâtisse, l'arme à la main, au cas où. Mais Pietro était toujours à plat ventre près de la cheminée. Elle s'est penchée vers lui. Il respirait faiblement.

Son cerveau réfléchissait tout seul, vite et bien. Au milieu d'un fatras de vaisselle sale, elle a trouvé ce qu'il lui fallait, et elle est ressortie dans la cour munie d'un couteau pointu. Le soleil était au zénith. Elle s'est approchée de la 4L, et elle a crevé les pneus, un par un, avant de jeter le couteau pointu dans les herbes folles.

Puis elle est montée dans la Panhard, et elle a démarré.

Elle a roulé à travers champs un peu au hasard avant de retrouver son chemin en direction de Montchatel. Elle s'est arrêtée dans le premier village où il y avait une cabine téléphonique. Là, elle a fait le 17.

Au gendarme qui prenait son appel, elle a donné une fausse identité. Puis elle l'a informé que Pietro Pasini, braqueur, terroriste, évadé, en cavale depuis des années, était clandestinement revenu en France, et qu'il gisait actuellement sur le sol d'une ferme isolée au milieu des champs de colza. Elle a décrit les lieux de son mieux, et elle a raccroché sans savoir si le gendarme l'avait prise au sérieux ou non.

Ensuite, elle a appelé à l'usine de conserves. C'est une de ses collègues qui a répondu. Rose-Aimée l'a avertie qu'elle démissionnait, et elle a raccroché aussi sec.

Quand elle est arrivée à Montchatel, c'était déjà le début de la soirée. Il n'y avait personne à l'appartement. Rose-Aimée a pris toutes les valises, elle est redescendue dans le garage de la résidence, et là, à l'abri des regards, elle a transféré les billets contenus dans le sac à gravats. Cinq fois mille liasses.

Enfin, moteur éteint, elle a attendu devant l'entrée du garage qu'Orion revienne de son entraînement quotidien. Quand il a surgi au bout de la rue sur son Helyett rouge, elle est descendue de la voiture. Sans lui laisser le temps de dire ouf, elle lui a demandé de caler son vélo à l'arrière et de grimper à bord.

« Ah ? s'est-il étonné. On va quelque part ? »

« Oui, chaton. C'est une surprise. »

Rose-Aimée a claqué sa portière avant d'ajouter : « On va chercher Octo et Consolata. »

Chapitre 27

Samedi
4:30

— Et Pietro ? demande Nine d'une voix inquiète. Elle l'avait vraiment tué ? Je veux dire... il était vraiment mort ou juste assommé ?

— À ce moment-là, Rose-Aimée n'en savait rien, bichette.

Nine fronce les sourcils.

— Oui, d'accord, mais toi ? Tu le sais, non ?

— Bien sûr.

— Alors ?

— Alors, patience. C'est comme quand les lecteurs se précipitent sur les dernières pages d'un roman sans avoir lu ce qui précède. J'ai horreur de ça.

— Et voilà ! Tu recommences ! Tu confonds tout ! Tu es en train de me dire que ta propre mère a peut-être tué ton père, et toi, tu...

— OK, OK ! la coupe Titania. Quelle heure est-il ?

Nine pousse un soupir agacé, mais, bonne fille, elle se penche pour attraper son téléphone. Bien qu'il soit de marque chinoise, trop carré, trop lent et pas pratique (sa mère l'a choisi parce qu'il était solide, étanche (paraît-il), et surtout *pas cher*), lorsqu'il est chargé, au moins, il indique parfaitement l'heure.

— 4 h 36.

— Hmm, fait Titania, songeuse.

Elle se lève de son fauteuil et s'approche de la baie vitrée. Pendant un moment, elle reste là, immobile, tandis qu'au-dessus du lac une infime lueur apparaît et que le ciel se démarque peu à peu de l'eau.

— Si Octo a dit vrai, ils seront ici vers huit heures. Nous n'avons plus beaucoup de temps.

Elle se retourne vers Nine.

— Tu veux savoir si Rose-Aimée a tué Pietro le 9 juillet 1986 ?

La jeune fille hoche la tête.

— Bien. Et que veux-tu savoir encore ?

— Ce que vous avez fait de l'argent, répond Nine sans hésiter.

— D'accord. Et quoi d'autre ?

— Eh bien…, je voudrais comprendre pourquoi tu as été « obligée » de me mentir pendant seize ans. Et pourquoi, d'un seul coup, tu n'es plus obligée.

— Bien sûr, murmure Titania. Et puis ? Que veux-tu encore savoir ?

Dans son fauteuil, Nine étire ses jambes. Elle passe sa langue sur ses lèvres. Elle meurt de soif.

— Tu répondras vraiment à toutes mes questions ?

— Je te le promets. Nous sommes venues pour ça.

Nine quitte le fauteuil, s'approche de la grosse table, attrape au passage un des verres à moutarde, et va le remplir à l'évier. Elle le vide d'un trait, avant de le remplir encore.

— Je voudrais savoir ce qu'est devenue la Panhard, dit-elle une fois désaltérée. Et puis, Vadim et Jean-Ba. Et aussi, si tu as revu Barnabé ? Ou Patrick Vivier-Lagel ?

Un sourire détend le visage de sa mère.

— Oh pour lui, c'est facile ! Il a repris l'usine de son père, il a épousé une polytechnicienne, fait deux enfants, et il est maire de Montchatel depuis trois mandats. Je te le montrerai sur Internet, tu verras. Il a pris trente kilos, il porte une cravate à rayures et il est chauve comme un œuf !

— Eh ben ! grimace Nine. Ça fait pas rêver !

— C'est la vie ! rigole Titania. Avec le temps, beaucoup de révolutionnaires rangent leurs drapeaux dans un placard. La cravate, c'est peut-être moins sexy, mais ça ne fait de mal à personne, finalement.

Elle jette un regard vers le lac, se demandant quel drapeau elle a pu elle-même replier. Même si elle a fini par réaliser son rêve d'écriture, ça n'a pas été sans concession. Qui n'en fait pas ?

Elle se rembrunit.

— Pour les réponses à tes autres questions, assieds-toi. Je vais faire de mon mieux avant huit heures.

Chapitre 28

10 juillet 1986

Rose-Aimée avait parlé toute la nuit. La boucle était bouclée.

Quand l'aube s'est levée, nous sommes sortis tous les quatre sur la terrasse, abasourdis. Puis, serrés les uns contre les autres, nous avons regardé les premiers rayons franchir la haie des arbres sur l'autre rive et incendier l'eau du lac. Jamais la beauté des lieux ne nous avait paru si triste.

— J'aurais tellement voulu que mon père soit Roger Daltrey, a murmuré Octo.

J'ai jeté un regard vers mon frère. Les yeux cernés, il semblait avoir vieilli, en l'espace d'une seule nuit, de cinq ou six ans.

— Même le guitariste d'Abba, j'aurais préféré ! s'est-il écrié. N'importe quel obscur chanteur de variété, j'aurais préféré !

Rose-Aimée a voulu le prendre dans ses bras, mais il s'est dégagé d'un geste brusque. Sa respiration était sifflante, rapide, comme à chaque début de crise.

— Ta Ventoline, lui a suggéré doucement Orion.

— J'en ai... ma claque... carrément... marre de tout ça ! a-t-il suffoqué.

Il avait laissé son inhalateur à l'intérieur, Orion a couru le chercher. Seulement, le temps qu'il revienne, la crise s'était déclenchée.

Haletant, Octo s'était recroquevillé sur lui-même.

Nous avions pris l'habitude de le voir comme ça, et d'entendre ce bruit horrible qui lui ramonait les bronches. Mais là, d'un coup, il s'est redressé. Au lieu de saisir l'inhalateur que lui tendait son frère, il a poussé un cri rauque, puis, à deux mains, il a arraché les boutons de la chemise en jersey, comme s'il voulait s'arracher les poumons. Il a ouvert les bras et il a sauté de la terrasse. Sous nos yeux, plouf, direct dans le lac.

— Octo, non ! a crié Rose-Aimée.

Sans même retirer ses espadrilles, elle a plongé après lui.

— Maman ! a appelé Orion, paniqué.

— Ne bouge pas ! ai-je ordonné, sachant qu'Orion nageait comme une brique.

Je me tenais prête à sauter à mon tour, mais Rose-Aimée et Octo ont refait surface l'un après l'autre, éclaboussant tout autour d'eux, pareils à des chiens fous.

— Laisse-moi ! s'est énervé Octo tandis que Rose-Aimée l'agrippait. Laisse-moi, je te dis !

— Arrête, maintenant ! a crié Rose-Aimée, furibarde. Tais-toi !

Elle a fait mine de lui envoyer une claque. Octo a stoppé sa main, et sans cesser de nager, il s'est mis à rire.

— Tu m'as jamais giflé ! C'est pas aujourd'hui que tu vas commencer !

— Je te gifle si je veux, mon bonhomme ! Je te signale que je suis ta mère !

— Essaie un peu ! l'a défiée Octo.

En trois brasses amples, il s'est éloigné d'elle, et Rose-Aimée n'a pas essayé de le poursuivre. Essoufflée, elle s'est mise à rire, elle aussi.

— Eh bien ! On peut dire que ça réveille ! a-t-elle dit en nous regardant, Orion et moi. Vous devriez essayer ! Elle est super bonne !

— Oui, venez, c'est génial ! s'est amusé Octo en tapant la surface du lac avec le plat de la main.

Orion m'a regardée. Il m'a souri en disant :

– Le dernier à l'eau est une poule mouillée !

Il a ôté les chaussures de vélo qu'il n'avait pas quittées depuis la veille, moi mes ballerines, et nos mains se sont attrapées.

— À la une ! À la deux ! À la trois ! a compté Orion.

Nous nous sommes élancés ensemble, tout habillés, dans l'eau rafraîchie par l'orage, en poussant des cris aigus.

Près du bord, le lac n'était pas trop profond. Nous sentions la vase sous nos orteils et l'eau douce qui plaquait nos vêtements sur nos torses. Après la nuit blanche, cette baignade ressemblait à une bénédiction.

J'ai nagé un moment avec Octo et Rose-Aimée, tandis qu'Orion barbotait, accroché d'une main aux pilotis de la terrasse.

Quand nous avons jugé bon de remonter sur la

rive, la fatigue s'était diluée, nous avions faim, et la crise d'Octo était passée. C'était la première fois qu'il en venait à bout sans l'aide de son médicament.

— Comment vous m'avez trouvé ? a-t-il voulu savoir, assis dans l'herbe, le nez au soleil.

— Héroïque, ai-je dit.

— Stupide ! a ronchonné Rose-Aimée.

— On aurait dit l'incroyable Hulk, a ajouté Orion.

Il a imité l'acteur du feuilleton quand il faisait sauter les boutons de sa chemise.

Ça nous a fait rire.

— Sauf que moi, je ne me suis pas transformé en monstre vert ! a signalé Octo.

— C'est ce que tu crois ! ai-je dit en retirant une algue de la même couleur qui s'était collée dans son dos.

Nous sommes restés là un bon moment, le sourire aux lèvres, dans le calme familier du paysage, le temps pour nos cœurs de battre un peu moins fort, un peu moins vite. Et puis, fatalement, la parenthèse de bonheur s'est refermée.

— J'ignore si Pietro est encore en vie, a dit Rose-Aimée. J'ignore si les gendarmes sont allés jusqu'à la ferme. Mais une chose est certaine : votre père n'est pas le seul à connaître l'existence de l'argent et je crois que ses amis n'apprécieront pas beaucoup la plaisanterie.

Elle s'est essuyé le visage.

— Un jour ou l'autre, ils vont se mettre à ma recherche. Ils trouveront l'adresse de l'appartement. Ils y sont déjà peut-être...

J'ai senti un frisson parcourir mon corps, de haut en bas.

— Pietro n'a jamais fréquenté des enfants de chœur, a continué Rose-Aimée. C'est un risque que j'ai pris, à moi de l'assumer. Le problème, c'est que s'ils me trouvent, ils vous trouveront aussi, et ce risque-là, je refuse de vous le faire porter. Il va falloir brouiller les pistes. Et pour ça, je n'ai qu'une seule solution : couper les liens le temps qu'il faudra. Vous comprenez ce que je veux dire ?

Nous nous sommes regardés, mes frères et moi. Nous n'avons pas répondu. Je suppose qu'en chacun de nous se déchaînait une tempête de questions et d'émotions indicibles.

— Voilà ce que je vous propose, a dit Rose-Aimée, qui n'avait cessé de réfléchir depuis qu'elle avait quitté la ferme. Sur les dix millions de francs, je garde un million pour moi et je pars. Dès maintenant, très loin d'ici. Il vous reste donc neuf millions. À vous partager en trois parts égales. Avec une somme aussi importante, chacun de vous peut démarrer sa vie dans les meilleures conditions. Toutes les mères du monde rêveraient de pouvoir offrir ça à leurs enfants. Enfin, je crois.

Elle faisait un effort surhumain pour parler sans trembler, mais sa voix tremblait quand même. Elle a fait une pause. Deux oiseaux, des échassiers, ont survolé le lac, au loin, avant de se poser à la surface. En les voyant, j'ai pensé que ce matin resterait gravé à tout jamais dans ma mémoire, et qu'à tout jamais, j'y associerais ces oiseaux. Deux hérons blancs.

— Vous avez seize ans passés, les garçons, a dit Rose-Aimée. C'est un peu tôt, je sais. Mais ça ira. J'ai confiance.

Orion fronçait les sourcils, perplexe, tandis qu'Octo, la tête dans les épaules, donnait l'impression d'observer les brins d'herbe entre ses jambes. En vérité, ça se voyait qu'il tentait de cacher ses larmes.

— Eh ! s'est exclamée Rose-Aimée avec une joie forcée. Vous imaginez ce que vous allez pouvoir vous acheter avec tous ces billets ? Rappelle-moi la marque du vélo de tes rêves, chaton ?

— Un Gios-Torino, a souri Orion.

— C'est ça ! Eh bien, tu vas pouvoir t'en acheter un. Et même deux ou trois, si tu veux !

— Tu crois ?

— Bien sûr ! Et toi, Octo...

Mon frangin ne lui a pas laissé le temps de formuler sa question. Ravalant ses sanglots, il a dit :

— Un Yamaha CX5M, comme Barnabé. Mais...

— Mais quoi, mon chéri ?

Octo l'a dévisagée. Ses yeux débordaient.

— Non, rien. C'est super, maman. Vraiment super, tu as raison.

Rose-Aimée a souri en regardant le lac. Ses yeux débordaient aussi, maintenant. Et les miens, évidemment.

— Tu te souviens du jour où tu m'as demandé si je te croyais douée pour raconter des histoires, Conso ? C'était ici, sur la terrasse.

Je m'en souvenais avec une précision cinématographique.

— Je n'ai pas changé d'avis, il faut essayer, m'a répété Rose-Aimée. Cet argent te donnera le temps nécessaire pour y arriver.

— Alors tu vas vraiment partir ? a demandé Orion, qui avait toujours un wagon de retard.

Rose-Aimée a serré les poings. Ses narines se dilataient, sa poitrine se creusait, tout son corps luttait contre le chagrin.

— Je n'ai plus le choix, chaton. C'est ça, ou bien risquer de se faire trouer la peau.

Elle s'est levée. Ses vêtements étaient trempés, et malgré le soleil qui inondait tout, elle avait froid.

— J'ai gardé le revolver, a-t-elle dit. Il est dans la boîte à gants de la Panhard.

Elle a marché vers la cabane.

— Bon, assez pleurniché, maintenant ! Je n'ai plus beaucoup de temps, et j'ai encore des tas de choses à vous dire, venez !

Mes frères et moi l'avons suivie, en file silencieuse jusqu'à l'intérieur. Là, d'une voix que la fatigue et l'urgence rendaient autoritaire, elle a expliqué :

— Pietro ne sait rien de vous, les garçons. Il ne connaît pas vos visages, ni vos prénoms. Il ignore même que vous êtes deux : jamais il ne cherchera des jumeaux. En revanche, aucun de vous ne peut garder le nom de ma famille, entendu ? Jetez tous vos papiers et débrouillez-vous pour vous en procurer d'autres.

— Comment ? a demandé Octo.

— Tout s'achète, a répondu Rose-Aimée. Quant à toi, Consolata, tu ne peux même pas garder ton

prénom. Alors puisque tu veux écrire, commence
par ça : trouve-toi un pseudo. Invente-toi une nouvelle identité. C'est compris ?

— Compris, ai-je murmuré.

Impuissants, nous avons assisté au partage des
billets : Rose-Aimée, à genoux sur le sol, en train
de compter les liasses qui lui revenaient. Puis, d'en
tapisser le fond d'une valise qu'elle avait vidée
avant d'empiler par-dessus de vieux vêtements
qu'elle conservait mais qu'elle ne mettait plus.

— Une dernière chose, a-t-elle dit. En cas d'urgence, nous devons absolument trouver un moyen
discret pour nous transmettre des messages.

— Il n'y aura pas le téléphone, là où tu vas ? lui
a demandé Orion.

— Hors de question d'utiliser le téléphone, chaton. Ce n'est pas assez discret.

— Par le courrier, alors ?

Tout en bouclant sa valise, Rose-Aimée a secoué
la tête.

— Quand on se cache, on ne laisse pas d'adresse.
On ne vit nulle part. On n'est plus personne. C'est
la règle.

— Alors quoi ? ai-je demandé. Tu as une idée ?

— Peut-être, a-t-elle souri. Attendez-moi là
deux minutes.

Elle s'est levée et elle s'est dirigée vers l'escalier.
Nous l'avons entendue fouiller dans la soupente, à
l'étage, puis elle est redescendue avec quelques-uns
de ces vieux cahiers dans lesquels Orion recopiait
les pages du catalogue, quand il était petit.

— Oooh, s'est-il exclamé. Tu les as gardés ?

— Évidemment.

Elle les a étalés sur la table avant d'en ouvrir un ou deux au hasard. Poêle à mazout, machines à coudre, pyjamas pour hommes, hamacs, pieds de parasol, couvre-lits, brouettes, matériel de pêche et niches pour chiens : à chaque page, les dessins et les descriptifs nous arrachaient des exclamations attendries.

— Mais pourquoi tu nous montres tout ça? a demandé Octo qui ne voyait pas de rapport avec la situation.

Rose-Aimée a sorti de la pile le cahier à la couverture verte.

— Orion ne se contentait pas de recopier le catalogue, a-t-elle dit. Tu te souviens, mon chou?

Orion lui a fait signe que oui, et Rose-Aimée a feuilleté devant nous le cahier vert rempli de dessins farfelus, d'objets inventés de toutes pièces et de notices sans queue ni tête.

— C'est en me rappelant les inventions d'Orion que j'ai eu l'idée.

Nous avons écouté ses explications. Il s'agissait de nous mettre d'accord sur un système de messages codés qui nous permettrait de nous transmettre les nouvelles importantes via les rubriques de petites annonces dans les journaux. C'était assez simple, il suffisait de savoir rédiger quelques lignes en style télégraphique, et de les accompagner si besoin d'une photo ou d'un dessin. Par la suite, c'est ce que nous avons appelé le « système Orion ».

— C'est pigé pour tout le monde? a-t-elle demandé.

— Pigé, ont souri mes frères.

— Pigé, ai-je confirmé.

Après ça, Rose-Aimée s'est changée, et tout s'est passé très vite. Elle a serré Orion et Octo dans ses bras. Puis, comme quand ils étaient petits et qu'elle arrachait d'un coup sec les pansements collés à leurs genoux écorchés, elle s'est arrachée à eux.

— Consolata va me conduire jusqu'à la gare avec la Panhard, a-t-elle dit. Je ne veux pas que vous veniez, ce serait trop douloureux. Je laisse la voiture à votre sœur. Restez ici tous les trois, tant que vous le voudrez. C'est votre refuge, ne l'oubliez pas. Et quand vous serez prêts, partez chacun de votre côté. Ne prenez aucun risque.

Nous avons hoché la tête, comprenant enfin pourquoi elle nous avait fait prêter serment la première fois que nous étions venus ici.

— Tu reviendras quand ? a demandé Orion avec ses grands yeux inquiets.

— Quand il n'y aura plus de danger, chaton.

— Quand il n'y aura plus de péril ? a tenu à vérifier Orion.

— Exactement.

— Après les vacances ?

— Non, plus tard. Beaucoup plus tard.

Elle lui a pincé la joue.

— Si tu retournes chez Vadim, ne lui parle pas de l'argent, ni de moi, d'accord ? Il comprendra. Il ne te posera pas de question.

— D'accord, a dit Orion.

Rose-Aimée a soulevé la valise. Elle tenait à peine sur ses jambes. J'ai dit :

— Allons-y.

Mes frères sont sortis sur la terrasse pour nous
regarder traverser le terre-plein jusqu'à la voiture.
Rose-Aimée m'a laissé la place du conducteur, et
elle s'est assise, raide comme une morte, à la place
du passager.

— Démarre vite, s'il te plaît.

Ma jambe tremblait sur l'embrayage. J'ai calé
deux fois avant de réussir à passer la marche arrière
pour faire ma manœuvre, puis, j'ai baissé la vitre
et j'ai crié à mes frangins :

— Je reviens tout à l'heure ! Juré craché, je
reviens !

Ils m'ont fait signe avec leurs mains, et j'ai
engagé la Panhard sur la piste cabossée, sans regarder dans le rétroviseur. À côté de moi, la tête sur
sa valise, Rose-Aimée fermait les yeux. Des larmes
barbouillaient ses joues.

Une heure plus tard, nous étions parvenues dans
la vallée, devant cette gare minuscule et déserte où
j'ai dit adieu à mon tour à Rose-Aimée. Elle m'a
serrée si fort que j'en ai gardé des bleus sur les bras
pendant des jours.

J'avais vingt ans, presque vingt et un, et sans
savoir si je la retrouverais jamais, j'ai vu ma mère
tourner le dos pour s'en aller, avec sa valise, vers
une destination inconnue.

En revenant de la gare, malgré mon hébétude,
j'ai eu la présence d'esprit de m'arrêter dans une
petite épicerie des environs pour faire des provisions. Quand je suis arrivée à la caisse avec mon

panier rempli de pâtes, de laitages, de biscuits, de plaques de chocolat et de boissons sucrées, j'ai tâté les poches de mon pantalon, et je me suis mise à rire toute seule. D'abord discrètement, puis de plus en plus fort, jusqu'à en avoir les larmes aux yeux. Les autres clients m'ont dévisagée sans comprendre la raison de mon fou rire. Je ne pouvais pas leur expliquer que malgré la montagne de billets dont je disposais, je me trouvais pour l'instant à court de liquide !

Avec gentillesse et parce qu'il me connaissait, le responsable du magasin m'a fait crédit. J'ai promis de revenir payer au plus vite, et je suis repartie avec mes courses bien calées à l'arrière de la Panhard, me disant qu'au moins, dans notre malheur, nous ne risquions pas de mourir de faim.

Les jours suivants se sont écoulés avec une lenteur insupportable. Le temps semblait pris dans une sorte de glu. Il faisait chaud, les mouches étaient énervées, le lac clapotait, mais aucun de nous n'avait le cœur à se baigner ou à prendre la barque pour aller jusqu'à l'îlot. Orion n'avait même pas la force de partir faire un tour à vélo. Nous dormions beaucoup. Le sommeil nous protégeait de la réalité et des décisions que nous avions à prendre.

Parfois, Orion nous demandait :

— Où est-ce qu'elle est, maintenant, d'après vous ?

En quelques jours, avec un train et un avion, on pouvait aller loin. Je disais :

— Peut-être à Tokyo ? Ou à Rio de Janeiro ?

Octo avait d'autres idées :

— Si j'étais elle, moi j'irais à Woodstock. Ou alors à Berlin-Est.

Orion avait déniché un vieil atlas sur lequel il passait des heures à s'imaginer le refuge idéal de Rose-Aimée. Le monde ne manquait pas d'endroits bizarres et reculés. Il énumérait des noms de villes, de pays, de régions dont je n'avais jamais entendu parler : Saskatchewan, Orénoque, Yucatán, Gaozhou, les îles Perhentian ou le désert de Tanami. Comme toujours, il nous fatiguait avec ses listes, mais nous n'avions pas le courage de l'arrêter et nous supportions tant bien que mal sa nouvelle manie.

Nous mangions le chocolat, les pâtes et les biscuits, à n'importe quelle heure, dans n'importe quel ordre, en rêvant du jour où Rose-Aimée reviendrait pour nous faire des tartines thon-tomate et un potage au tapioca.

Nous étions obsédés par la présence des valises stockées sous l'escalier. Qu'allions-nous faire de ces millions ? Rose-Aimée avait tenté de nous convaincre que c'était un magnifique cadeau, pourtant aucun de nous trois n'arrivait à s'en réjouir. Car une autre question, plus délicate encore, supplantait la première. Qu'allions-nous faire de nos vies maintenant que nous savions qui nous étions : les héritiers d'un braqueur de banques et de bars-tabacs, les enfants d'un terroriste camé jusqu'aux yeux ?

Le troisième jour, je me suis soudain rappelé la dette que j'avais auprès du responsable de l'épicerie. Comme je n'en pouvais plus de rester là sans rien faire, j'ai prélevé un billet de cent francs dans la valise qui m'était destinée, j'ai pris la Panhard, et je suis retournée au village.

Je me suis garée près du marché couvert. En passant devant la maison de la presse, je suis tombée en arrêt devant la une du journal local placardée sur la vitrine. Le titre disait : « Fin de cavale pour Pasini » et en dessous, on pouvait lire « Un appel anonyme permet l'arrestation du terroriste. Le dénonciateur est recherché ». Les mains moites, je suis entrée dans la boutique pour acheter un exemplaire de tous les quotidiens que j'ai pu trouver.

De retour à la cabane, j'ai poussé les saletés accumulées sur la table, et j'ai étalé les journaux en disant à mes frères :

— On se partage la lecture. Dès que ça parle de lui, on découpe et on met de côté.

« Lui » était la seule façon acceptable pour moi de désigner Pietro.

Au bout d'une heure ou deux, nous avions notre récolte d'articles. Certains étaient très brefs (six lignes dans *Le Monde*), d'autres beaucoup plus longs (une page complète dans *La République du Centre*), mais tous étaient accompagnés de la même photo, si bien que nous avons découvert pour la première fois le visage de notre père sur une sorte de cliché anthropométrique. C'était sinistre. Aucun de nous n'a cherché à y voir un air de famille, mais il était évident que les jumeaux avaient hérité de ses lèvres bien dessinées et de son large front.

Tous les articles s'accordaient sur un point

essentiel : bien que blessé à la tête, le Maestro n'était pas mort. Il avait été conduit à l'hôpital sous bonne escorte. Il allait être soigné avant d'être écroué.

C'est dans le papier de *La République du Centre* que nous avons obtenu le plus de détails. Le journaliste, qui s'était rendu sur les lieux après l'arrestation de Pietro, racontait qu'il avait mené son enquête dans les bourgs situés aux alentours de la ferme. D'après lui, plusieurs témoins avaient signalé à la police le passage, sur ces routes peu fréquentées, d'une curieuse voiture bleu ciel. « Une Panhard PL17, dans une version utilitaire des années 50 », jurait même un habitant du coin, en sa qualité d'ancien garagiste. « Vous pensez bien que je l'ai remarquée ! Des modèles comme ça, on n'en voit plus ! Et puis, ces engins pétaradent tellement fort qu'on les entend arriver à dix kilomètres ! » C'était peut-être sans rapport avec l'enquête, mais d'après le journaliste, la police avait lancé un avis de recherche pour retrouver l'étonnant véhicule et son conducteur.

Après avoir lu ça, mes frères et moi sommes sortis sur la terrasse.

La Panhard était sagement garée à sa place, sur le terre-plein. Nous la connaissions depuis toujours. Depuis toujours, elle nous avait conduits sans faillir, de Saint-Sauveur au camping de Saint-Jean-des-Sables, de la maison de Vadim à Montchatel, et de Montchatel à notre cabane. C'était notre deuxième maison, notre fidèle véhicule de compagnie. Et voilà qu'à cause d'un garagiste savant, elle devenait une menace.

— Qu'est-ce qu'on va en faire? m'a demandé Octo.

Il avait le souffle rauque. Il a inhalé quelques bouffées de Ventoline.

— On n'a pas tellement le choix, ai-je répondu.

— On la cache dans les bois, a suggéré Orion.

— C'est ça! a dit Octo. Sous un gros tas de branches!

— Non, ai-je soupiré. Trop risqué.

— Alors quoi? a dit Orion, les larmes aux yeux.

J'étais l'aînée, et j'étais la seule à savoir conduire, alors j'ai considéré que la décision me revenait.

Le lendemain, jour du 14 Juillet, sous les regards consternés de mes frères, j'ai démarré la Panhard. Je suis remontée en marche arrière, le long du chemin forestier. Une fois dans la pente, j'ai coupé le moteur, j'ai tiré le frein à main, et j'ai coincé le volant avec une planche en espérant que ça tienne. Puis, portière ouverte, j'ai retiré le frein à main. La voiture a commencé à glisser le long de la pente, bien dans l'axe. Avant qu'elle prenne trop de vitesse, j'ai sauté en marche. Je me suis tordu la cheville dans une ornière, mais j'ai ignoré la douleur. J'ai couru, couru comme une dératée derrière la Panhard, tandis qu'elle filait tout droit avec sa portière qui bâillait à l'avant, et que toute mon enfance se débinait pour de bon.

J'avais bien calculé l'itinéraire.

Quand elle est arrivée au bord du lac, elle avait suffisamment accéléré pour faire le grand saut. De là où j'étais, j'ai vu son nez s'envoler, puis basculer, tandis qu'à l'arrière, les deux hublots me jetaient un ultime regard, triste et lourd de reproches.

Sans grand bruit, mais en faisant beaucoup de bulles, notre Panhard a sombré dans le lac, noyant avec elle tous nos souvenirs, et le pistolet de Pietro qui était resté dans la boîte à gants.

Chapitre 29

Samedi
5:40

Nine et Titania se tiennent côte à côte, debout devant la baie vitrée, les yeux rétrécis, brûlants de fatigue. En l'espace d'une heure, elles ont vu le ciel pâlir, les étoiles s'estomper, puis disparaître.

— Regarde, murmure Titania. Sur la rive d'en face, il y a un endroit où les sapins s'écartent. Tu le vois ? En été, le soleil se lève pile là. On dirait que les arbres lui font une haie d'honneur.

Pour l'instant, le soleil n'a pas encore franchi l'horizon mais une clarté diffuse annonce sa venue. Titania fait coulisser la vitre et prend Nine par la main pour sortir.

— C'est l'heure magique, viens.

Un air léger flotte sur la terrasse. Les crapauds et les grenouilles se sont endormis, un oiseau chante, l'eau du lac est lisse comme un miroir, et il n'y a plus un seul clapotis. Tout semble fragile et transparent.

Au fond d'elle, Titania sent grandir un mélange de joie et de crainte. Dans quelques heures, si tout va bien, les personnages de son récit seront de nouveau réunis à l'endroit même où ils se sont dit adieu, voilà presque trente ans. Elle espère ce moment autant qu'elle le redoute.

— Dire que la Panhard est là, quelque part sous la surface… Tu te souviens où elle a coulé, exactement ? demande Nine d'une voix enrouée par la fatigue.

Titania lève le bras pour désigner un point près de la rive, mais au même moment il se produit comme une étincelle à l'horizon. On dirait que quelqu'un craque une allumette ; les sapins s'embrasent, le lac s'illumine, et l'orbe incandescent du soleil apparaît.

Éblouies, Nine et Titania ferment les yeux.

Un bruissement d'ailes froisse le silence, un souffle vient rider la surface de l'eau, et elles reçoivent sur leurs visages épuisés le baiser déjà chaud de cette journée d'été qui commence.

Après un long silence, Titania demande :

— Tu n'as pas faim ?

— Si. Je mangerais un ours.

— Des croissants industriels, ça irait ?

Nine rouvre les yeux et regarde sa mère. La Fée du suspense bâille, s'étire, puis sourit avec satisfaction.

— Tu trouveras un sac dans le coffre de la voiture. J'ai fait des courses avant de partir. Tu sais bien que j'ai horreur de sauter le petit déjeuner !

En quelques enjambées rapides, Nine traverse la terrasse, dégringole les marches, foule l'herbe humide du terre-plein et se retrouve devant l'Opel. Elle pose sa main sur la carrosserie cabossée et

ouvre le coffre, songeant que cette vieille bagnole,
si démodée, si moche soit-elle, fait partie de sa vie
depuis toujours. À son bord, elle a traversé des
paysages, elle a rêvé, dormi, chanté, boudé, pleuré,
ri aux éclats. C'est sa Panhard à elle.

— Je retire ce que j'ai dit hier soir ! lance-t-elle
à sa mère en rapportant le sac du petit déjeuner.
Ce n'est pas la peine d'acheter une autre voiture.

— Ah oui ? s'étonne Titania. Je croyais qu'elle
te mettait la honte ?

— Bah, fait Nine, c'est surtout quand j'étais au
collège que j'avais honte. J'avais peur de ce que
les autres pouvaient penser. Maintenant, je m'en
moque. Ce n'est pas si important.

Elles retournent toutes les deux dans la cabane,
laissant la baie grande ouverte sur le lac.

— Tu as raison, bichette. On s'en fiche complètement de ce que pensent les autres. Ce qui est
important…

Titania déballe les provisions et pose sur la table
ce qu'elle a acheté à la supérette de la rue Didot :
un paquet de céréales et une bouteille de lait, un
lot de croissants dans une boîte en plastique, un
pot de confiture (abricots, bien sûr), du miel, du
chocolat en poudre et une boîte de café soluble à
la chicorée.

— Ce qui est important, c'est d'avoir le ventre
plein !

Nine approuve avant de désigner le pot de confiture.

— J'aurais quand même préféré les abricots de
Mouni.

— Moi aussi ! rit Titania. On lui demandera de nous en faire lorsqu'on descendra dans le Sud, d'accord ?

Pendant que Titania met le lait à chauffer dans une casserole et qu'elle rince les bols, la jeune fille reste appuyée contre le montant de la fenêtre. Elle s'est rarement sentie dans cet état : aussi bien et aussi mal. Elle se demande quelle tête elle peut avoir. Une tête de déterrée, sans doute, affreuse, avec des poches sous les yeux. Elle pense à Octo, à Orion, à Rose-Aimée. Que vont-ils penser d'elle ? Si au moins elle pouvait monter prendre une douche !

Croyant tout à coup entendre un moteur, elle sursaute et tend l'oreille, mais ce ne sont que les premiers insectes qui bourdonnent déjà au milieu des roseaux. Elle soupire et contemple le lac qui reprend sa vie diurne dans les reflets du levant.

— Tu avais raison, dit-elle. J'ai vraiment cru que le jour n'allait jamais revenir.

— Mais tu vois, il est revenu ! lance joyeusement Titania depuis la cuisine.

— Oui, murmure Nine pour elle-même. Et l'aube est grandiose.

Dans quelques jours, ce sera son anniversaire. Seize ans. Doit-elle comprendre que d'une certaine façon, sa mère vient de lui offrir son cadeau avec un peu d'avance ?

— Tu te souviens de la surprise que tu m'avais faite, l'an dernier, pour mon anniversaire ? demande-t-elle en se tournant vers la cuisine.

Titania tressaille légèrement. Comment oublier un tel cadeau ?

— C'était vraiment super ! enchaîne Nine.

Sans rien dire, le soir de ses quinze ans, Titania l'avait conduite jusqu'au parc de la Villette. À la sortie du métro, une foule énorme convergeait vers les pelouses, et quand Nine avait compris qu'elle faisait partie de cette foule, son cœur s'était emballé. Elle n'en revenait pas : sa mère, si égoïste et désinvolte, avait réussi à décrocher deux billets pour le concert de Sign of the Brother, le meilleur groupe électro de ces dernières années ! Pendant toute la soirée, elle avait pu épater ses amis en postant des selfies pris au pied de la scène. Izel et Arthur étaient comme des fous : derrière elle, on voyait nettement le leader du groupe dans son fameux costume. La grande classe.

— Pourquoi tu penses à ça d'un seul coup ? lui demande Titania.

— Parce que cette année, ton cadeau est encore plus dingue : une famille complète. On peut dire que tu t'es surpassée !

Titania Karelman retire la casserole du feu avant de revenir vers la table pour verser le lait chaud dans les bols.

— Je dois t'avouer que ce n'était pas calculé, soupire-t-elle. Mais contente que tu prennes ça comme un cadeau…

Elle dépose la casserole sur le dessous-de-plat en fonte, dévisse le couvercle du pot de confiture, puis elles prennent place toutes les deux autour du petit déjeuner.

— Vingt ans au moins que je n'avais pas fait de

nuit blanche! s'exclame Titania en se jetant sur le premier croissant.

— Moi, c'est la première, sourit Nine qui n'aurait pas parié vivre cette expérience en compagnie de sa mère.

Son croissant avalé, elle reprend :

— Finalement, tes frères avaient mon âge quand Rose-Aimée vous a laissés.

— Seize ans et demi, oui.

Pensive, la jeune fille dévore un deuxième croissant. Avec ses copines, parfois, elles parlent de ce qu'elles feraient si leurs parents disparaissaient. Elles s'imaginent, seules dans leurs appartements vides, sans personne pour leur dire de faire ci, de faire ça, aucun adulte pour les empêcher de vivre comme elles l'entendent. Mais bien sûr, ce n'est qu'un fantasme. Un jeu.

— Alors qu'est-ce que vous avez fait, après ?

— Après avoir coulé la Panhard, tu veux dire ?

— Oui.

Titania souffle sur son bol de café. Elle ouvre un autre croissant en deux, le fourre de confiture d'abricots, et mord dedans. Elle a besoin de carburant pour continuer son histoire.

Chapitre 30

1986

Le matin du 15 juillet, j'ai trouvé Orion, vêtu
son maillot et de son cuissard, en train de brid
l'Helyett sur le terre-plein. Il avait posé l'en
l'envers, le guidon et la selle à plat sur une
verture. Selon une habitude que je lui conn
bien, il vérifiait l'état de ses boyaux millime
millimètre. La mallette à outils était ouve
de lui, avec ses démonte-pneus, ses clés
pignons, ses embouts.

— Tu vas faire un tour? ai-je demand
rant au soleil.

Mon frère n'a pas répondu tout de
resté penché sur le vélo dans l'attitud
d'un chirurgien en train de sauver u
a désigné un vieux porte-bagages
l'herbe, et j'ai compris qu'il ne s'
partir pour un banal entraînemen

Je me suis assise sur les marches
soudain cent ans, et j'ai assisté e
de ses minutieux préparatifs.

Lorsqu'il a eu solidement fixé l

à la tige de selle, Orion a soulevé l'Helyett pour le remettre d'aplomb.

— Tu veux bien me le tenir, Conso ?

Les jambes tremblantes, je suis descendue

...u'au terre-plein. J'ai senti les brins d'herbe

...e humides de rosée sous la plante de mes

...Ma gorge, en revanche, était plus sèche que

...de Tanami.

...que je tenais son vélo, mon frère est

...ns la cabane. Je savais qu'il allait en

...a valise, et j'ai fermé les yeux comme

...er ce moment d'advenir. Autour de

...es bois continuaient de clapoter, de

...donner ; j'avais beau serrer plus fort

...'avais beau crisper mes poings sur

...pouvais rien, le monde continuait

...mps passait quand même.

...peux lâcher, m'a dit Orion de

...ux. Il a coincé la roue arrière

...à l'aide de deux tendeurs, il

...a valise au porte-bagages.

...'a-t-il informé.

la f...

dans... paquet de barquettes à

— ...'ai toujours une fringale

J'ai ...es.

centai... n rachèterai.

la frais... désormais acheter des

ce que ...quets de barquettes à

...i d'autre, y compris

...'acheter au prétexte

que c'était trop cher, trop sucré, trop ceci ou trop cela – car plus personne ne prendrait de décision à ma place. Ça m'a flanqué une sorte de vertige.

— Tu sais où aller?

— Oui, a dit Orion en faisant claquer le deuxième tendeur.

Je ne lui ai pas demandé s'il comptait retourner chez Vadim, à Saint-Sauveur. J'ai fait trois pas en arrière pour englober la scène du regard et j'ai compris qu'il était prêt.

— Je vais réveiller Octo.

— Non, laisse-le dormir. On s'est dit au revoir hier soir. C'est mieux comme ça.

Pendant que j'essayais vainement d'avaler ma salive, mon frangin a enfourché la selle de son Helyett.

— Tu as remarqué? m'a-t-il demandé.

Glissant ses chaussures dans les cale-pieds, il a appuyé sur les pédales et il s'est mis à rouler dans l'herbe autour de moi.

— Non. Remarqué quoi?

— Tu vois bien! s'est-il écrié, rayonnant. Le réglage est vraiment parfait!

Tout à sa joie, Orion n'a pas vu mes larmes, et ça aussi, c'était mieux comme ça. Il a fait un dernier tour en riant, puis il s'est élancé vers le chemin. Sans se retourner, il a levé la main.

— À bientôt, Conso! a-t-il crié. On se retrouvera! Promis!

— Quand? ai-je crié à mon tour.

— Bientôt!

Pieds nus dans l'herbe, je l'ai regardé grimper le

raidillon. Il s'était mis en danseuse et il progressait avec prudence, sûrement davantage concentré sur les ornières ou les silex du chemin que sur la peine que lui causait notre séparation. Je l'ai envié pour cela.

— Il a de l'allure, hein ? a dit la voix d'Octo dans mon dos.

J'ai sursauté, et je me suis retournée. Mon autre frère se tenait sur la terrasse, vêtu de son jean et de son T-shirt de Depeche Mode déchiré à la manche. Sa valise était posée à ses pieds.

— Tu pars aussi ? Déjà ?

— Oui.

J'étais décomposée. J'ai regardé les arbres, cherchant dans leur présence un point fixe et solide auquel me raccrocher.

Certes, depuis que j'avais laissé Rose-Aimée à la gare, je savais moi aussi ce que j'allais faire – j'allais prendre un train pour monter à Paris et rejoindre enfin mon amie Flo –, mais avant, j'avais espéré quelques jours supplémentaires ici, avec mes frères. Des vacances, une transition entre l'avant et l'après. Entre ma vie avec et ma vie sans eux. Mais les jumeaux en avaient décidé autrement. Comme Rose-Aimée, ils adoptaient la stratégie du sparadrap qu'on arrache d'un coup sec.

Octo a empoigné sa valise et il a dévalé les marches jusqu'à moi.

L'air de rien, j'ai dit :

— Si par hasard tu revois Barnabé, embrasse-le de ma part, d'accord ?

Mon frère a promis.

— N'oublie pas de remettre les clés dans la boîte, a-t-il ajouté en désignant la cachette sous la latte de la terrasse.

Nous faisions semblant de croire que l'instant n'avait rien d'exceptionnel, comme si nous allions nous revoir très vite. Le soir même, par exemple.

Octo s'est penché pour déposer un baiser sur ma joue.

— Si j'étais toi, je ne resterais pas trop long-temps ici, toute seule.

— Et moi, si j'étais toi, je filerais sans attendre.

— On se reverra bientôt, de toute façon.

— Bien sûr.

Et c'est ainsi qu'en l'espace d'un quart d'heure, j'ai assisté au départ de chacun des jumeaux, l'un sur son vélo, l'autre à pied, cramponné à sa valise comme à une bouée au milieu de l'océan.

Je ne suis partie que le lendemain matin après avoir consciencieusement vidé les poubelles et net-toyé la cuisine à cause des fourmis, et pour que tout soit en ordre lorsque l'un de nous reviendrait.

J'ai fermé la porte à double tour, placé comme convenu la clé dans la boîte, et j'ai emprunté le chemin pour remonter vers la départementale.

Le temps virait à l'orage et l'air était aussi lourd que la valise pendue à mon bras. J'ai marché plu-sieurs kilomètres sur le bitume collant sans croiser âme qui vive, jusqu'à ce qu'un tracteur surgisse à une intersection. Le paysan a penché sa trogne parcheminée à la fenêtre de sa cabine.

— Tu montes ou tu as l'intention de mourir de soif avant d'arriver au village ?

Quand je me suis assise sur la banquette à côté de lui, j'avais des papillons dans les yeux et j'étais pivoine, le front en nage. Il m'a tendu une gourde en peau de chèvre. L'eau était tiède avec un goût bizarre, mais j'avais tellement soif que j'aurais bu du jus de chaussette.

— Et où est-ce que tu vas donc, comme ça, toute seule, avec ce machin ?

Tout en conduisant, il me jetait des regards en biais. Une jeune fille de mon âge, normalement, ça portait plutôt un sac à dos. Moi, j'avais les deux mains cimentées à la poignée de cette fichue valise en vinyle expansé tout droit sortie des pages du catalogue 1975, ça paraissait anachronique.

— Tu fais pas une fugue, au moins ?

Je l'ai rassuré en lui disant que j'étais majeure et vaccinée, et que je rentrais chez ma mère, à Montchatel.

— Une dispute avec mon père, ai-je inventé pour qu'il me fiche la paix.

Le type a soupiré en plaignant les gosses de l'époque moderne, dont les parents n'arrêtaient pas de divorcer.

— De mon temps, quand tu te mariais, c'était pour la vie. Et si ça ne te plaisait plus, eh ben, tant pis. Tu rongeais ton frein en attendant que l'autre veuille bien calancher pour profiter un peu de ton veuvage !

Je l'ai écouté philosopher jusqu'au village, et il m'a laissée sur la place en m'indiquant l'endroit où j'allais pouvoir attendre le car.

J'ai attendu le car. Je suis montée dedans, j'en

suis redescendue devant la petite gare où j'avais conduit Rose-Aimée et de là, j'ai pris un train vers la capitale.

Il était onze heures du soir quand j'ai débarqué sur un quai lugubre, gare d'Austerlitz. Je n'avais jamais mis les pieds à Paris, ça sentait le diesel et l'eau croupie, et personne ne m'attendait.

Dans la première cabine téléphonique que j'ai trouvée, j'ai composé le numéro de Flo en priant pour qu'elle soit chez elle.

Il y a eu plusieurs sonneries dans le vide et mon cœur s'est mis à taper fort dans ma poitrine. Quand elle a enfin décroché, j'ai éclaté en sanglots.

Chapitre 31

Samedi
6:00

Dans la première version de l'histoire (la seule
que Nine connaissait jusque-là), Titania débar-
quait à Paris peu après l'enterrement de ses
parents et trouvait en effet refuge chez Flo, rue
de la Gaîté. Nine avait retenu le nom de la rue
car chaque fois que sa mère lui en avait parlé,
elle avait ajouté que c'était «l'adresse idéale pour
recueillir quelqu'un de triste». Une invention
d'écrivain, évidemment.

— Pas du tout, bichette! Flo habitait réellement
rue de la Gaîté! Ça, c'est le genre de détail qui ne
s'invente pas.

— Admettons, soupire Nine avec circonspec-
tion. Et c'est vraiment grâce à elle que tu as rencontré papa?

Titania rebouche le pot de confiture, la bouteille
de lait et commence à débarrasser la table.

— Non, pas tout à fait. Quand j'ai rencontré
ton père, Flo et moi nous étions perdues de vue
depuis des années.

Nine secoue la tête, désabusée. Au point où on

en est, un mensonge de plus ou de moins, qu'est-ce que ça peut bien faire ?

— Et comment tu l'as rencontré, alors ?

— Tu n'as plus faim ?

— Non, c'est bon. Comment tu as rencontré papa ?

La table étant couverte de miettes, Titania se lève pour aller chercher l'éponge posée sur l'évier. Certes, elle a promis la vérité à Nine. Mais jusqu'où ? Doit-elle, au nom d'une honnêteté absolue, lui expliquer qu'à cette époque elle couchait avec n'importe qui ? Et que son père était le meilleur ami d'un autre de ses amants ? Elle juge que non.

— Grâce à un ami que tu ne connais pas, bichette. Franchement, ça n'a aucune importance.

— Mais si tu m'as menti sur toute la ligne, ça veut dire que tu m'as aussi menti sur les raisons de votre séparation, non ?

Titania suspend l'éponge quelques centimètres au-dessus de la table. Elle hésite. Elle regarde sa fille avant d'approuver d'un signe de la tête.

— Ah tu vois ! s'écrie Nine, sans parvenir à réprimer un trémolo.

Quand elle était petite, elle s'imaginait toujours que sans elle, ses parents auraient pu continuer de s'aimer. Elle se voyait en intruse, en fauteuse de troubles.

— Alors c'est ça ? C'est ce que je croyais ? C'est à cause de moi que vous vous êtes séparés ?

— Non. Ta naissance n'a rien à voir avec cette décision, je te l'ai déjà dit, et c'est la vérité. Je te le jure, Nine.

— Mais à cause de quoi, alors ?

— À cause de l'argent.

Le menton de Nine cesse de trembler. Elle sent
que sa mère vient de parler avec sincérité. Pourtant, elle ne comprend pas. En quoi l'argent (beaucoup d'argent) serait-il un obstacle à l'amour ?

— Je vais tout t'expliquer, dit Titania en abandonnant l'éponge pleine de miettes au milieu de
la table. Mais il y a d'abord tellement d'autres…
Ce que je veux dire, c'est que tout est lié, tu comprends ? Alors si je saute des épisodes, tu ne vas
pas…

— D'accord, d'accord ! concède Nine en levant
la main pour mettre fin aux justifications de sa
mère. Raconte à ta façon. J'arrête de te poser des
questions. Je t'écoute.

Titania reprend sa place sur la chaise.

Dehors, il fait maintenant grand jour et il lui
reste à peine deux heures pour résumer à Nine les
onze années suivantes. Même si elle n'aime pas
ça, il va falloir qu'elle accélère, qu'elle synthétise,
elle n'a plus le choix. De toute façon, après ce
fameux 15 juillet 1986, la vie de ses frères s'est
déroulée loin d'elle. Le peu qu'elle en sait, elle l'a
reconstitué à partir de ce qu'ils lui ont raconté,
lorsqu'ils se retrouvaient – deux ou trois fois par
an – à la cabane. Pendant ces courtes parenthèses,
ils faisaient abstraction du reste du monde, comme
autrefois, à l'époque des vacances de Robinson. Ils
parlaient beaucoup, ils se remémoraient des souvenirs d'enfance, et lorsque le temps s'y prêtait,
ils se baignaient. Ou bien ils sortaient la barque

pour aller jusqu'à l'îlot. Quand ils se quittaient, c'était toujours sur la promesse de se revoir bientôt. Du moins, jusqu'à ce rendez-vous du mois de novembre, il y a dix-huit ans, sept mois et vingt jours.

« Mais n'allons pas trop vite », se réfrène Titania.

Elle reprend là où elle en était :

— Comme je l'avais supposé, Octo s'était débrouillé pour retourner à Montchatel. Le soir du 15 juillet, un routier l'avait lâché avec sa valise sur la rocade extérieure, et il avait fait le reste du trajet à pied, jusqu'à la boutique de Barnabé.

Chapitre 32

1986

Lorsqu'il était arrivé, le rideau métallique était baissé, mais il y avait encore de la lumière qui filtrait dessous. Rien que d'imaginer son ami dans l'arrière-boutique, avec ses platines Akaï, son Yamaha CX5M et sa bière tiède, Octo avait failli pleurer.

Il avait tambouriné comme un malade sur le rideau jusqu'à ce que la tête hirsute de Barnabé apparaisse dans l'embrasure. Mais au lieu de l'engueuler à cause du boucan, le disquaire s'était contenté de lui sourire, puis de passer sa main autour des épaules d'Octo en disant :

– Tu tombes à pic, j'allais dîner. Viens.

Mon frère avait dormi dans l'arrière-boutique de Disco Fuzz pendant tout le reste de l'été.

La journée, il roulait le matelas dans un coin, servait les clients, rangeait les nouveautés, et le soir, il redéroulait son matelas entre les piles de cartons et les guitares en réparation. C'était petit, poussiéreux et irritant pour ses bronches, mais il ne s'était jamais senti autant chez lui que dans ce petit coin où il pouvait évacuer son chagrin sans que personne y trouve à redire.

Cet été-là, Barnabé ne lui avait posé qu'une seule question. C'était un soir, alors qu'ils avaient déjà fermé la boutique.

— Est-ce que Consolata va revenir, elle aussi ?

Même s'il n'en était pas certain, Octo se doutait que j'étais montée à Paris. Alors il avait secoué la tête et Barnabé avait paru déçu, mais juste après, il avait soupiré :

— Ta sœur était trop belle pour rester dans une si petite ville, pas vrai ?

Puis il avait décapsulé une bière en ajoutant :

— Regarde ! On vient de recevoir le dernier Peter Gabriel en import. On se l'écoute ?

Mon frère avait déroulé le matelas, Barnabé avait posé le disque sur la platine, libérant les premières mesures de *Red Rain*, puis ils s'étaient allongés, et ils étaient partis, tous les deux, au fin fond du cosmos.

Un peu plus tard, Barnabé avait mis Octo en contact avec le copain d'un copain qui connaissait un copain, grâce à qui mon frère avait pu obtenir des papiers d'identité trafiqués. Rose-Aimée avait vu juste : tout s'achète. À partir de là, mon frangin était devenu Octobre D'Altret. En hommage au chanteur des Who, bien entendu.

Le 15 juillet, Orion, lui, avait foncé droit vers Saint-Sauveur. En pédalant comme Eddy Merckx sur son vélo au réglage parfait, il avait avalé la distance en l'espace de quelques heures.

Lorsqu'il était arrivé, la grille du parc était ouverte.

Il n'avait posé pied à terre qu'en bas du perron et il avait d'abord sifflé le vieux cocker :

— Pilule ? Pilule ! Allez, le chien, montre-toi !

Mais c'est Lulu qui s'était montrée la première, surgissant du vestibule en essuyant ses mains pleines d'eau de vaisselle sur son tablier.

— Ça alors ! Docteur ! Venez voir qui nous rend visite !

À son tour, Vadim était sorti de la maison. Il avait aussitôt remarqué la valise sanglée sur le porte-bagages d'Orion, et un sourire immense avait fait frémir sa moustache.

— Tu viens pour les vacances ?

Se rappelant qu'il ne devait pas trop en dire, Orion s'était contenté de hocher la tête. Pour changer de sujet, il avait brandi le dernier numéro de *La France cycliste*, où figurait le calendrier des courses estivales.

— Je veux faire le critérium des Trois Lacs ! Je suis prêt ! avait-il affirmé. Je vais tous les faire exploser !

En se penchant avec lui sur les pages du magazine, Vadim s'était aperçu qu'Orion avait coché une demi-douzaine d'autres compétitions importantes pour les prochaines semaines.

— Hmm, ambitieux programme, avait commenté le docteur en lissant sa moustache. Il te faut un entraînement sur mesure, alors. On commence dès demain ! Tu vas faire le métier à fond, mon petit ! Lulu ?

— Oui, docteur ?

— Ce gamin a besoin d'une grosse pile de crêpes !

— C'est comme si c'était fait, docteur !

Aux anges, Lulu s'était carapatée en cuisine.

Et c'est ainsi qu'Orion avait réintégré sa chambre à l'étage.

Il avait planqué sa valise au fond d'un placard en espérant l'y oublier, repris ses séances de pédalage intensif dans le pigeonnier, ses sorties sur les routes du plateau, et suivi le régime alimentaire prescrit par le docteur. En revanche, il n'avait pas trouvé Pilule sous un buisson du parc ou guettant un bifteck en cuisine, car notre vieux cocker était mort quelques semaines plus tôt, dans son sommeil.

Cet été-là, mon frère n'avait fait que quatrième au critérium des Trois Lacs. Mais le dimanche suivant, il avait remporté celui de la Vallée, et le dimanche d'après, il avait de nouveau franchi la ligne en vainqueur devant les bâtiments de la préfecture, attirant sur lui l'attention de la presse locale.

En août, les photographes l'avaient saisi quatre fois de suite, les bras levés, victorieux, dans son maillot de Montchatel. À la fin du mois, lorsqu'il avait remporté sa cinquième course, le journal du coin avait titré : « L'étoile de l'été porte le prénom d'une constellation : Orion. Retenez bien ce nom : Orion Bordes ! »

Car bien sûr, c'était sous cette identité que mon frère s'était inscrit aux courses, et Vadim n'avait pas protesté lorsqu'il avait fallu trouver quelqu'un pour trafiquer sa licence officielle.

Quant à moi, c'est pendant une balade sur les bords de Seine, chez un bouquiniste du quai de la Mégisserie, que j'avais trouvé l'autre moitié de mon pseudonyme. La couverture du livre était couleur moutarde. Il avait pour titre *Le Catalogue des objets introuvables*, et c'était une parodie de ceux que Rose-Aimée rapportait à la maison. En quelque sorte, une version plus aboutie du cahier vert d'Orion. J'en avais eu les larmes aux yeux, et j'avais aussitôt acheté le livre. L'auteur s'appelait Jacques Carelman.

Chapitre 33

Samedi
6:20

— Mais bien sûr ! Je le connais, ce livre ! Il est sur l'étagère au-dessus de ton bureau !

— Oui. Je ne m'en suis jamais séparée.

— Quand j'étais petite, je me demandais si ce type était de ta famille...

— Non, bien sûr. C'était juste un clin d'œil. Tu as dû remarquer que j'ai remplacé le C par un K.

— Et... Octobre d'Altret ? demande Nine d'une voix plus hésitante. C'est le même nom que celui du leader des Sign of the Brother ?

— Le même nom, confirme Titania. Et la même personne.

Médusée, Nine ouvre la bouche.

— Quoi ? Mais alors... Ça veut dire que le soir où tu m'as emmenée à leur concert pour mon anniversaire, tu...

— Je te l'ai dit, tout est lié, bichette.

— Tu veux dire que ton frère Octo est le fondateur des Sign of... ?

— C'est ça, sourit Titania. Et si tu réfléchis, bichette, comment s'appelle le guitariste ?

Nine repousse la table et colle brutalement son dos contre le dossier de la chaise. Depuis des mois qu'elle contemple l'affiche du groupe punaisée derrière la porte de sa chambre, elle les connaît par cœur – tous les fans d'électro les connaissent – mais elle n'avait pas fait le rapprochement.

— Barnabé, souffle-t-elle. Alors ça, c'est dingue !

Par réflexe, elle se lève pour attraper son téléphone (maintenant chargé à cent pour cent) mais pousse un soupir dépité en se rappelant soudain l'absence de réseau.

— Octo va bientôt arriver, la console Titania. Vous ferez une photo ensemble, ce sera encore mieux.

— Sauf que ça sert à rien ! Personne ne connaît son visage.

— Il viendra peut-être avec son masque ?

— Pff, mais non. N'importe quoi.

Titania admet que son frère n'a aucune raison de venir dans sa tenue de concert. Ce serait absurde, puisque s'il demeure incognito sur scène, c'est justement pour pouvoir vivre tranquille le reste du temps, à visage découvert.

— Mais si tu veux épater tes amis au lycée, je peux te raconter comment est né le look des Sign of the Brother. Parce que j'étais là quand Octo a trouvé l'idée, figure-toi.

Il y a un brin de vanité dans la voix de Titania, mais Nine ne s'en rend pas compte. Son téléphone dans la main, la jeune fille tapote l'écran. Peine perdue. Il n'y a pas une seule barre. Luttant contre une furieuse envie de ficher le camp, elle finit par se rasseoir.

— OK, dit-elle. Vas-y. Raconte toujours.

Titania reprend l'éponge et frotte la table. Quand Rose-Aimée arrivera, elle voudrait que tout soit net et propre.

Après cette nuit blanche, elle aimerait que tout soit net et propre *dans sa tête*. Et dans celle de Nine, aussi.

Chapitre 34

1986-1997

Pendant les onze années qui ont suivi ce fameux 15 juillet, Orion n'a vécu que *sur* et *pour* le vélo. L'école ? Abandonnée sans regret. Les amis ? Pas besoin. L'amour ? Celui de Vadim et l'affection de la vieille Lulu lui suffisaient. La marche du monde ? Aucun intérêt. Le bloc communiste pouvait s'écrouler, on pouvait creuser un tunnel sous la Manche, les tanks pouvaient menacer d'écraser un étudiant sur la place Tian'anmen, ça lui était égal. Les mains rivées à son guidon, mon étrange petit frère pédalait.

S'il piochait de l'argent dans sa valise, c'était uniquement pour acheter le top du matériel. Des chaussures Sidi. Des pédales Time. Des roues Campagnolo Shamal. Et bien sûr, le fameux vélo Gios Torino, sur lequel il remportait la plupart de ses courses. Pour le reste, il n'avait besoin de rien.

Il se levait à l'aurore, parlait peu, lisait les cartes, examinait en détail sa silhouette affûtée dans les miroirs, tournait les pattes, avalait les kilomètres, faisait monter son cœur, attaquait les cols, mangeait comme quatre et brûlait tout.

Peu à peu, Orion s'est mis en tête de battre un grand record. Comme Fausto Coppi, comme Jacques Anquetil, et surtout comme Eddy Merckx en 1972 à Mexico, il a décidé de s'attaquer au record de l'heure sur piste.

Le jour où il a osé avouer son rêve à Vadim, le docteur a pris un air pensif.

— Hmm, ambitieux défi ! a-t-il dit en caressant sa moustache. C'est vraiment ce que tu veux ?

— Oui.

— Alors il va falloir trouver un vélodrome pour t'entraîner. Tu as une idée ?

Les yeux brillants, mon frère a posé sous le nez de Vadim un numéro de *Miroir du cyclisme* dont il avait corné une page. On y voyait une photo plein pot de l'arrivée du Tour de France 1971 sur le mythique vélodrome du bois de Vincennes, Eddy Merckx en tête.

Alors un matin de printemps (ça devait être en 89), Vadim a accroché un panneau «Fermé pour raisons personnelles» à la porte de son cabinet, et il a rejoint Orion devant le coffre grand ouvert de son nouvel Espace. À eux deux, ils ont emmailloté le Gios dans des couvertures, puis ils l'ont calé religieusement entre des blocs de mousse avant de refermer le hayon.

— On y va ? a demandé Vadim.

Mon frère s'est contenté de hocher la tête, et il s'est installé à la place du passager tandis que Vadim prenait le volant et que Lulu dévalait les marches du perron en brandissant des sandwichs emballés dans du papier alu.

Ils ont démarré en faisant crisser les graviers de l'allée. Ils sont passés sous les branches bourgeonnantes des peupliers. Ils ont franchi la grille du parc, et ils ont mis cap vers le nord.

Pendant tout le trajet, Vadim et mon frère sont restés silencieux, avec un petit sourire en coin, simplement unis par ce plaisir qui accompagne les départs de bon matin. Ils ont vu défiler la campagne, les champs boueux, les villages perchés sur les collines, ils ont longé un canal, franchi des ponts, aperçu des châteaux, traversé des forêts, avant de voir les premières agglomérations de la région parisienne serrées les unes contre les autres comme des poulets en batterie. Puis les feux rouges, les embouteillages, les échangeurs d'autoroutes, et après quelques zigzags entre les portes du périphérique, ils sont enfin arrivés devant le vélodrome.

Comme il pleuvait un peu, ils ont mangé les sandwichs de Lulu à l'abri des tribunes, tout en contemplant l'anneau de la piste : cinq cents mètres de béton mal entretenu où leurs idoles avaient remporté leurs plus belles victoires sous les vivats de trente mille personnes, mais qui ce jour-là n'accueillaient que de rares quidams et pratiquement aucun spectateur. Mon frère s'en fichait : ni la pluie, ni les fissures de la piste, ni l'anonymat ne pouvaient entamer sa détermination. Il était venu pour se frotter à son rêve, rien ne pouvait l'arrêter.

Vadim et lui sont retournés chercher le Gios dans le coffre de l'Espace. Orion s'est mis en tenue. (Pour l'occasion, Vadim lui avait offert la même que celle de Merckx à Mexico, un maillot orange et noir qui lui allait comme un gant.)

— Rappelle-moi le record d'Eddy ? a demandé Vadim tandis qu'ils s'approchaient de la piste.

— 49 kilomètres et 431 mètres, a répondu mon frère. Record invaincu jusqu'à aujourd'hui.

Bien entendu, Orion ne comptait pas le battre ce jour-là. Mais s'en approcher, mesurer les efforts qui lui restaient à accomplir, oui.

Il s'est mis en place sur la ligne de départ, Vadim debout derrière lui, tenant le vélo par la selle. Après un court silence, Vadim a dit : « Go ! », et mon frère a lancé son vélo. Une heure à pédaler comme un cinglé, une heure à tourner en rond comme une souris dans une cage, une heure à doser son effort, à redouter la crampe, la fringale, le coup de pompe, une heure sans penser à rien d'autre qu'à suivre la ligne et à aller vite, toujours plus vite.

Assis dans les tribunes, Vadim comptait les tours. Le cœur fou, il pensait à son petit Jacques. Il pensait à son ancienne femme et au chien Pilule. Il pensait à Rose-Aimée, à Octo suffoquant au bord de la route lors de sa première crise d'asthme, et il pensait à moi, aussi. Ses yeux s'embuaient, mais il n'oubliait jamais d'appuyer sur le bouton du compte-tours chaque fois qu'Orion passait la ligne, couché sur son guidon, le visage de plus en plus marqué par l'effort.

Au bout d'une heure pile, Vadim a stoppé le compte-tours et depuis le bord de la piste, il a fait signe à mon frère de se relever.

— Alors? a soufflé Orion, dès qu'il a pu s'arrêter, dès qu'il a pu articuler.

— 42 kilomètres! Et environ... 250 mètres!
s'est exclamé Vadim en évaluant à la louche le
tour entamé.

Orion a froncé les sourcils tellement fort que
sa cicatrice a disparu entre les plis de son front.
Son menton s'est mis à trembler. Ses jambes ne
le portaient plus. Il a lâché son vélo et il s'est assis
par terre.

— Eh, mon garçon! C'est formidable pour une
première fois! a voulu le réconforter Vadim.

Mais pour mon frère, non, ce n'était pas formidable. C'était loin, beaucoup trop loin, de son
objectif, et il s'est mis à frapper le sol avec son
poing jusqu'à s'en écorcher la peau.

Au bout d'un moment, il s'est calmé. Son cerveau spécial était déjà en train de chercher une
issue à ce qu'il considérait comme une horrible
défaite. Son cerveau spécial était en train d'éla-
borer des plans, des schémas, des trucs. Il s'est
finalement remis sur ses deux jambes, et il a dit:

— On rentre. J'ai du travail à faire.

Vadim a poussé le Gios jusqu'à la voiture, et ils
sont repartis en sens inverse – les feux, les embouteillages, la pluie, les zigzags, puis les forêts, les
ponts, les châteaux, la campagne, les champs
boueux, les villages perchés sur les collines – tout
ça sans un mot, jusqu'à Saint-Sauveur.

Après cet épisode, mon frère s'est enfermé dans
le pigeonnier avec son vélo, ses outils, et il a commencé à travailler sur un prototype tout droit sorti

des pages du catalogue imaginaire qu'il avait commencé à dessiner, gamin, dans son cahier vert.

Pendant cette même période, Octo a vécu avec une obsession parallèle à celle de son jumeau, exclusivement pour la musique.

Après une année complète passée dans l'arrière-boutique de Disco Fuzz, il a décidé qu'il était temps pour lui de voler de ses propres ailes et d'affronter son destin d'homme. Il a donc dit au revoir à Barnabé et aux rues en pente de Montchatel pour entamer son premier voyage, direction Berlin, Londres, Amsterdam.

Partout où il allait, Octo cherchait la musique. Les boîtes de nuit branchées, les bars, les pubs, les squats d'artistes, il traînait ses oreilles partout où il y avait des sons nouveaux. Depuis chaque ville, il écrivait à Barnabé, joignant à ses lettres des enregistrements sauvages qu'il faisait sur un petit Nagra. Du fond de sa boutique, Barnabé les écoutait religieusement avant de lui répondre : « *J'adore. On devrait créer un label, toi et moi. On ferait des trucs sympas.* »

Mais Octo préférait poursuivre ses rêves et son apprentissage. Bruxelles, Stockholm, Rimini, Barcelone. Au fil de ses voyages, il a rencontré des gens de toutes sortes. Des allumés, des zinzins, des acharnés, des génies. Il a appris leur langage, emprunté leurs gestes, leurs façons d'être.

La première fois qu'il a mixé devant plus de mille personnes, il n'avait pas encore vingt ans. C'était en novembre 1989, dans une boîte du quartier de

Kreuzberg, à Berlin. Pendant tout le set, seul aux commandes de son ordinateur, il a eu l'impression d'être le pilote d'un vaisseau spatial. Il lançait des sons, les faisceaux des lasers zébraient la piste devant lui, et les corps de mille danseurs, hypnotisés, vibraient à l'unisson. Il a senti qu'il avait le pouvoir de les emmener avec lui, dans une sorte de voyage ; c'était une ivresse plus intense qu'avec n'importe quel alcool.

Au petit matin, quand il est remonté du sous-sol où il venait de passer la nuit, il régnait une atmosphère étrange dans les rues de Berlin. On entendait des clameurs, et dans une euphorie insolite, des groupes d'Allemands de l'Ouest, jeunes et moins jeunes, convergeaient vers le centre. Mon frère a interrogé plusieurs personnes avant de comprendre que cette nuit-là, pendant qu'il se saoulait de musique, le mur qui coupait la ville en deux depuis presque trente ans était tombé.

Une foule éberluée venue de l'Est marchait vers l'Ouest, tandis qu'une file ininterrompue de Trabant passait les checkpoints sans aucun contrôle. Les Berlinois de l'Ouest les accueillaient en les arrosant de champagne. Les gens s'embrassaient, se serraient dans leurs bras, se parlaient. Tout le monde souriait et pleurait en même temps. Quand Octo est arrivé à la porte de Brandebourg, la foule était déjà en train d'attaquer le Mur à coups de pioche. *« Berlin ist wieder Berlin ! »* Et lui, petit Français transi de froid et de fatigue, assistait à cet événement : la fin d'un monde et la naissance d'un autre. Il a pensé à Rose-Aimée, il a pensé à

Orion, à moi, et il s'est dit que nous avions, nous aussi, un mur, un checkpoint invisible qui nous séparait. Mais sous ses yeux, l'Histoire défaisait ce qu'elle avait fait trente ans plus tôt. Alors, plein d'espoir, il a supposé qu'un jour notre mur finirait, lui aussi, par tomber.

Il ne se doutait pas que cela prendrait si long-temps.

Car l'année suivante, au printemps 1990, nous avons appris par les journaux que Pietro Pasini était libre. Malgré les demandes répétées de l'Italie, la France refusait toujours l'extradition du condamné. Avec l'aide d'un bon avocat, Pietro venait non seulement d'obtenir une remise de peine, mais aussi l'asile politique.

Quelques jours plus tard, une petite annonce a paru dans les pages de *Libé* : « Le potage au tapioca et les croquants poivrés sont des plats qui se mangent froids. Quand le prédateur rôde, le flamant rose reste au chaud. »

En lisant ces lignes, j'ai cessé de croire au retour de Rose-Aimée.

Des années se sont écoulées.

Octo faisait le tour du monde des boîtes de nuit branchées. Entre deux voyages, il retournait à Montchatel pour voir Barnabé. Il tapait au rideau de la boutique, et son ami surgissait, souriant et hirsute. « Tu tombes à pic, disait-il, j'ai mis des bières au frais. Viens. »

Il n'y avait plus de vinyles dans les rayons de Disco Fuzz.

Octo et Barnabé passaient la nuit à écouter des
CD sur une platine laser et ils se disaient en rigo-
lant : « Et si on montait un groupe ? »

Mais Octo repartait le lendemain, et ils ne le
faisaient jamais.

Moi, à Paris, j'essayais de faire quelque chose
de ma vie, mais à mon grand désespoir je n'écrivais pas. Enfin, disons plutôt que chaque fois que
j'écrivais quelque chose (un début de roman, une
idée dans un coin, les premières phrases d'une
nouvelle), je trouvais ça tellement mauvais que ça
finissait à la poubelle.

Je m'étais brouillée avec Flo un soir où, une fois
de trop, elle avait voulu me démontrer que l'absence de mon père était la cause de mes blocages.
Excédée, je l'avais envoyée balader, et nous avions
coupé les ponts.

Grâce à l'argent de la valise, j'avais acheté un
petit appartement. À l'exact opposé de la rue de la
Gaîté, mais non loin de la place des Fêtes.

Des fêtes, j'en faisais beaucoup. Je rencon-
trais des tas de gens, je collectionnais les histoires d'amour bancales et les chagrins qui vont
avec, et j'avais l'air d'être ce que je n'étais pas.
Car, en dehors des rendez-vous avec mes frères
à la cabane, je ne parvenais pas à me sentir bien.
Quelque chose me manquait, ou bien quelqu'un.
Et rien ne comblait ce manque.

Après sa désillusion au vélodrome de Vincennes,
Orion avait conçu, dans le pigeonnier de Vadim,

un engin aussi spécial que lui, qu'il avait baptisé
« le turborion ». C'était un vélo amélioré, équipé
d'un gigantesque pédalier, d'un guidon tout en
longueur et, sur l'avant, d'une sorte de coque en
carbone censée fendre l'air à la façon d'une tête
de fusée. En s'entraînant sur les routes du plateau à bord de ce prototype fantaisiste, il avait fait
plusieurs chutes spectaculaires. En 1992, il s'était
fracturé l'humérus et le radius. En 93, la clavi-
cule. En 94, trois côtes et les cervicales en vrac.
Si bien que l'année suivante, quand un nouvel
accident l'avait plongé dans le coma pendant plusieurs jours, Vadim avait tout bonnement décidé
de confisquer le « turborion ».

— Tu crois que ta mère apprécierait de retrouver son fils en pièces détachées ? s'était-il écrié
dans la chambre d'hôpital où mon frère, encore
inconscient, n'avait bien sûr pas répondu.

Par chance, Rose-Aimée n'était au courant de
rien, et mon frère était sorti du coma encore plus
déterminé qu'auparavant. Sauf qu'en rentrant à
Saint-Sauveur, c'était son « turborion » qu'il avait
trouvé en pièces détachées : de rage, Vadim l'avait
carrément découpé à la scie sauteuse pendant son
absence.

Les dents serrées, Orion était directement monté
dans sa chambre. Là, il avait sorti sa valise du placard où elle prenait la poussière, et assis par terre,
il avait étalé les liasses autour de lui pour les compter, comme à l'époque où il renversait les paquets
de pâtes au milieu des Playmobil pour jouer à la
guerre. Sur les trois millions de francs contenus

dans la valise huit ans plus tôt, il en restait deux
millions huit cent soixante mille. Largement de
quoi s'offrir les services d'un professionnel du vélo
sur mesure.

Pour la première fois de sa vie, Orion était donc
parti, lui aussi, en voyage. Il avait pris un train vers
Turin, en Italie, et il s'était rendu à l'usine de M.
Gios, pour rencontrer en personne ce dieu vivant
qui fabriquait, d'après lui, les meilleurs vélos du
monde.

Lorsque nous nous sommes retrouvés, mes frères
et moi pour la dernière fois, Orion est arrivé avec
sa merveille.

Chaque instant de cette journée est resté inscrit
dans ma mémoire.

C'était le 5 novembre 1997.

Il y a exactement dix-huit ans, sept mois et vingt
jours.

Chapitre 35

5 novembre 1997

Je suis arrivée à la cabane au début de l'après-midi.

Je me souviens des corbeaux et du ciel d'automne, immobile et gris, qui donnait à notre lac l'aspect du mercure liquide.

J'étais la première. La clé était dans sa boîte, sous la latte. J'ai ouvert la porte de la cabane, mis des bûches dans le poêle, et comme j'avais froid, de l'eau à chauffer dans une casserole. Puis, les mains serrées autour d'un mug de thé bouillant, j'ai rejoint la terrasse pour y fumer une cigarette en attendant mes frères.

Cette année-là, j'avais fêté mes trente-deux ans. Depuis que j'étais à Paris (c'est-à-dire plus de dix ans), rien n'avait avancé. Je n'avais toujours pas réussi à écrire quoi que ce soit et je n'avais rien publié à part les petites annonces du « système Orion ». D'après moi, c'était un bilan pitoyable.

Certes, j'avais cessé de collectionner les chagrins d'amour : depuis que j'avais rencontré Yann, deux ans plus tôt, ma vie sentimentale s'était stabilisée.

Lui et moi partagions le même appartement
(c'est-à-dire le mien), nous avions des goûts et
des aspirations en commun (il se rêvait peintre),
nous avions des amis, de l'argent (j'avais déposé
celui de la valise sur divers comptes en banque),
nous partions souvent en vacances, et pourtant, je
n'étais pas heureuse.

Un an plus tôt, j'avais eu une illumination :
puisque je n'arrivais pas à écrire, j'allais faire
autre chose : un enfant ! Oui, voilà ! Un enfant !
Un enfant avec Yann, pour donner un sens à ma
vie, et un but à mes journées ! Hélas, je n'étais pas
encore tombée enceinte, et Yann avait beau me
répéter qu'il fallait du temps, que nous n'étions pas
pressés, je sentais qu'un obstacle énorme entravait
aussi ce projet-là. Et cet obstacle portait un nom :
Pietro Pasini.

J'avais énormément réfléchi, j'avais même pris
des notes dans un carnet, avant d'aboutir à certaines conclusions. C'était pour cela que j'avais
réclamé ce rendez-vous à la cabane : j'avais quelque
chose à demander à mes frères.

Posant le mug sur une marche de l'escalier,
j'ai sorti de ma poche mon carnet de notes, histoire de ne rien oublier. J'avais souligné certains
mots, d'autres étaient écrits en rouge : « abandon »,
« injustice », « idole », « père », « réussite » ou « récon-
ciliation ».

Seule devant le lac, j'ai fumé plusieurs cigarettes en songeant qu'il faudrait que j'arrête. J'ai
repensé à Rose-Aimée, assise à cette même place
tant d'années plus tôt, écrasant ses mégots dans un

cendrier et j'ai rajouté deux mots dans mon carnet : « loyauté » et « trahison ».

Il était environ quinze heures quand j'ai vu Orion arriver par le chemin forestier. À ma grande surprise, il n'était pas *sur* son vélo, mais *dessous*. Par peur d'abîmer les roues de son Gios taillé sur mesure, il le portait à bout de bras au-dessus de sa tête, tel un trophée, et il descendait à petits pas en direction du lac.

— C'est un vélo décoratif ? me suis-je moquée lorsqu'il l'a enfin posé, avec une infinie délicatesse, dans l'herbe du terre-plein.

Orion m'a souri.

— Je parie que tu n'as jamais rien vu de pareil, Conso. Un Gios conçu spécialement pour la piste. Cadre en titane, fourche carbone, roues lenticulaires. Tous les réglages ont été faits pour moi, au micron près. Un an de travail. Il vaut une fortune. C'est un modèle unique au monde.

— La vache, ai-je murmuré, sincèrement épatée.

— La Formule 1 des vélos, a conclu fièrement Orion. J'ai roulé avec sur la départementale, mais certainement pas sur ce foutu chemin !

Il a transporté son trésor à l'intérieur de la cabane, puis il est venu déposer une bise sur ma joue. Six mois s'étaient écoulés depuis le précédent rendez-vous du lac ; nous étions heureux de nous revoir.

— Tu veux du thé ? ai-je demandé.

Pendant que l'eau frémissait dans la casserole, je lui ai posé la série de questions rituelles auxquelles Orion, comme d'habitude, a patiemment répondu.

— Comment vont Vadim et Lulu ?

— Bien. Lulu est fatiguée. Vadim lui a ordonné de prendre des vacances. Elle est partie chez sa sœur.

— Et toi, comment tu vas ?

— Bien.

— Vraiment bien ?

— Quelques douleurs dans le dos, parfois, à l'entraînement, a concédé Orion. Ah, Vadim a trouvé un chat. C'est un siamois. On l'a appelé Cippolini, comme le champion d'Italie.

— Marrant. Et les amours ? ai-je souri.

— ...

— Toujours rien ? Personne ? Vraiment ?

— ...

— Bon. Et quand aura lieu ta prochaine course ?

Avec Orion, je le savais, ce n'était pas la peine d'insister. Il répondait a minima, et le chapitre de ses histoires d'amour restait désespérément vide. Enfin, c'est moi qui trouvais ça désespérant. Lui, il s'en moquait : il venait d'intégrer l'équipe de France de poursuite, et il se préparait pour la sélection des J.O. de Sydney. Son bonheur tout entier était là.

Nous avons entendu Octo arriver peu de temps après, au volant d'une de ses grosses voitures qu'il aimait tant conduire, une sorte de pick-up qui lui donnait l'air d'un propriétaire de domaine texan partant à la chasse. Il a ouvert la portière, et il a sauté à terre, beau comme un astre dans sa chemise blanche et sa veste en cuir, le visage bronzé.

— D'où tu sors ? lui ai-je demandé lorsqu'il m'a serrée dans ses bras.

— De chez Disco Fuzz, a répondu Octo avec un clin d'œil.

Avant sa halte habituelle chez Barnabé, il avait fait une tournée au soleil des Caraïbes, mais ce n'était pas le plus important à ses yeux. Tout content, il a enchaîné :

— Grande nouvelle ! Ça y est : Barnabé et moi, on monte notre groupe ! Tout est décidé ! J'arrête de faire le clown derrière ma table de mixage, je pose mes valises à Montchatel, et on transforme la boutique en studio d'enregistrement ! De toute façon, d'ici peu, plus personne n'achètera de disques. Alors autant faire ce qu'on aime : de la vraie bonne musique !

Avec lui, c'était tout le contraire d'Orion : j'avais du mal à en placer une. Excité comme une puce, il est entré dans la cabane en continuant de détailler ses projets.

— J'ai mis de l'eau à chauffer. Tu veux du thé ?

Non, non, merci, Octo n'en voulait pas. Il cherchait un nom pour son groupe. Il cherchait un look pour lui, pour Barnabé et pour le bassiste qu'ils avaient recruté. Il cherchait des sons, des ambiances, des vieux trucs des années 70.

— La mode va revenir, c'est sûr ! a-t-il ajouté. Tu crois que maman a gardé mes vieilles cassettes ?

— Celles que tu enregistrais sur ton Radiola ?

— Oui. Tu crois qu'elle les a gardées ?

— Peut-être là-haut ? Dans la soupente ? a suggéré Orion. C'est là qu'elle a rangé toutes mes affaires de vélo, en tout cas.

Octo a sorti de sa poche un inhalateur. Il a

aspiré trois bouffées avant de s'élancer vers l'étage,
et nous l'avons suivi.

Au fil des années, Rose-Aimée avait entreposé
dans ce coin de grenier toutes nos reliques : nos
vieilles paires de chaussures, ma collection complète du *Club des Cinq*, un ballon de foot crevé et
nos anciennes tenues de l'équipe de Saint-Étienne,
mes albums d'images Panini, la totalité des catalogues imprimés à la fabrique entre 1970 et 1980,
les cahiers d'Orion, des centaines de photos et les
bobines de films tournés en super-8 par Jean-Ba
(mais impossible de remettre la main sur le pro-
jecteur). Il y avait aussi des boîtes contenant des
pièces de rechange pour les vélos d'Orion, et
d'autres boîtes encore. Quand Octo est tombé sur
celles qui contenaient ses vieux enregistrements, il
a murmuré :

— Formidable ! Merci, maman !

Il s'est assis en tailleur et il a entrepris l'examen
de ses cassettes, déchiffrant son écriture d'enfant
sur les étiquettes à moitié effacées.

— Kiss, Alice Cooper, Giorgio Moroder... Oh !
L'album *Galaxy* des Rockets ! Mon préféré !

Pendant que je retrouvais avec émotion mes
images de Bathenay, Orion a ouvert la petite
armoire en plastique installée au fond de la pièce.
Dedans, le stock complet de ses anciens maillots.
Il les a sortis un par un pour nous les montrer,
et j'ai aussitôt revu les courses du dimanche où
Rose-Aimée nous avait si souvent traînés pour
encourager son *chouchéri*. Il y avait bien sûr le
maillot de l'équipe de Montchatel (sponsorisée par

les conserves Vivier-Lagel), ceux qu'Orion avait gagnés dans les championnats régionaux, mais aussi tous ceux que Vadim avait collectés dans les années 70 auprès des équipes qu'il admirait : les Bic, les Renault, les Bianchi, et le fameux Molteni d'Eddy Merckx.

— Oh ! Et celui-là ! s'est écrié Orion, ravi.

— Ça alors ! s'est exclamé Octo. J'aurais juré que maman l'avait jeté tellement elle le détestait ! Tu te souviens quand tu le mettais ?

Orion s'est mis à rire. Et Octo a pris une voix de fille pour imiter Rose-Aimée :

— «Ah non, pitié chaton, retire-moi cette horreur ! C'est vraiment *macabre* !»

C'était en fait un maillot un peu gag qu'il avait acheté lors d'un voyage scolaire en Angleterre à l'époque où il était encore au collège, et qui imitait parfaitement le squelette humain. On voyait les côtes, les poumons, si bien que, lorsqu'il l'enfilait, on avait l'impression qu'il était en train de passer une radio du thorax. Certains soirs, Orion le gardait même pendant le dîner, juste pour faire enrager Rose-Aimée.

— Attends… s'est soudain figé Octo. Ça me donne peut-être une idée.

Il a retiré sa chemise blanche, et, prenant le maillot-squelette des mains de son jumeau, il l'a enfilé. Ainsi accoutré, il est sorti de la soupente pour se regarder dans le miroir de la salle de bains.

Quand il est revenu, il avait un sourire jusqu'aux oreilles.

— Vous vous rappelez quand j'ai arraché les

boutons de ma chemise avant de sauter dans le lac et que ma crise d'asthme était passée toute seule ?

À l'évocation de cette scène, j'ai senti ma gorge se serrer.

— Tu veux dire... le dernier jour ? Juste avant le départ de maman ?

— Oui.

— Quand tu as fait comme Hulk, a ajouté Orion.

— C'est ça ! Maintenant, regardez bien.

Il a descendu la fermeture éclair du maillot-squelette, puis il l'a remontée, descendue, remontée, et ainsi de suite, jusqu'à ce que je comprenne son idée. Avec un peu d'imagination, on pouvait croire que la glissière était un scalpel ouvrant cette cage osseuse trop étroite qui l'empêchait de respirer.

— Imaginez sur scène ! s'est emballé Octo. Avec des éclairages à la lumière noire et des fumigènes, ça aurait une allure terrible !

Orion et moi sommes restés dubitatifs tandis qu'il descendait et remontait la fermeture du maillot encore et encore. J'ai fini par grimacer :

— Sérieux ? Tu veux vraiment mettre ce truc pour jouer avec ton groupe ?

— Oui ! Si Orion veut bien me le donner ?

Orion a haussé les épaules. Il ne pourrait pas le porter à Sydney pour les Jeux, alors pourquoi pas ?

— Pensez aux Rockets ! a continué Octo de plus en plus convaincu. Pensez à Marilyn Manson ! Qu'est-ce qui les distingue, en dehors de la musique ? L'image. Le *look* !

Il a embrassé son frère sur les deux joues.

— J'ai toujours pensé que tu étais génial, frérot ! Je suis sûr que Barnabé va adorer s'habiller en mort-vivant !

J'ai souri en imaginant notre ami le disquaire déguisé comme ça. Pour plaisanter, j'ai ajouté :

— Il vous faudrait le masque qui va avec ! Là, ce serait vraiment bien.

Octo a hoché la tête en disant qu'il en chercherait un, et nous avons refermé les boîtes, l'armoire, puis la porte de la soupente avant de redescendre nous asseoir en bas, près du poêle à bois.

— Alors ? m'a demandé Octo.

C'était moi qui leur avais demandé de venir. C'était donc à moi de parler.

— J'ai beaucoup réfléchi…, ai-je commencé.

— Aïe ! a dit Octo en riant.

— Et j'ai pris une décision.

— Ouille ! s'est amusé Octo, toujours de bonne humeur.

Je savais qu'il allait moins rire lorsque j'aurais lâché ce que j'avais sur le cœur. Ça n'a pas loupé.

— Je vais écrire la seule histoire qui mérite à mes yeux d'être écrite. Je vais écrire *notre* histoire. Celle de Rose-Aimée, de Pietro, et toute la suite.

Assis sur les fauteuils face à moi, j'ai vu les jumeaux sursauter en même temps, du même sursaut. Comme si je venais de les pincer quelque part avec mes ongles.

— Tu rigoles ? a dit Octo.

Lui, il ne riait déjà plus.

— Maman ne sera pas d'accord, a réagi Orion.

— Attendez ! Je n'ai pas dit que je *publierais* cette histoire, me suis-je défendue. Pour l'instant, j'ai juste dit que j'avais besoin de l'écrire, c'est différent.

Comme prévu, mes frères étaient sur la défensive, mais j'avais préparé mes arguments. Il fallait qu'ils m'écoutent.

— Pour réaliser ce projet, il faut absolument que… J'ai besoin de parler à Pietro.

— Pardon ? a fait Octo.

— Tu n'as pas le droit, a dit Orion.

— Bien sûr que si. Aucune loi ne m'empêche d'aller trouver notre père et de lui parler. La seule loi qui me l'interdit a été promulguée ici même par Rose-Aimée.

— Donc, tu ne vas pas le faire ? a demandé Orion, nerveux.

— Rose-Aimée a disparu de nos vies depuis onze ans, ai-je continué, les mâchoires un peu serrées. Depuis onze ans, elle n'a pas cherché à nous revoir.

— Mais tu sais bien pourquoi ! s'est écrié Octo en tapant sur l'accoudoir de son fauteuil avec son poing. Elle n'a pas été assez claire, peut-être ? C'est sa vie qui est en danger ! Et la nôtre, par la même occasion, Conso !

J'ai essayé de calmer les battements de mon cœur, mais j'avais un trac énorme. Je savais que mes propos allaient à contre-courant de tout ce que Rose-Aimée nous avait mis dans la tête, et qu'en disant ce que je pensais je risquais gros.

— La vérité n'est jamais d'un seul bloc, ai-je essayé d'expliquer. Regardez-vous ! Regardez-moi !

Nous sommes des adultes, maintenant. Nous pouvons penser par nous-mêmes, non? Qu'est-ce qui nous prouve que Rose-Aimée a entièrement raison? Vous ne croyez pas qu'il est temps de revoir nos positions?

— Qu'est-ce qui te prend? m'a dit Octo avec une grimace. On dirait que tu...

Sa voix s'est enrayée. Et sur le même ton d'incompréhension, c'est Orion qui a terminé la phrase à sa place:

— On dirait que tu n'aimes plus maman!

Il m'aurait giflée, ça m'aurait fait aussi mal. Mais j'avais besoin de rester forte, alors j'ai refoulé mon envie de pleurer.

J'aimais toujours Rose-Aimée. Je l'aimais trop, en vérité. Je l'admirais. Depuis toutes ces années, son souvenir s'était figé en moi, transformant la Rose-Aimée vivante en statue, en idole, en déesse intraitable. Même à des milliers de kilomètres d'elle, j'étouffais sous son regard. J'étouffais sous le poids de notre serment. Et mes frères, sans le savoir, étouffaient sans doute de la même façon.

— Il faut que je rencontre mon père, ai-je répété. C'est lui qui détient l'autre moitié de l'histoire. C'est lui qui me permettra d'avancer. Si je ne le fais pas, je passerai le reste de ma vie en apnée, à attendre le retour impossible de Rose-Aimée.

— Et qu'est-ce que tu veux? a grogné Octo. Une autorisation?

J'ai tordu le nez.

— Votre autorisation, je ne sais pas. Mais votre soutien, oui. Ça m'aiderait.

Octo a secoué la tête avec vigueur et je me suis tournée vers Orion qui se tortillait sur son fauteuil, mal à l'aise.

— Maman va peut-être revenir bientôt ? a-t-il murmuré.

J'ai laissé échapper un rire jaune.

— Mais enfin… vous ne voyez pas qu'elle nous a complètement *abandonnés* ?

— N'importe quoi ! s'est énervé Octo. Tu as oublié tout ce qu'elle a fait pour nous ? Tout ce qu'elle nous a raconté ? Tu délires, Conso !

Hors de lui, mon frère s'est levé de son fauteuil, il est allé ouvrir la baie vitrée, et je l'ai vu sortir sur la terrasse. Il n'avait pas quitté le maillot-squelette d'Orion. Dans le jour assombri de ce début novembre, c'était en effet assez *macabre*.

J'ai attrapé mon paquet de cigarettes, et je suis sortie à mon tour tandis qu'Orion me suivait du regard.

— Tu devrais arrêter de fumer, Conso.

— Oui ! Je sais ! Merci ! Pas la peine de me le redire à chaque fois !

Et voilà. J'étais sur les nerfs alors que je m'étais juré de garder mon calme.

Dehors, dans l'air vif qui sentait l'eau et les feuilles mortes, j'ai allumé ma cigarette. Octo était immobile, à dix mètres de moi. Les mains dans les poches de son jean, il me tournait le dos.

J'avais encore beaucoup à dire. Pour moi, il y avait urgence. Depuis deux ans que François Mitterrand n'était plus au pouvoir, plus personne ne garantissait la clémence de la France envers les anciens terroristes de l'extrême gauche italienne.

— Imagine que Pietro soit extradé vers l'Italie !
ai-je lancé à Octo. Imagine qu'il soit incarcéré à
perpétuité !

— Eh ben ce serait tant mieux ! s'est écrié mon
frère. Il peut crever, ce salaud, je m'en fiche !

— Tu vois ! ai-je répliqué. Tu parles exactement comme Rose-Aimée ! Tu n'as jamais vu cet
homme de ta vie, tu ne lui as jamais parlé, et tu
le détestes ! Pourtant, lui, il a toujours eu le désir
de nous voir. Il a même risqué sa vie pour nous
retrouver, non ?

— Qu'est-ce que tu veux dire ? Que maman a
exagéré ? Qu'elle nous a raconté des trucs faux sur
lui ? Qu'elle nous a manipulés ?

J'ai haussé les épaules, et j'ai tourné moi aussi
mon regard vers le lac. À cette époque, j'étais fragile
et perdue. Je doutais de tout. Pour essayer d'y voir
clair, j'avais lu beaucoup de livres, beaucoup d'articles sur ces mouvements politiques violents auxquels notre père avait participé. Je m'interrogeais
sur ce qui était juste ou injuste. Selon les jours, par
dégoût, j'avais envie de condamner en bloc toute
forme de violence, ou au contraire, j'éprouvais de
la sympathie à l'égard de la révolte qui animait
Pietro et ses camarades de lutte. Me sentant moi-
même en échec, j'avais parfois envie de tout casser,
de tout détruire ! Et dans ces moments-là, j'étais
fière d'être la fille d'un révolutionnaire. En tout
cas, ça me faisait du bien de ne plus détester celui
à qui je devais la moitié de ma vie. C'était comme
me réconcilier avec moi-même.

— Peut-être qu'il n'est pas si mauvais ? ai-je

murmuré. Peut-être qu'il est temps pour nous… de le réhabiliter ?

Octo s'est approché de moi. Il tremblait de froid dans son maillot-squelette.

— Si tu vas le voir, Conso, je te préviens, je ne te parlerai plus. Plus jamais.

J'ai vacillé sur mes jambes. Nous y étions. Voilà exactement ce que je redoutais.

Je me suis retournée vers Orion. Il était debout, une épaule appuyée contre le montant en métal de la baie vitrée. J'avais besoin de sa douceur, de son innocence. Je lui ai souri timidement.

— Et toi ? ai-je demandé.

Orion a consulté son jumeau du regard. Sa bouche s'est mise à trembler.

— On n'a pas le droit de briser le serment, a-t-il dit. On a juré, tous ensemble. N'est-ce pas, Octo ?

Octo s'est contenté de confirmer d'un signe de la tête.

— Mais si ce serment nous empêche de vivre ? ai-je crié.

— Il ne m'empêche pas de vivre, a tranché Octo. Ni moi ni Orion.

— Ça, c'est ce que tu crois ! Vous allez avoir trente ans, et vous n'avez jamais pu tomber amoureux de personne, ni l'un ni l'autre ! Pourquoi ? Toi, tu pars en courant dès qu'une fille a envie de passer plus d'une nuit dans ton lit, et Orion reste dans les jupes de Vadim et Lulu, comme s'il avait encore dix ans ! Pourquoi ?

J'étais en panique, alors je suis allée trop loin. Avec morgue, je leur ai envoyé en pleine figure la conclusion douloureuse à laquelle j'étais lentement arrivée.

— Parce que vous avez peur de trahir votre maman ! Vous avez peur d'aimer quelqu'un d'autre ! Vous attendez qu'elle revienne pour qu'elle vous autorise enfin à grandir et à commencer votre vie ! Ne me dites pas le contraire : je suis comme vous !

— OK, a dit froidement Octo. Ça suffit.

Sans un regard pour moi, il est rentré dans la cabane, il a récupéré sa chemise, son blouson, la boîte contenant ses vieilles cassettes audio, et il est ressorti. Il a dévalé les marches, traversé le terre-plein, et il a rejoint sa voiture.

— Octo ! Attends-moi ! l'a appelé Orion.

Octo a levé les yeux vers son frère et il a attendu pendant qu'Orion se précipitait vers son vélo en titane pour le transporter jusqu'au coffre de la grosse voiture.

— Tu me déposeras sur la départementale, d'accord ?

Avec précaution, Orion a mis sa merveille à l'abri, il a refermé le coffre, et avant de s'installer à côté de son frère, il m'a fait un petit signe désolé avec la main. Je n'ai même pas eu la force de lui répondre. Je suis restée seule sur la terrasse, assistant à la manœuvre du pick-up sans pouvoir faire un geste. Et quand les feux arrière de la voiture ont disparu derrière les broussailles du chemin, j'ai su que j'avais tout perdu.

Chapitre 36

1997-1999

De retour à Paris, j'étais décidée à me passer du soutien de mes frangins, tant pis. J'ai mené des recherches et j'ai trouvé le numéro de téléphone de Pietro, ainsi que son adresse. Mais par la suite, chaque fois que j'ai téléphoné, la panique m'a rattrapée et j'ai raccroché avant d'entendre une voix à l'autre bout du fil. De la même façon, chaque fois que j'ai voulu aller sonner chez lui, quelque chose m'en a empêchée : des maux de tête violents, une fièvre soudaine. Un jour, j'ai même manqué me faire renverser par un bus en traversant la rue en bas de chez moi et, tremblante, j'ai renoncé à mon projet.

Bref, je ne suis jamais allée voir mon père.

Lorsque les gouvernements français et italien ont repris leurs pourparlers au sujet des anciennes brigades terroristes, Pietro Pasini a préféré quitter clandestinement le pays avant qu'on vienne l'arrêter. Il a disparu sans laisser de numéro ni d'adresse, et toute chance de renouer avec lui s'est envolée.

Je suis revenue à la case départ.

Mais nous approchions de l'an 2000 et quelques mois avant le passage au XXIᵉ siècle, alors que certains craignaient l'apocalypse ou un gigantesque bug informatique, j'ai décidé d'en finir coûte que coûte avec mon passé.

Sans rien dire à Yann, je me suis rendue à la banque.

À l'époque, ma fortune avait bien diminué, mais il me restait tout de même plus d'un million de francs, ce qui était encore considérable. J'ai tout récupéré, en petites coupures, dans un sac de voyage discret que j'ai planqué au fond du coffre de ma voiture, et j'ai pris la route.

Depuis que nous étions fâchés, mes frères et moi étions convenus de nous avertir mutuellement lorsque nous allions à la cabane pour éviter de nous y croiser. Cette fois-là, je n'ai pas pris la peine de faire paraître une annonce, et j'ai débarqué sur le plateau sans préavis, en pleine nuit.

La clé était dans la boîte sous la latte, il n'y avait personne dans notre refuge. J'avais le champ libre.

Le lendemain, j'ai arpenté les sous-bois alentour. J'y ai ramassé quatre grosses pierres, les plus lourdes que j'ai pu trouver, et je les ai placées dans le sac avec les billets de banque. Puis je suis allée chercher la vieille barque dans son abri. J'y ai déposé le sac alourdi par les pierres, et j'ai tiré la barque jusqu'au bord pour la mettre à l'eau.

J'ai ramé un moment, dans la brume légère qui flottait à la surface du lac, et quand j'ai jugé être assez loin de la rive, j'ai lâché les rames. Là, j'ai pris le sac et je l'ai jeté par-dessus bord.

Chapitre 37

Samedi
7:30

— Quoi ? bondit Nine, les yeux écarquillés. Tu veux dire que tu as balancé plus d'un million dans le lac ?

Titania se contente d'un hochement de la tête. Elle se doutait bien que la réaction de Nine serait virulente.

— Mais c'est fou ! C'est complètement absurde !

Sidérée, la jeune fille se prend la tête dans les mains. Titania ne lui laisse pas le temps de commenter davantage, ni de juger son acte. L'heure tourne. Il faut absolument qu'elle arrive au bout de son récit.

Chapitre 38

1999-2000

Le sac a coulé sous mes yeux, à pic. À l'endroit le plus profond.

J'ai récupéré les rames et je suis retournée vers la terre ferme, sans l'ombre d'un remords. Je venais enfin d'accomplir quelque chose. J'avais l'impression d'avoir brisé les chaînes qui m'empêchaient d'avancer. C'était une libération.

Les jours suivants, à Paris, Yann m'a trouvée changée. J'étais nerveuse, inquiète, j'avais des sautes d'humeur imprévisibles, si bien qu'il a fini par me demander :

— Dis donc, tu ne serais pas enceinte, par hasard ?

J'ai dit que non, que ce n'était pas ça. Pas du tout. Quand je lui ai annoncé que je cherchais du boulot – n'importe quel boulot –, il s'est montré surpris, puis amusé. Il a cru que je faisais une sorte de caprice. Mais quand j'ai ajouté qu'il allait devoir, lui aussi, chercher un travail sous peine de ne plus pouvoir manger ni acheter les toiles hors de prix sur lesquelles il essayait de peindre quelque chose de valable, il s'est mis en colère.

— Bon sang! À quoi tu joues, Tita?

En guise de réponse, je lui ai mis mes relevés bancaires sous les yeux. Tous mes comptes, jusque-là si bien fournis, étaient à zéro.

— Finie la belle vie, ai-je commenté. Bienvenue dans le monde réel, Yann.

Et je lui ai raconté ce que j'avais fait.

Pour moi, cette situation était nouvelle, inconfortable mais excitante. Pris de court, Yann n'a pas compris. Il n'a vu que le danger, la provocation, et surtout, il s'est senti trahi.

— Et mon projet d'expo? Comment veux-tu que j'y arrive si je dois bosser quarante heures par semaine à la caisse d'un supermarché?

— Je ne vois pas le rapport. Ça fait cinq ans que tu disposes de tout ton temps, Yann. Et que je sache, tu n'as toujours pas pondu un seul chef-d'œuvre.

À partir de là, des disputes ont éclaté entre nous, de plus en plus souvent. De plus en plus amères. Jusqu'au jour où tout ça nous est devenu insupportable.

Ce jour-là, Yann a fait ses valises.

Quand il a quitté l'appartement, un silence glacé s'est abattu sur moi. J'ai éprouvé un vertige, des nausées, une sensation de vide très déplaisante. Mais au bout de quelques jours, je l'avoue, je me suis sentie mieux. Je n'étais pas vide, non. J'étais libre et légère. Plus libre et plus légère que jamais.

Grâce à un ami, j'ai trouvé une place comme vendeuse dans un grand magasin, au rayon librairie. C'était la période des fêtes de fin d'année; je

me suis jetée à corps perdu dans mon travail, me
levant tôt, me couchant tard, transportant chaque
jour des dizaines de cartons de bouquins, sans
compter mes heures.

C'est un peu plus tard, courant janvier, que j'ai
pris le temps de m'interroger sur les causes de certains symptômes physiques qui auraient dû m'aler-
ter bien plus tôt. Je suis allée consulter un médecin
qui m'a ordonné des analyses de sang.

Le jour où j'ai récupéré les résultats du labo qui
confirmaient ma grossesse, à peine dehors, je me
suis précipitée dans une boulangerie et, comme à
l'époque de la mère Chicoix, j'ai choisi avec soin
ce que je voulais. Puis, malgré la température, je
me suis assise sur un banc du boulevard, et là,
j'ai mangé un par un les Carensac, les Croco, les
fraises et les tétines en gélatine de toutes les couleurs.

Le week-end suivant, je suis venue ici pour réfléchir. Il gelait à pierre fendre, le lac était presque
entièrement pris par la glace. J'ai passé la nuit à
grelotter sous quatre couvertures. Au lever du jour,
je suis sortie sur la terrasse, et quand le soleil d'hiver est apparu derrière les arbres, ma décision était
prise.

Je n'aimais plus ton père, Nine. Mais toi, je t'aimais déjà.

Chapitre 39

Samedi
7:40

— C'est comme ça que tu es née, quelques mois plus tard. De parents déjà séparés.

— Séparés et pauvres, précise Nine avec une colère rentrée.

— C'est vrai. Mais comme tu le sais, c'est aussi à partir de là que j'ai enfin commencé à écrire. Les petits boulots que je trouvais n'étaient jamais assez payés, c'était la galère et il m'a fallu vendre l'appartement, mais tu étais là. Ta présence me donnait une force énorme. Je n'avais jamais été aussi heureuse.

— Puisque tu le dis.

— Je me doute que c'est difficile à comprendre. Certains héritages pèsent trop lourd, bichette, et je n'ai jamais regretté de m'être débarrassée du mien. De la partie monétaire, en tout cas. Le reste, hélas, ne se jette pas si facilement par-dessus bord.

Titania se tourne soudain vers le lac.

— Quelle heure est-il? s'inquiète-t-elle.

Sans un mot, Nine lui tend son téléphone; il indique 7 h 55.

— Bien. J'ai une dernière chose à te montrer.

Titania se lève, prend son sac à main et en sort un feuillet découpé dans le journal qu'elle dépose sur la table, devant Nine. Daté de l'avant-veille, l'article est intitulé : « Mort d'un Maestro ».

— Voilà ce qui a tout changé, dit-elle. Lis. Tu verras.

Traversant le pavé de texte en diagonale, Nine en saisit les mots-clés : règlement de comptes crapuleux, voiture incendiée, corps carbonisé. Pas la peine de lire les détails pour comprendre qu'après des années de mauvaises fréquentations, Pietro Pasini a simplement fini par se faire descendre par plus fort que lui.

— La nouvelle est tombée jeudi en début de matinée. Juste après, Octo m'a envoyé un mail, explique encore Titania. Il venait d'avoir Orion au téléphone. En trois clics, tout était booké : le billet d'avion de Rose-Aimée et nos retrouvailles ici. Voilà.

La nuque bloquée, le dos raide, Nine quitte lentement sa chaise. Elle ne veut plus rien entendre, maintenant. C'est bon. Elle a sa dose.

Essayant de détendre ses muscles ankylosés, elle sort sur la terrasse et marche un peu le long du bord.

Le soleil frappe en biais la surface du lac. La journée s'annonce estivale, radieuse. Un peu plus loin, Nine s'immobilise et retire sa paire de tennis. Elle apprécie aussitôt le contact des lattes de bois sous la plante de ses pieds nus. Les bras en arrière, elle aspire par la bouche avant d'expulser l'air pour chasser le trop-plein qui sature ses neurones et toutes les cellules de son corps. Elle inspire et expire ainsi plusieurs fois. Mais ça ne suffit pas.

Une main en guise de visière, elle tente d'évaluer la distance entre le ponton et l'îlot. Sept cents, huit cents mètres ? Un kilomètre, à tout casser. En comptant avec la fatigue, il lui faudrait peut-être douze ou treize minutes pour y arriver. Archifaisable.

Au moment où elle envisage d'aller chercher son maillot de bain, elle entend un moteur. Elle se tourne vers le chemin, le cœur soudain à cent cinquante. Elle ne voit rien, mais au loin, elle perçoit des crissements de pneus sur les cailloux puis la gifle des branches sur une carrosserie. De toute évidence, un véhicule est en train d'entamer la descente vers la cabane.

Sa mère surgit sur la terrasse.

— Tu entends ?

Nine lui fait signe que oui et elles échangent un regard inquiet.

— Personne n'est jamais prêt, répète Titania, autant pour Nine que pour elle-même. Le moment arrive, c'est tout.

Comme le bruit de moteur se rapproche, Nine fait pivoter son corps vers le lac. Non. Elle n'est pas prête à affronter en chair et en os les personnages qui ont peuplé sa nuit. Le moment arrive, d'accord. Mais ce que Titania oublie de dire, c'est qu'on a toujours un autre choix : celui de la fuite.

Sans trop réfléchir, elle sort son téléphone de sa poche, puis elle déboutonne son jean, le fait glisser jusqu'à ses chevilles et s'en débarrasse. Il lui reste son minishort et son T-shirt : ses mouvements ne devraient pas être trop entravés. Quant au téléphone, c'est son heure de vérité, à lui aussi. On va vraiment savoir s'il est étanche !

Alors que Titania s'est éloignée de quelques pas pour guetter l'arrivée de la voiture, Nine prend de l'élan, saute du ponton et plonge tête la première dans le lac. Elle a tout juste le temps d'entendre sa mère crier son prénom dans sa version longue – *Antonine !* – et la voilà sous l'eau, à l'abri du monde extérieur.

Saisis par le froid, ses muscles se rétractent. Elle étire alors son corps au maximum et, d'instinct, retrouve les gestes si souvent répétés. Battements des pieds, brasses amples, elle progresse en apnée le plus longtemps possible, savourant cette poignée de secondes où tout est assourdi, en apesanteur, et la caresse des bulles qui glissent le long de ses jambes.

Quand elle refait surface, les appels de sa mère redoublent :

— Nine ! Qu'est-ce que tu fais ? Reviens ici ! Nine !

La jeune fille ne se retourne pas ; elle se déploie et entame son crawl. Seul le téléphone, serré dans sa main gauche, l'empêche de travailler correctement. Pour le reste, elle s'applique : comme à l'entraînement, elle régule son souffle, corrige sa position, trouve le bon rythme, et accélère.

Elle progresse dans le dur pendant les deux cents premiers mètres. L'eau du lac lui paraît visqueuse,

plus épaisse que celle de la piscine municipale.
Mais peu à peu, elle s'y habitue, et bientôt, le plaisir reprend le dessus.

Elle s'éloigne vite, avec un soulagement qui se
transforme peu à peu en euphorie.

Au-dessus d'elle, l'azur du ciel lui rappelle son
stage de l'année dernière en Espagne, avec le
club. Quinze jours d'entraînement intensif dont
elle est revenue bronzée, sculptée, déterminée,
gagnant même les trois compétitions suivantes. De
bons souvenirs auxquels Nine se raccroche. Elle
ne veut plus penser à tout ce que sa mère lui a
révélé pendant la nuit. Elle ne veut qu'une chose :
nager, nager et nager encore. Personne, dans cette
famille, ne peut comprendre ce qu'elle éprouve à
l'instant. À part Orion, peut-être ? Avec lui, elle
pourrait sans doute faire équipe. Les autres ne lui
inspirent que méfiance. Elle n'a pas envie de les
voir. Pas tout de suite. Pas maintenant.

Dans un mouvement quasi parfait, elle fend
l'eau, le cœur régulier, les bras déliés, si bien que
dix ou onze minutes plus tard, lorsqu'elle atteint
l'îlot, elle se sent déjà mieux.

Ses pieds s'enfoncent dans la vase. La douceur
pulvérulente de ce contact lui plaît, et le lac, peu
profond à cet endroit, est presque tiède. Elle reste
un moment accroupie, sans bouger, tandis que son
rythme cardiaque ralentit et que le soleil sèche ses
épaules.

L'îlot est couvert d'un fouillis de végétation en
apparence impénétrable. Mais un peu plus loin,
sur sa droite, il y a une avancée de mousse sur

laquelle elle pourrait s'asseoir. Nine se met debout, marche jusque-là et sort de l'eau.

Une fois installée sur ce petit promontoire, elle pose son téléphone au soleil et lève les yeux pour la première fois vers la rive.

À cette distance, la cabane paraît toute petite. Une voiture noire est garée à côté de l'Opel, et sur le ponton, plus petites encore, quatre silhouettes se tiennent côte à côte. Nine ne distingue pas leurs visages. Elle devine juste qu'ils sont braqués vers elle et que la silhouette qui agite les bras dans sa direction est celle de sa mère.

Elle hausse les épaules.

— C'est ça. Appelle-moi.

Elle frotte l'écran de son téléphone sur la mousse. Pour l'instant, elle n'essaie pas de le rallumer, et franchement, ce serait un miracle que les circuits ne soient pas HS.

— Je m'en fous, je demanderai à papa de m'en offrir un autre pour mon anniversaire, dit-elle à haute voix. À Londres, il en trouvera un mieux, c'est sûr.

La jeune fille tremble un peu dans son T-shirt trempé. Mine de rien, il est encore tôt, le soleil peine à la réchauffer.

En temps normal, elle devrait encore être au lit. Ou bien en train de se prélasser dans le canapé avec sa tablette et un épisode de *Glee*. Elle en veut à sa mère de l'avoir précipitée dans cette histoire qui bouleverse tout, elle qui se débrouillait très bien comme ça jusqu'ici.

— Si encore elle avait gardé l'argent ! s'écrie-t-elle.

Elle arrache un morceau de mousse et le jette devant elle, dans le lac.

Alors d'accord, *Opus sanglant* va lui rapporter gros. Mais certainement pas trois millions, ni même un ! Et Nine ne peut s'empêcher d'imaginer combien son enfance aurait été différente si Titania n'avait pas balancé sa part du magot à la flotte. Elles auraient vécu dans les beaux quartiers plutôt qu'en HLM avec vue sur les boulevards extérieurs, par exemple. Elles auraient pu partir tous les hivers au ski et chaque été sur la Côte d'Azur, comme Béné, au lieu de fréquenter les ploucs du VVF. Elles auraient pu s'acheter des fringues plus classe, et Nine aurait eu un smartphone digne de ce nom !

Elle arrache encore un morceau de mousse et le jette avec rage, le plus loin possible.

Là-bas, près du ponton, les silhouettes se sont regroupées autour de quelque chose.

— Qu'est-ce qu'ils fabriquent ?

Nine plisse les yeux. On dirait qu'ils sont en train de traîner un truc vers le bord.

— Zut, la barque, dit-elle.

Sa mère a eu l'air de dire qu'elle était vermoulue et hors d'usage, mais peut-être que non ? Nine se redresse. Collé à son torse comme une ventouse, le tissu du T-shirt lui glace les os.

— C'est ça ! lance-t-elle. Essayez toujours de venir me chercher !

Elle récupère son téléphone et décide de faire le tour de l'îlot en marchant le long du bord. Peut-être découvrira-t-elle une cachette ? Une grotte pour se planquer tout au fond ?

Hélas, l'îlot est inextricablement envahi par des arbustes épineux, empêchant quiconque de s'y aventurer, en dehors peut-être des loutres et des ragondins. Nine grimace en songeant qu'il y a peut-être des serpents, aussi ? Ou des bestioles dont elle ne connaît pas le nom, piquantes et venimeuses ? Préférant s'éloigner des berges, elle écarte les bras et fait la planche quelques secondes, la tête renversée dans l'eau tiède de la surface. Au-dessus d'elle, le ciel est très haut, très pur, immense et apaisant. Elle remarque alors deux taches sombres qui s'agitent dans la cime des arbustes au cœur de l'îlot. Elle se redresse. À moitié dissimulés par les feuillages, ce sont deux grands oiseaux, qui soudain prennent leur envol et viennent planer avec grâce au-dessus du lac. Des échassiers magnifiques, au plumage blanc.

— Les hérons, murmure Nine, émerveillée.

Le couple d'oiseaux frôle la surface et s'éloigne rapidement vers la rive opposée avant de disparaître dans les roseaux. Nine sourit.

— Attendez-moi, dit-elle à l'adresse des oiseaux. J'arrive !

Confiante en ses forces, elle tourne le dos à la cabane et décide d'achever la traversée du lac. Si elle nage assez vite et qu'elle reste bien abritée par l'îlot, sa mère et les autres ne la verront pas avant qu'elle atteigne son but.

— Ils peuvent toujours essayer de me rattraper avec leur barque pourrie, dit-elle avant de s'élancer.

Elle n'a pas souvent pratiqué la natation en eau

libre. Le plaisir qu'elle éprouve à fendre la surface
de ce lac sauvage est inédit, intense, exacerbé par la
fatigue de la nuit blanche. Alternant crawl, brasse,
et dos crawlé, il lui faut un bon quart d'heure pour
rejoindre les roseaux qui hérissent l'autre berge.

Lorsqu'elle reprend pied, elle est essoufflée mais
son corps n'est plus douloureux, comme si l'eau
l'avait nettoyé, allégé de ses tensions. Elle reste
un moment immobile, guettant le moindre mouvement entre les herbes, mais rien. Les hérons ont
disparu.

Nine lâche son téléphone sur la berge. Cette
fois, c'est certain, les circuits sont noyés. Tant pis.
Elle ôte son T-shirt et l'essore en le tordant de son
mieux, puis elle répète l'opération avec son short.

Une fois rhabillée, elle récupère le téléphone,
et décide de partir droit devant elle, à travers le
sous-bois. En toute logique, la route départementale devrait faire le tour du lac et passer un peu
plus haut. Elle n'a plus qu'à serrer les dents en
marchant pieds nus sur les racines, les brindilles,
les coques, les cailloux pointus.

— Et après, on verra.

Nine n'est pas faite pour passer la nuit assise sur
une chaise ou un fauteuil. À présent qu'elle bouge,
elle s'aperçoit qu'elle réfléchit mieux, qu'elle peut
commencer à faire le tri dans la masse des informations reçues ces dernières heures. Et même si mille
questions compliquées continuent de lui trotter
dans la tête, sa colère fond à mesure qu'elle marche.

Elle repense à la petite Consolata boudeuse,
brinquebalée de-ci de-là au milieu des hippies.

Elle repense à l'incendie qui aurait pu lui coûter la vie, à ses rêves de football et à toutes les épreuves qu'elle a traversées. Elle repense aux deux hérons blancs. Combien d'années ça peut vivre, des oiseaux comme ceux-là ? Dix ans ? Vingt ans ? Plus ? Est-il possible qu'elle ait vu les mêmes que sa mère, le matin où Rose-Aimée est partie ? Comment savoir ?

Ce qui est certain, pour l'instant, c'est que Nine a mal aux pieds. Très mal.

— Aïe, dit-elle.

Et elle grimpe en se faufilant entre les troncs serrés.

Quand elle parvient enfin sur la route, ses chevilles sont couvertes de griffures, et elle saigne entre les orteils, mais la joie qu'elle ressent en prenant appui sur le goudron chaud est plus forte que tout. Elle y est arrivée !

Son premier réflexe est de sortir son téléphone de sa poche. Sans trop y croire, elle appuie sur le bouton pour le rallumer, et là, à sa grande surprise, l'appareil a un sursaut. Il vibre dans sa paume, puis l'écran d'accueil apparaît, réclamant son code PIN.

Après une bonne demi-heure sous l'eau, ce truc chinois serait-il encore capable de la mettre en contact avec le reste du monde ? Retenant son souffle, Nine compose son code.

Son fond d'écran s'affiche. C'est une photo de Béné, Margot et Kim, prise devant le lycée il y a cinq ou six jours. En voyant leurs bouilles rigolotes, Nine a presque envie de pleurer de reconnaissance. Elle se met à sautiller sur place.

— Vas-y, vas-y, vas-y ! dit-elle à son téléphone.

Incroyable mais vrai : malgré sa forme trop carrée et ses fonctionnalités limitées, l'objet semble avoir survécu à l'épreuve de natation ! Il bugue un peu, comme d'habitude, mais soudain, victoire, deux barres de réseau se signalent en haut de l'écran.

— Ça capte !

Nine en tremble quand elle effleure l'icône de sa messagerie.

Sous ses yeux, des dizaines de SMS non lus surgissent d'un coup, et elle découvre les petits mots laissés la veille par sa bande, pendant la fête du lycée.

Les jambes coupées, elle s'assied en tailleur sur le bord de la route. Tandis que la chaleur du bitume pénètre par tous les pores de sa peau, elle prend connaissance des messages.

Les photos s'affichent, les commentaires, les trucs bêtes qu'on s'envoie, les grimaces des copains, les poses des copines, les «tu nous manques trop», les clichés loupés où on ne voit rien. Pour Nine, c'est un peu comme si elle venait de réchapper d'une catastrophe planétaire ou qu'elle était de retour après un voyage dans un autre monde. Comme si le lycée, Paris, les ragots, les histoires ordinaires de sa vie ordinaire étaient devenus, le temps d'une nuit, irréels.

Dans plusieurs messages de Kim et Béné, il est question de Marcus. Marcus qui – première nouvelle ! – aurait rompu avec Rosalie Marchand. Marcus qui serait venu voir Béné, puis Kim, pour leur demander où était Nine. Marcus qui, d'après elles, aurait eu l'air hyper déçu (*sic*) d'apprendre qu'elle n'allait pas venir.

« Je te jure, il avait l'air carrément dépité ! »

« C'est sûr, il craque pour toi ! »

Assise toute seule au bord de cette route qui serpente entre les sapins, Nine se met à rire. Son cœur tape follement dans sa poitrine. Elle qui croyait être transparente, invisible aux yeux de Marcus ! Il connaît son prénom ? Il sait qui elle est ?

Épatée, elle relève la tête et regarde autour d'elle.

Tout est si calme, ici. Tout est si beau.

— En fait, non. Il ne sait pas qui je suis, énonce-t-elle d'une voix claire. Même moi, je ne le savais pas, jusqu'à cette nuit.

Elle pose son téléphone par terre. L'appareil a beau conserver fièrement ses deux barres de réseau, Nine n'a pas envie de répondre tout de suite à ses copines. Que pourrait-elle bien leur dire ? Comment résumer ce qu'elle vient de vivre en quelques caractères ? Et Marcus ? Croit-il sérieusement pouvoir passer de Rosalie à Nine, rien qu'en claquant des doigts ?

Tout à coup, un vrombissement rompt le silence du sous-bois. Elle sursaute, et se remet debout, aux aguets. Oui, ça vient de là : sur sa gauche, une voiture arrive. Un camion, peut-être ?

Nine hésite à redescendre la pente et à se cacher derrière un tronc, mais elle finit par rester campée là, fatiguée et pieds nus, les cheveux encore dégoulinants. Et si un type du coin s'arrêtait pour l'emmener à bord de son tracteur, comme sa mère trente ans plus tôt, jusqu'au prochain village ? Et si elle prenait la poudre d'escampette comme sa grand-mère ?

Soudain, le véhicule déboule dans le virage, et ce n'est pas un tracteur. Ni un camion. Plutôt une sorte de tank couleur ferraille, une bagnole démodée, cabossée, de marque allemande, qui pollue l'atmosphère depuis la fin du XXe siècle et dont l'apparence familière réchauffe le cœur de la jeune fille.

Toutes vitres ouvertes, Titania Karelman stoppe l'Opel à la hauteur de Nine. Les mains sur le volant, elle se tourne vers sa fille et, sans dire un mot, elle lui sourit.

Nine se mord la lèvre. Elle brandit son téléphone :

— Tu sais quoi ? Il est *vraiment* étanche.

Puis elle ouvre la portière côté passager et s'assied sur le siège avec son short trempé. Elle vient de remarquer, avachis sur la banquette arrière, leurs deux sacs de voyage.

— Contrairement à ton téléphone, notre vieille barque ne l'était plus du tout, dit Titania. Je crois que j'ai bousillé mes chaussures.

Nine se penche pour regarder sous le tableau de bord et étouffe un rire en découvrant les tennis blanches de sa mère, toutes marbrées de vase.

— Si tu veux, on rentre à Paris, propose Titania.

— Tu veux dire... là ? Maintenant ?

— Si tu veux, oui.

Le moteur de l'Opel tourne au ralenti et toussote. Devant le pare-brise, des nuées de moucherons volettent, pris dans un rayon de soleil qui

tombe entre les branches. Nine se penche à la
fenêtre pour regarder le lac, le ciel, les arbres. De
là où elle est, la cabane reste invisible, introuvable.
Rose-Aimée a vraiment bien choisi son refuge.

— J'ai un peu faim, finit par dire la jeune fille.
Tu crois que Rose-Aimée voudrait bien me faire
un potage au tapioca avec des tartines thon-tomate
et des croquants poivrés ?

Toujours à l'arrêt, les deux mains scotchées au
volant, Titania Karelman sent monter les larmes.
Elle déglutit.

— Oui. Je pense qu'elle voudra bien.

Nine soupire, bascule vers sa mère et pose la
tête sur son épaule.

— Finalement, tu as bien fait.

— De t'emmener jusqu'ici, tu veux dire ?

— Oui.

— Même si tu as raté la fête du lycée ?

— Y en aura d'autres, des fêtes, non ?

Un sourire éclaire le visage de Titania. Elle passe
la première et démarre.

— On va faire demi-tour à l'embranchement,
là-bas. Entre Saint-Sauveur et Beaumont.

La voiture roule entre les sapins. Dans l'habitacle, Nine entreprend de démêler ses cheveux
qui sentent l'eau douce et la vase du lac. Pour
démêler le reste, elle le sait, il lui faudra beaucoup,
beaucoup plus de temps. Mais pour l'heure, elle
éprouve une sensation agréable, assez proche de
celle qu'elle a connue en montant sur la première
marche d'un podium : une sorte de fierté qui rend
léger et confiant en l'avenir. C'est peut-être cela,

son héritage ? Cette force de vie ? Cette certitude
farouche qu'elle s'en sortira toujours ? Comme sa
mère ? Comme sa grand-mère ?

— Tu crois qu'Octo pourra me filer des invit'
pour son prochain concert ? demande-t-elle encore.
Tu crois qu'Orion pourra régler l'Helyett rouge
à ma taille pour que je puisse l'essayer ? Tu crois
qu'en plongeant avec un masque, ce serait possible
de retrouver l'épave de la Panhard ? Tu crois que
Barnabé est toujours amoureux de toi ? Ce serait la
classe, quand même, d'avoir le guitariste des Sign
of... comme beau-père !

Titania se met à rire tandis que la voiture s'éloigne
sur la départementale.

Quelque part, cachés dans les herbes hautes,
deux hérons blancs sèchent leurs plumes. Nous
sommes fin juin. C'est le début d'une très belle
matinée.

DE LA MÊME AUTRICE

COLLECTION FOLIO

Composition Nord Compo
Impression Maury Imprimeur
45330 Malesherbes
le 18 décembre 2020
Dépôt légal : décembre 2020
Numéro d'imprimeur : 250787
1er dépôt légal dans la collection : février 2020

ISBN 978-2-07-287435-2 / Imprimé en France.